슬기로운 감옥생활

슬기로운 감옥생활 2

초판 인쇄 2023년 9월 11일
초판 발행 2023년 9월 15일

지은이 JS
펴낸이 김태헌
펴낸곳 문학홀릭

주소 경기도 고양시 일산서구 대산로 53
출판등록 2021년 3월 11일 제2021-000062호
전화 031-911-3416
팩스 031-911-3417

슬기로운 감옥생활

JS 장편 소설

습기
감옥

슬기로운
감옥생활

C o n t e n t s

차례

슬기로운
감옥생활

07

개죽음보다 덧없는 것

재선이 의무과로 업혀간 지 10분도 채 안 되어서 인터폰이 걸려왔다. 반 담당은 아무것도 모른 채 인터폰을 받았는데 저쪽에서 들려오는 관구부장의 목소리는 마치 큰일난 것처럼 떨리고 있었다.

"반 부장, 그놈이 죽었어. 도대체 어떻게 된 거야?"

"엑! 그럴 리가?"

반 부장은 깜짝 놀랐다. 사람이 그렇게 쉽게 죽다니. 주먹 한 방에 죽어 버리다니 어처구니가 없었다. 벌어진 입이 다물어지질 않았다. 이제까지 나태해지려던 자신이 번뜩 맑은 정신이 들면서 다리가 후들거리기 시작했다. 무슨 말을 해야 할지 몰랐다. 사건의 경황은 자신도 지금 자세히 모르는 상태다. 그렇다고 사방을 책임지고 있는 자신이 그걸 모른다고 대답을 할 수는 없었다. 그렇다면 그만큼 방에 대해서 소홀했거나 의자에 앉아 잠을 잤다는 것을 입증하는 것이었다. 대충 아는 대로 대답을 하는 수밖엔 없었다.

"제가 보니까 사소한 말다툼을 하다가 싸움이 돼서 주먹질을 한 것밖엔 없었습니다. 달리 뭐 크게 심한 싸움은 아니었던 거 같습니다. 그런데 죽었다니……."

"어허, 이 사람. 정말 큰일날 소릴 하고 있네? 그래, 그걸 제질 못했단 말이야? 아무래도 무슨 소리들이 났을 거 아냐?"

"싸우는 걸 보고 '앉아' 하고 소릴 지르고 11방의 독방으로 갔죠. 11방에 시찰을 하려고 말이예요."

담당은 11방의 집시법 위반인 창희를 팔아먹었다. 그래도 구치소에서는 집시법이라면 조금은 겁을 내는 존재였기 때문이다. 그리고 집시법에 대해선 사방 담당이 몰래 눈치를 안 채이도록 그 방의 동정을 파악해서 시간마다 지금 하고 있는 그대로를 기록하고 있었다. 가령, 책을 보고 있으면 '책을 보고 있음'이라고 적었고 방 안에서 팔굽혀펴기나 요가를 하고 있으면 '현재 운동을 하고 있음'이라고 적었던 것이다. 그리고 그것은 폐방과 동시에 보안과의 사무실로 갖고가 요시찰 담당인 직원에게 넘겨주었다. 만일 그들이 구호를 외치면서 난동을 부릴 때에는 그들이 외치는 구호와 문짝을 찼던 횟수까지 정확히 기재했다. 그리고 그들은 매 끼니 때마다 먹은 밥의 양도 적어서 기록했는데 '삼분의 일을 먹었음', '반을 먹었음', '거의 다 먹었음'이라고 기재를 했다. 그리고 운동을 나간 시간과 들어온 시간을 기재했으며 몇 시경에 면회를 나갔고 누가 면회를 왔다는 것을 기록해야 했다. 그때는 눈치 채이지 않도록 오늘 누가 면회를 왔지? 하고 물으면 과 학생은 순순히 누가 왔는가를 말해주었는데 담당이 자연스레 학생에게 관심을 가지고 있다는 투로 말을 유도하는 거였으므로 별다른 의심은 사지 않았다. 심지어는 운동을 나가거나 이발 면도를 하러 나가더라도 인솔하는 담당의 이름까지 적었다.

"씨팔놈의…… 그 방은 뭐하러 갔어? 독방에 가만히 있는 놈을 …… 이걸 어쩌느냐 말야."

관구부장은 평소답지 않게 입에 쌍욕을 담고 있었다. 평상시에는 집시법의 학생에게 최대의 관심을 쏟던 그도 엉뚱한 곳에서 사건이 터지자 그쪽으로 화풀이를 퍼붓고 있었다. 반 담당으로서도 전혀 예상하지 못한 사건이었다. 뒤늦게 어슬렁어슬렁 나타난 교대 담당에게 사방키를 인계하고 의무과로 달려가니 의무과에서는 일반 재소자들의 진료는 중단한 채 직원들로만 들끓었는데 벌써 보안과장이 와 있었다. 반 부장은 과장에게 거수경례를 붙였다. 과장은 그를 보자 쓴 인상을 짓고 고개를 홱 바깥으로 돌렸다.

"반 담당, 그렇게 싸우도록 뭐하고 있었어?"

이번에는 계장이 과장 대신 질문을 했다. 전부 다 눈매가 사나워져 있었다. 마치 담당이 일부러 싸움을 붙이기라도 한 듯이 노려보았다.

"저는 11방으로 시찰을 하고 있었는데…… 처음엔 말다툼을 하길래 그만두라고 했지요. 11방에 가서 시찰구를 들여다보고 있는데 우당탕하는 소리가 나서 5방으로 달려갔더니 이미 한 놈이 쓰러져 있었습니다. 그리 크게 싸운 것도 아니었는데……

"쯧쯧, 그것도 몰랐어?"

과장이 버럭 화를 냈다. 반 담당은 자신도 모르게 움찔했다. 그때 하얀 시트가 덮인 환자용 침대가 의무과 소지에 의해 밀려나오고 있었다. 과장이 일어나서 시트를 벗기자 그 위에는 마치 잠을 자는 듯이 재선이 누워 있었다. 금방이라도 일어날 것 같았는데 죽었다니 정말 믿기지 않았다. 온통 발가벗겨 알몸으로 누워 있는 그를 내려다보았지만 외상이라곤 한 군데도 보이지 않았다. 가슴을 주먹으로 맞았다고는 하나 가슴에는 아무런 흔적조차 보이지 않았다. 그러나 의무과장의 말로는 늑골이 3대나 부러졌으며 심장쇼크사라고 했다. 과장이 반 담당을 한 번 노려보고 밖으로 나가버리자 이번에는 관구주임이 옆으로 와서 말을 하기 시작했다.

"반 부장, 자초지종을 적어서 시말서를 써 와. 아마 중징계가 떨어지겠어. 관구부장과 나도 시말서를 써야 돼.”

주임은 입맛이 쓴지 담배를 빼어 물었다. 반 부장은 의무과를 나오면서 도무지 갈피를 잡지 못하고 있었다. 교도관 생활 14년 만에 처음 당하는 일이었다. 그동안 재소자들의 구타사건이야 숱하게 많았지만 대개 이빨이 부러지거나 뼈가 부러져서 당사자들끼리 합의를 시켜 무마를 시키는 일에는 어느 정도 신물이 났지만 이번과 같이 사망을 하는 사건은 없었던 것이다.

몇 달 전에도 2방에서 신입식을 하다가 새로 들어온 신입이 건방지다면서 배식반장이 앉아 있는 신입의 얼굴을 걷어차서 이빨 두 대가 나간 사건이 있었는데 얼마나 골치가 아팠는지 모른다. 일단 시말서를 쓰는 것은 물론이었고 며칠 동안 제시간에 퇴근을 하지 못하고 조사실에서 두 사람의 합의를 이끌어내느라 애를 먹었다. 맞은 신입은 죽어도 형사고발을 할 거라고 버텼고 때린 배식반장은 가족이 있냐고 물어 봤지만 별로 연고가 될 만한 친척도 없었던 터라 이빨 두 개 값을 물어줄 만한 처지가 못 되었던 것이다. 그래서 부랴부랴 시골에 있는 노모에게 전보를 치고 장거리 전화로 사건의 전말을 이야기했고 이빨을 부러뜨린 값으로 50만 원의 돈이라도 구해오지 않으면 부득이 추가로 폭력죄가 기소가 될 것이란 점을 누누이 강조를 했던 것이다.

“아이구, 간수 양반. 시골섬 무신 돈이 있을랑가요. 고놈이 또 징역가서 고로코롬 사람을 패부렀응께 죄값을 받아야 싸지러. 돈 씨뿌리도 없는디 어데 가서 빌리요?"

"할머니, 할머니말고 다른 젊은 분은 없습니까? 돈이 없으면 덤으로 1년쯤 더 살아야 돼요."

반 부장은 속으로 짜증이 났지만 어쩔 수가 없었다. 빨리 합의라도 봐야 과장을 볼 면목이 섰기 때문이다. 만일 합의가 되지 않고 맞은 놈이 형사고발이라도 하게 되면 반 부장도 구타사건에 대한 증인으로 법정에 서야 될 판국이었다. 그리고 무엇보다도 징계의 강도가 더 세질 게 뻔했다. 그래서 일단 합의만 되면 없던 것으로 일단락 짓고 징계도 가벼운 경고쯤으로 하겠다는 언질을 받아놓고 있는 터였다. 그런데 저쪽의 시골에서는 쥐어짜봐야 똥밖에 나오지 않을 만치 가난에 찌든 노인네에게 아들의 주먹 값을 닥달해야 하는 자신의 처지도 정말 난감하기는 마찬가지였다. 남의 이빨을 부러뜨린 자식은 이미 오래 전에 내어놓은 자식인 양 별로 탐탁하게 생각지 않는 부모를 설득하느라 진땀을 뺐던 것이다.

"할머니, 하여튼 이번 주 안으로 합의가 안 되면 검찰로 사건을 송치시켜야 되니까 그렇게 아세요."

거의 30분이나 목소리를 높여 떠들어댔지만 저쪽에서는 없는 돈타령만 하고 있었기 때문에 아무래도 글렀나보다 하고 거의 체념을 하고 있었다. 그러던 차에 시골에서 올라온 부모의

50만원으로 겨우 합의를 본 적이 있었다. 그때 시골에서 올라온 할머니를 보자 반 부장은 마치 시골에 계신 어머니의 생각이 나서 얼마나 서글펐는지 모른다. 땟국물이 여전한 인조 모시치마 저고리를 입고 온 할머니에게서는 노인네 특유의 땀내가 났고, 동네의 여러 집에서 빌려왔다는 돈을 꺼내는 시커먼 손을 보면서 괜히 자신이 못할 짓을 했구나 하는 후회감이 들었다. 죄를 짓고 들어와서 그것도 모자라서 남의 이빨을 부러뜨려놓은 놈을 동정해서 시골의 노인네를 불러 올렸다는 것이 괜히 마음이 아파왔다. 물론 그놈을 위한다기보다 우선은 자신의 처신상의 문제가 시급해서 불렀지만 이중으로 마음의 고통을 겪었다.

사방으로 돌아오자 직업에 대한 회의가 일어났다. 자신이 잘못한 일로 징계를 받는다면 또 몰라도 순전히 재소자들끼리 싸움을 한 것을 가지고 자신이 징계를 받아야 한다는 것이 조금은 억울하게 느껴졌다. 일반 공무원들은 자신이 비리를 저지르거나 착오를 일으킨 데 대한 책임을 지는 거니까 남에게 그 탓을 돌릴 수 없는 거지만 이곳에서는 담당이 아무리 잘 한다고 열심히 해도 방 안에서 싸우거나 부정물품을 만들다가 발각이 되거나 담배나 술을 먹다가 들켜도 그 책임은 그 재소자를 데리고 있는 담당에게 돌려졌다. 사람이 일일이 그러한 것을 알아낼 도리가 없을 뿐더러 잡아내기란 여간 용이하지가 않았다.

순전히 사회에서 그러한 짓들만 골라 하다가 잡혀 들어온 놈들을 당해내기란 실로 불가항력적인 일이나 마찬가지였다. 그러나 공직이란 엄격했으므로 사건이 크게 일어나면 거기에 대한 책임추궁이 분명했다.

반 부장은 저녁 시간이 되어 일찌감치 저녁식사를 마치고 아직 쉬는 시간이었음에도 불구하고 사방으로 돌아와서 시말서를 쓰기에 골몰하고 있었다. 교대 근무 직원은 아직 쉴 시간이 남았음에도 불구하고 일찌감치 돌아온 반 부장에게 왜 좀 더 쉬지 않구요 하고 물었으나 그냥 가서 쉬라고만 말을 하고 의자에 앉았다. 벌써 재소자 사망 소식은 구치소 내의 직원이나 재소자들도 모르는 이가 없을 정도였다. 당장 내일이면 피해자의 가족들이 몰려와서 구치소 측에다 거센 항의를 할 것이다. 그리고 검찰에다 고발을 할 게 분명했으므로 당분간은 머리가 아플 정도로 시끄러울 것이다.

내일 아침 정시에 퇴근을 한다는 것은 있을 수 없는 일이었다. 죽은 재소자에 대한 서류와 기록을 완비해야 하고 검찰로 보낼 서류에 자신의 시말서도 같이 첨부를 해야 할 것이다. 그리고 의무과장의 소견이 적힌 사망확인서도 같이 보내야 할 것이며, 피해자 가족들의 요구로 정확한 사인을 규명하자고 한다면 시신을 국립과학수사 연구소로 보내 결과를 통보받을 때까지 사건은 마무리가 되지 않을 것이다.

반 부장은 5방에 있는 종태가 왜 싸움을 제지하지 않았는지 울화통이 치밀었다. 그렇다고 종태에게 마치 책임을 전가하려는 말을 할 수도 없었다. 그것은 어디까지나 자신의 책임인 것이지 같은 재소자인 종태에게 짜증을 부려봤자 자신의 허점만 보이고 말 뿐이다.

반 부장은 글씨가 제대로 써지지 않았다. 처음엔 시말서라는 말만 쓰다가 종이를 구겨 버렸고, 그 다음번엔 내용을 몇 자 적다가 막상 어떻게 써야 자신에게 유리할까 하고 생각을 하다가 종이를 찢어 버리고 말았다. 도저히 빠져나갈 구멍이 보이지 않았다. 구타사건 같으면 그래도 자신이 몇 번이나 제지를 했음에도 불구하고 하는 식으로 운을 뗄 수 있었으나 이번 사건은 사람이 죽어 버렸기 때문에 그래봤자 핑계에 지나지 않는 헛수고에 그치고 말 것 같았기 때문이다. 그래도 일단은 그러한 내용을 넣어야 했다. 그냥 무책임하게 다른 일을 하고 있었다고 쓸 수는 없었다. 5방의 종태는 지금 미안해서인지 책상 앞에 앉아 있는 반 부장에게 일언반구도 없다.

시 말 서

소직은 1993년 8월 24일부로 2동 하 사방 담당명을 받고 근무를 하던 중 1993년 9월 30일 오후 3시 30분경 각 방을 순찰하고 있다가 5방에서 우당탕하면서 싸움을 하는 소리를 듣고 급히 달려가 일차 제지를 하고 싸움이 멎는 듯해서 11방의 집시법 학생의 동정을 살피기 위해 11방에서 학생과 이야기를 하고 있던 중, 갑자기 5방 쪽에서 싸우는 소리를 듣고 달려가 봤더니 5방 안에서 피해자 2435번 남재선(당 34세, 혼빙간음)이 쓰러져 있고, 가해자인 1815번 김민기(당 42세, 폭력)는 동료들에게 붙잡혀 있었습니다. 두 사람은 여자에 관해서 사소한 말다툼을 하다가 일차 담당인 저에게 제지를 받고 잠잠하였으나 제가 11방으로 간 사이에 다시 일어나서 싸웠고 피해자인 남재선이 먼저 가해자인 김민기의 얼굴을 주먹으로 일회 가격한 사실이 있어 이에 격분한 김민기가 주먹으로 피해자인 남재선의 가슴에 주먹으로 일회 가격을 가해서 일어난 사건이었습니다. 평소에 모범방이라는 소리를 들었을 정도로 아무런 문제가 없었던 방이었으며, 마침 제가 11방에 순찰을 하고 있었기 때문에 일어난 사건이므로 모든 것이 저의 근무태만으로 인한 불찰로 사료됩니다. 이에 모든 책임을 통감하여 자술하오며 소장님의 관대한 처분을 바랍니다.

1993, 10, 30

직위 : 교 사(矯 查)

성명 : 반 기 환

영 등 포 구 치 소 장 귀 하

반 부장은 시말서를 다 작성하고 나자 도장을 꺼내 자신의 이름 끝에다 날인을 했다. 이제 이 시말서가 올라가면 어떠한 징계가 떨어질지 몰랐다. 최소한 감봉 3개월은 될 것 같았다. 이러한 징계를 받고 나면 자신에게는 매우 불리한 것이다. 새로이 구치소나 교도소가 개청을 하게 되면 각 교도소에서 우선적으로 인원을 차출하게 되는데 지원자가 없을 경우에는 징계를 받은 자가 제일 먼저 차출 대상이 되곤 했던 것이다. 일례로 절해의 고도라고 할 수 있는 중구금 특수시설인 청송 제1보호 감호소와 제2보호 감호소, 청송 교도소가 개청이 될 즈음에 각 교도소에서 지원자가 없어 일계급 특진과 직원용 아파트를 준다는 좋은 조건을 내걸어도 지원자가 없자 나중에는 각 구치소나 교도소에서 의무적으로 인원을 할당하여 차출을 하기 시작했다. 청송이 워낙 오지였고 교통이 불편했던지라 차출이 된 직원들 중에는 아예 사표를 쓰는 직원도 생겨났다. 그래서 일단 발령이 난 직원이 그날로 사표를 써도 사표를 받지 않았으며 일단 청송에까지 내려갔다가 거기서 사표를 쓰고 올라오는 이도 있었다. 청송이라는 곳은 정말 한국 내에서 찾아보기가 드문 첩첩산중이고 인가가 드문 요새와도 같은 곳이다. 감호소와 교도소가 있는 둘레에는 높은 산들이 빙 둘러쳐져 있어서 일부러 도망을 친다고 해도 쉽사리 인가가 있는 동네나 면 소재지까지 당도하기엔 꽤나 시간이 걸릴 그런 오지였다.

누가 그곳에 교도소를 설치했는지 모르겠지만 그런 중구금 시설을 설치하기에 앞서 미리 그곳이 적지임을 알아보았나 싶었다. 마치 그곳은 이 사회와는 완전히 격리된 듯한 절해고도나 다름없었다. 그곳에서 한 번 근무를 해본 이들은 다시는 그곳으로 가는 것을 꺼릴, 차라리 사표를 쓰는 한이 있더라도 내려가지 않으려고 하는 그런 곳이었다. 그곳에 있는 재소자들은 일반 교도소에서도 일반 사회로의 정상적인 복귀가 힘들다고 판단이 된 전과가 많은 자들만 사회보호법에 의해 그것으로 이송이 되었다.

구치소에서는 일단 판결에 의해 보호감호가 붙으면 재판이 끝나 청송으로 넘어갈 때까지 요주의 인물이 되었다. 혹시라도 자포자기하는 마음으로 자살을 할 우려가 있었고 같은 방 안의 재소자들에게 행패를 부릴 소지가 있었기 때문이다. 일단 그곳으로 가면 아무리 착실히 징역을 산다고 해도 쉽게 나오기가 힘들었고 서울에서 워낙 먼 거리였기 때문에 면회를 오는 사람이 없어 방에서는 먹을 것이 없어 애를 먹을 정도였다. 완전히 거지 중의 상거지가 되는 거였다. 그리고 거기는 일반 구치소나 교도소처럼 허술하게 대하는 것이 아니라 특별 감시를 하는 까닭에 우선은 모든 게 짜증이 났고 살맛을 잃어버리는 곳이었다. 직원들도 그곳에서는 낙이 없어 하루하루를 술로 때우는 이도 있었다.

반 부장은 시말서를 다 쓰고나서 담배를 한 대 빼어 물었다. 원래는 사방에서는 금연이었으나 이제는 별로 겁도 나지 않았다. 그 대신 창문을 조금 열고 창밖으로 연기를 뿜어내었다. 그러자 벌써 담배연기를 맡은 방 안의 재소자들이 코를 킁킁거리며 복도 쪽을 내다보는 이도 있었고, 담당의 기분을 눈치챘는지 조용히 창문을 닫는 재소자도 있었다. 오늘 같은 날은 괜히 담당에게 잘못 걸리면 좋지 않을 수도 있다. 재소자들은 그러한 눈치 하나는 빨랐다. 이 안에서는 순전히 눈치만 키우며 사는 그네들이었다. 흔히 눈치를 통밥이라고 불렀다.

반 부장은 며칠 동안 제대로 퇴근도 못하고 보안과 사무실에서 대기를 했다가 집으로 나갔고 출관을 하는 날도 자기 근무지인 사방으로 들어오지 않았다. 대기 발령이라도 났는지 본부담당 대신에 다른 보조 담당이 들어왔다. 종태는 미리 방 안의 재소자들에게 새로 온 담당에게 특별히 조심하라며 타일러 놨다. 사태가 가라앉을 때까지는 어떻게든 몸조심을 하는 게 제일 상책이다. 처음에는 그러한 일이 일어났던 방이니까 방을 깨버릴 줄로 알았는데 다행히 방 식구들을 흩어 버리는 불상사는 없었던 것이다. 흔히 사고가 난 방은 방을 깨버렸다. 깬다라는 말은 방 안의 재소자들을 뿔뿔이 다른 방으로 흩어 버리는 것이었는데 그것은 일종의 보복심리도 깔려 있었거니와 또 다른 사고를 미연에 방지하는 효과도 있었다.

"형님, 담배는 어떡할까요?"

상호가 미리 그러한 제의를 해왔다.

"조금 더 있어봐. 미리 마음의 각오는 하고 있어. 전방이라는 말이 있고도 그걸 치울 수 있는 시간은 충분하니까."

"알았습니다, 형님."

"근데 4동에 있는 병찬이 새끼는 계속 뽕을 하는 모양이던데…… 조심해야 될걸."

"아따, 형님도. 벌써 그걸 모를까 봐서요. 어디 징역을 한두 번 살아보나요 뭐."

"……."

"걱정마십쇼, 형님. 병찬이란 형도 결코 호락호락하지는 않습니다아. 그쪽에서도 직원들을 꽉 잡고 있는 거 같아요."

"그으래?"

"아, 그럼요. 저번에 운동을 나가서 보니까 담당님들하고 장난을 치고 있더라니까요."

구치소에서는 사고가 나면 일단 모든 게 위축되고 살벌해진다. 그렇다고 범치기를 하는 재소자들이 움츠러드는 건 아니었다. 조금 간이 배 바깥으로 나왔다가 다시 뒷구멍으로 숨었을 뿐, 숨어서 하는 것은 어제나 그제나 다름이 없었다. 조금 더 조심할 뿐이다.

상호도 방 안의 식구들에게 누누이 조심하라는 말을 강조하고 있었다. 방에서 두 명이 빠져나가 버리고나자 어쩐지 방 안이 텅 비어 버린 것 같았다.

김민기는 남재선을 때려서 죽였다는 이유로 지금 1동 하에 있는 독방에 가 있었다. '1815번, 김민기 전방준비이!'라고 소지가 소리를 쳤을 때 상호는 방의 애들에게 지시를 내렸다.

"김민기 씨 전방 준비를 해라, 그리고 먹을 것도 좀 많이 넣고. 아마 독방에 가면 재판을 받을 때까지 못 나올 것이다. 담요도 몇 장 더 주고…… 그리고 재선이 담요는 재수가 없으니까 민기한테 줘 버려라. 여기 둬봐야 괜히 꿈자리만 사납다."

민기는 사건이 일어나던 날, 곧바로 수갑이 채워진 채 1동의 독방으로 끌려갔다. 아마 며칠 동안은 이불도 없이 맨몸으로 수갑을 찬 채로 잘 것이다. 그게 이곳의 징벌이었다. 지금 소지가 '김민기 씨, 전방준비!'라는 소리는 민기의 소지품을 전부 내놓으라는 말이다. 일단 조사가 다 끝나고 징벌이 정해지면 옷과 이불 따위는 넣어 주었다. 다만 면회라든가 편지를 쓰는 일이 중단되고 운동도 중단될 것이다. 소지가 대개 1동까지 물건들을 운반해 주었는데 관구부장이 소지에게 물건을 들게 해 옮겨 갔다. 관구부장이 소지를 데리고 방문 앞에 나타나자 상호는 그래도 인사치레라도 하는지,

"소지, 5방에서 안부를 묻더라고 전해. 열심히 반성을 하고."

"알았어."

1동의 소지는 물건들을 들면서 알았다라고만 대답했다. 상호는 옆에 있는 관구부장의 눈치를 보며 말을 했는데 괜히 의심을 받을 것 같아서 끝에다가 "열심히 반성하고"라는 말을 덧붙였다.

"관구부장님, 우리 방에는 신입이 언제 옵니까?"

상호가 넉살좋게 물어 보았다. 상호의 손이 뒤통수를 긁고 있었다.

"몰라, 임마, 뭘 잘했다고 그런 건 물어 봐?"

관구부장은 약간 화가 난 얼굴이었다. 그렇지만 종태가 먹여 놓은 약발이 있었기 때문에 크게 염려할 정도는 아니었다. 단지 방 안의 재소자들이 일찍 싸움을 뜯어말렸더라면 하는 아쉬움은 남아 있는 모양이다. 그랬다. 같이 있던 재소자들이 달려들어 미리 싸움을 말렸더라면 죽게까지는 되지 않았을 것이다. 그저 심심하던 차에 좋은 구경거리라도 생긴 양으로 멀뚱거리며 보고 있다가 일격에 쓰러져 버린 것이다. 종태나 상호가 '그만둬!'하고 말 한 마디만 했어도 싸움은 곧 중단이 되었을 것이다. 종태는 그게 못내 아쉬웠다. 사실 종태도 별로 크게 싸울 것처럼 느껴지지 않아 구경삼아 누워서 보고만 있었던 것이다. 이렇게 될 줄 알았다면 벌써 시초부터 고함을 질러 싸움을 뜯어말렸을 것이다. 그래도 방에서는 민기와 재선이 제일 입방아를 잘 찧어댔고 여자의 얘기라면 빠지는 법이 없었다. 어떻게 해서라도 여자들을 벗겨놔야 직성이 풀리는 친구들이었다.

민기는 아마 폭력치사의 추가 건으로 인해 형을 많이 받을 것이다. 검사나 판사는 구치소 안에서도 폭력으로 사람을 죽였다는 데에 괘씸죄를 적용해 법정 최고형을 내릴지 몰랐다. 재소자들은 탄원서를 쓰거나 항소이유서를 쓰거나 법정에 나가 최후진술을 할 때에는 모두 구치소 안에서 많이 반성을 했노라고 했고 깊이 머리를 조아렸다. 그것은 단순히 판사의 동정심을 유발시키기에 좋은 구실이 되었기 때문이다. 그런데 구치소에서 치사를 했다면 아예 동정의 여지가 없어져 버린다.

"야, 누가 내 탄원서 좀 안 써줄래?"

"제가 쓸까요?"

천식이었다. 천식은 원래 글재주가 좀 있었다. 방에서는 제일 막내였고 그래도 고등학교를 졸업한 지 얼마 되지 않은 놈이었다.

"에이, 형님도. 천식이가 뭘 쓸 줄 알아요? 그래도 별이 한두 개는 되어야 판사의 마음을 움직일 만한 글을 쓰죠."

상호의 말이 맞았다. 그래도 징역을 살아본 놈이 쓰는 게 훨씬 나았다. 징역에서는 검사나 판사에게 글을 쓰더라도 조리있게, 그것도 그렇게 하지 않으면 안 되었을 이쪽의 필연성 내지 불가피성을 강조하여 어떻게든지 마음을 움직일 수 있어야 했다. 그러려면 징역을 살아본 빵잽이가 훨씬 유리했다.

"그럼 누가 써줄래?"

종태가 방 안을 휘이 둘러보자 이번에는 성군이가 말했다.

"내가 쓸게요. 잘은 못 쓰지만."

성군이는 이번이 세 번째였다. 순전히 절도 전과만 있었다.

"그래, 성군이가 써라. 내일 집필실로 가서 쓸 거니까 미리 만능노트에다 초안을 잡아. 상호는 오후에 집필 신청을 할 때 성군이 하고 나하고 같이 신청해."

"알았습니다."

상호가 대답을 했다. 이곳에서는 편지를 쓰거나 탄원서를 쓸 적에는 미리 하루 전에 집필 신청을 해야 다음날 쓸 수 있었다. 이곳에서도 바깥으로 편지를 자주 쓰는 사람은 거의 이틀에 한 번꼴로 편지를 썼는데 집필실이라는 곳이 좁아서 여섯 사람 정도밖엔 못 들어갔다. 때문에 미리 하루 전에 신청을 받아두었다가 다음날 순서대로 불러내어서 편지나 쓸 종이를 나누어 주고 볼펜을 주었는데 다 쓴 것은 그대로 반납을 해야 했고 종이가 한 장이라도 모자라면 안 되었다. 그리고 집필을 마치고 나면 으레 몸검사를 했다. 혹시라도 밀서를 만들어 가지고 방으로 들어가지나 않나 해서 하는 검신이었다.

점심때가 되자 새로 신입 두 명이 들어왔다. 한 명은 두터운 뿔테 안경을 썼고 어딘지 모르게 순진해 보였다. 또 한 명은 얼굴에 살이 뒤룩뒤룩 찌고 눈웃음을 살살 치는 모양새가 사기꾼 같은 놈이었다. 배식반장은 으레 하던 대로 둘의 소지품을 받아서 관물대 밑에 갖다 놓았다.

"내가 이 방의 배식반장이다. 내 위로도 형님이 계시니까 인사는 나중에 하도록 하고 우선은 저쪽 구석으로 가서 앉아 있어."

배식반장이 손가락으로 가리키는 곳은 뺑끼통 옆이었다. 그들은 벌떡 일어나서 뺑끼통 옆에 나란히 앉았는데 마치 국민학생이 벌을 서듯이 무릎을 꿇고 단정히 앉았다. 그리고 손은 무릎 위에 올려놓고 있었다. 그러나 시선을 어디에 둘지 몰라 몇 번 두리번거리다가 끝내는 무릎 쪽으로 내리깔고 있었다. 이미 방 안의 공기를 파악하고 있는 듯했다. 이 방은 폭력이 판을 치는 방이란 걸 쉽게 알아보았던 것인지 몰랐다. 종태가 떠억 하니 벽 쪽에 모포를 깔고 누워 있었고 상호의 웃통을 벗은 몸통에 문신들이 보였기 때문이다. 그리고 어딘지 모르게 우악스런 종태의 다부진 몸매가 더욱 기를 죽게 만들었다. 처음부터 눈밖에 벗어나봐야 좋을 게 하나도 없었다. 뺑끼통이 있는 곳에 앉히는 건 벌써 기합을 넣고 있는 거나 다름없었다. 방 안의 사람들은 일부러 화장실을 들락거리면서 발로 툭툭 걷어차거나 몸을 휘청거리면서 어깨 부분을 밀기도 했다. 그들은 옆으로 넘어지기도 했고 앞으로 넘어지려고 해서 손바닥을 짚기도 했다. 또 어떤 이는 화장실의 문을 활짝 열어젖히면서 문으로 등짝을 쳤는데 그렇다고 어떤 얼굴 표정을 짓는다는 건 있을 수 없는 일이었다. 그저 앞으로 다가가서 앉거나 옆으로 물러앉느라 이리저리 피해다니는 꼴이 되었다. 나중에는 무릎을 꿇은 관절이 저려오기 시작했으나 무릎을 느슨하게 할 수도 없었다. 그들이 이미 자신들을 시험하고 있다는 것을 알고 있었던 터라 느슨한 행동을 할 수 없었다. 담당이 지나가면서 그러한 것을 봤지만 그대로 지나갔다. 만일 담당이 '바로 앉아!' 하고 말한다고 하더라도 방 안의 고참이 다리를 펴고 앉으라는 말이 없는 한 다리를 마음대로 펼 수는 없는 노릇이었다. 담당의 말만 믿고 다리를 풀었다간 밤에 어떠한 봉변을 당할지 모르는 일이었다. 일부러 미친 척하고 밤에 화장실을 가면서 이불 위를 밟아버릴지도 모른다. 아주 맹탕인 신입에게는 밤에 전깃불을 끄라고 시킨다. 그러면 신입은 그 불을 끄는 스위치가 어디에 있는지를 몰라 쩔쩔매다가 결국 스위치 있는 장소를 묻게 되고, 방 안의 사람들이 그것도 모르냐며 핀잔을 주면서 뺑끼통이라고 말해 주었는데 신참은 뺑끼통 속에 들어가서 한 시간이나 두 시간을 벽만 더듬고 있는 경우가 많았다. 일반 가정집처럼 전깃불을 끄는 스위치가 분명히 벽면의 어디쯤엔가 있을 것이라 생각하고 아무리 찾아봐야 없었던 것이다. 그렇다고 아까번에도 핀잔을 들었는데 또다시 물어볼 엄두가 나지 않아 계속 벽만 더듬으며 찾았는데 재소자들은 그것도 재미있어했다.

상식적으로 생각을 해봐도 징역을 사는 재소자들이 스스로 불을 끄고 켜도록 되어 있지 않을 뿐더러 만일 불을 끈다면 캄캄한 어둠속에서 무슨 짓을 할지 모르는 판인데 신입들은 당연히 불은 끄는 게 정상이라는 식으로 착각을 하기가 쉬웠다. 남을 골탕먹이면서 스스로 즐거워하는 것이다. 그것은 군에서처럼 군에 먼저 온 사람이 고참이 되고 고참이 누리는 기득권처럼 전통적으로 내려오는 악습인지도 몰랐다. 잠자리도 으레 뺑끼통에 가까운 곳에서 자도록 하는 게 당연시되었다. 그들은 그렇게 몇 시간을 무릎 꿇고 앉아 있었다. 빨리 배식이 떠야 그래도 이런 형국을 모면할 수가 있었다. 그러나 저녁 배식이 뜨려면 아직 멀었다.

배식반장은 그들이 가지고 온 영치금카드를 보고 있었다.

"김성철이가 누구야?"

"예, 접니다."

안경잽이가 얼른 고개를 들고 대답을 했다. 안경의 뿔테만으로 봐선 빵잽이와 어울리지 않았다. 어쩐지 눈매가 순박해 뵌다.

"돈이 많은데 그래? 몇 동에서 왔어?"

"예, 7동에서 왔습니다."

"거긴 소년수 사동이잖아?"

"예, 거기서 소년수 봉사원을 했습니다."

"누가 면회 오나?"

안경잽이는 잠시 우물쭈물거린다. 종태가 힐끗 쳐다보자,

"예, 마누라가 옵니다. 매일……."

"오호, 그래? 그리고 천말복이."

"예! 접니다."

하관이 두리뭉실한 게 조금만 틈만 보이면 웃어 보이는 놈이었다.

"넌 뭐하는 놈인데 영치카드에 돈이 많지?"

"예, 그게…… 저어……."

말끝을 흐린다. 배식반장이 저벅저벅 앞으로 걸어가자 두려움을 느꼈는지 얼른 입을 떼었다.

"중입니다."

얼떨결에 크게 대답을 했던 것인데 처음에는 무슨 말인가 하여 방 안의 사람들이 가만히 있다가 절에 있는 중이라는 뜻을 알아차리자 웃기 시작했다.

"중이 왜 들어왔어? 땡추중 아냐?"

폭소가 터졌다. 종태도 누워서 웃다가 이번에는 일어나 앉았다. 구미가 당기는 모양이었다. 재미있는 일이 벌어지는 것을 놓치지 않겠다는 듯이 모초 위에 앉았다. 이번에는 상호가 물었다.

"절에 있는 스님이야? 그냥 가짜 중이야?"

"절에 있는 건 아니고요, 그저 집에 있으면서 점이나 쳐주는 그런 중입니다."

"그럼, 돌팔이 아냐, 진짜 중은 절에 있어야지. 요즘 중들도 워낙 가짜가 많아. 옆 방에는 가짜 목사도 있어. 그것 참, 묘하게 됐군. 옆 방에는 목사가 있고, 우리 방에는 중이 있으니."

"……."

그는 다시 고개를 숙였다. 나이를 보아하니 얼추 사십은 된 것 같았다. 목이 두꺼운 게 살이 좀 찐 듯했다.

"왜 들어왔어?"

상호가 묻는다. 그는 다시 상호 쪽으로 고개를 들었다.

"저어, 그게 좀 복잡합니다. 집에서 점을 보다가 보면 여자 손님들이 많아요. 그래서 가끔 술도 같이 마시러 가기도 하고 춤도 추러 가기도 하는데…… 제가 돈이 좀 필요해서…… 돈을 좀 빌려 썼습니다. 그게 잘못돼서."

"얼만데?"

"한 6천만 원쯤 됩니다. 평소에 친했던 여자라서 아무 부담 없이 빌려 쓴 거지요."

"한 사람이야?"

"아닙니다. 두세 사람쯤 됩니다."

"둘이면 둘이고 셋이면 셋이지 두세 사람쯤이라는 건 또 뭐야? 이거 사람 웃기네?"

상호가 얼굴을 굳히자 그는 얼른 몸을 곧추세우며 손을 내저었다.

"아닙니다. 저어, 그게 두 사람 것입니다. 그리고 다른 여자들한테서 또 고소가 들어와서 지금 조사를 받고 있는 중입니다. 그래서……."

"야야, 알것다. 아주 여자들만 상대를 했구만? 그래서 사기를 친거고?"

"……."

"합의는 봤냐?"

"……."

중은 아무런 대답도 없었다. 사람들은 저마다 재미있는 상상을 하고 있었다. 중이 점을 친다면 분명히 여자들이 많았을 것이고, 그리고 돈을 빌릴 정도라면 꽤나 가까운 사이임에 틀림없었을 것이다. 요즘은 성직을 빌미로 해서 돈을 긁어모으는 치들이 많았다. 성직자가 돈 아니면 이곳에 들어올 턱이 없었다.

"혹시 간통 아냐?"

"아닙니다. 사깁니다."

"오호, 그래? 사기꾼님이 오셨구나. 애들아, 이분 자알 뫼시도록 하여라!"

"예이!"

방 안은 완전히 웃음바다가 되고 말았다. 상호가 하는 말에 방 안 사람들의 손발이 척척 맞아 나갔다. 마치 임금과 신하의 흉내를 내고 있는 것 같았다.

"공은 어인 일로 여길 들어오셨나이까!"

상호가 이번에는 두꺼운 안경에게 질문을 하기 시작했다.

"예, 저는 뇌물수숩니다. 공무원입니다."

"오호, 그으래? 얼마짜리 엽전을 챙겼는고?"

"……."

"여봐라, 신이 물었도다. 얼마짜리를 꿀꺽했는고?"

"예, 8백만 원입니다."

"그래? 그럼 가만 있거라. 옆에 있는 점쟁이에게 공이 무슨 공무원인가를 알아맞춰 보도록 하겠다. 그 옆에 있는 중은 듣거라. 네 옆에 있는 사람이 어떤 공무원인가를 알아맞혀 보도록 하여라!"

"……."

중이 옆에 있는 사람의 얼굴을 한 번 힐끗 쳐다보았다. 사람들은 그것까지도 우스운지 웃음을 참지 못하고 있었다. 중은 또다시 옆의 사람을 쳐다보더니 말했다.

"세무쟁이 같은데요."

중은 미안한 듯 뒷머리를 긁고 있다. 두꺼운 안경은 고개를 숙인 채 눈만 꿈벅이고 있었다. 방 안은 일순 호기심으로 가득 찼다.

"이제 공은 자신의 직업을 말하여 보아라!"

"예, 맞습니다."

방 안의 사람들은 갑자기 박수를 치며 떠들썩했다. 담당이 의자에 앉았다가 놀라서 방 안을 들여다보는 것이 보였다. 사람들은 전부 빙 둘러 앉아 있었으므로 담당은 다시 의자에 앉는 모양이었다. 그것은 신입식을 받을 때 앉는 방식이었다. 신입식은 서로에게 자신의 죄명과 이름, 고향 등을 알리는 인사치레였는데 방의 중앙을 비워두고 양 사방으로 빙 둘러 앉았는데 신입은 중앙을 향해 한 번만 인사를 하면 되는 거였다. 일일이 사람을 향해 인사를 하지 않더라도 인사를 한 것으로 쳐주었다. 지금은 신입식을 하는 것이 아니라 간단하게 웃기기 위해 하는 놀이에 불과한 것이었다. 종태가 보기에도 두 놈을 앉혀 놓고 방 안의 사람들이 놀리는 것이 재미가 있었다. 안 그래도 심심해서 낮잠이나 자려고 하던 차에 마침 잘된 것이다. 상호는 직접 옷장을 열어 야쿠르트 두 개를 꺼내 손수 위 뚜껑을 열고 두 사람에게 권했다. 상호가 직접 그렇게 하는 것 자체가 아직도 장난기가 가시지 않았다는 것을 말해주고 있었다. 장난이 아니라면 배식반장이 해야 될 일이었기 때문이다.

"자, 드시지요, 스님."

중이 받았고 그 옆의 안경이 야쿠르트를 받긴 받았으나 여러 사람들이 보고 있어서 먹지는 못하고 있었다. 그저 무릎 위에 올려놓고만 있었다. 이것도 사람을 곤란케 만드는 체벌의 일종이었다. 안 마시자니 그렇고 그렇다고 사람들이 보는 앞에서 마신다는 것도 어쩐지 꺼림칙했다.

"자, 마셔. 이제 우린 한 식구가 됐는걸, 뭐."

상호가 손까지 들어가며 쭈욱 마시라는 표시를 하자 그들은 마지못해 입으로 가져가 고개를 돌리고 마셨다. 그런데 둘 다 고개를 돌린다는 것이 서로 마주 보게 돌렸다가 자신들도 이상하다 싶었던지 다시 고개를 반대편으로 돌렸는데 그러고보니 그건 또 무슨 원수진 사이처럼 우습게 보여졌다. 그것은 마치 염소 두 마리가 서로 양편으로 상대방을 끌어가려는 모습이었고 개가 교미를 할 때 서로 반대편으로 바라보는 형국이었다. 사람들은 그것도 우스웠다. 배를 잡고 웃는 것은 천식이었다. 종태도 자꾸만 웃음이 터져 나왔다. 어리숙하게 생긴 안경이 그랬고 퉁퉁하게 생긴 중이 마치 자신은 웃지 않으면서 코미디를 하는 것처럼 웃기게 만들었다.

"상호, 좀 편하게 앉으라고 그래 ."

상호는 아직까지도 웃고 있었다. 오늘 들어온 신입은 전혀 웃기게 생기지 않았는데도 사람을 웃기게 만드는 것이었다. 안경과 중은 사람들이 자꾸만 웃자 한편으론 멋쩍어하다가도 또 다른 한편으로는 방 안의 사람들이 놀리는 기분이었는지 얼굴에 애매한 표정을 띠고 있었다. 어정쩡하게 조금은 얼이 빠져 있었다.

"야, 형님이 너희들보고 좀 편하게 앉으랜다. 편하게 앉어."

그제서야 그들은 억눌린 관절을 풀고 조금 무릎을 폈다. 옆으로 약간 비스듬히 무릎을 꿇었는데 상호가 편하게 앉으란다고 그대로 완전히 양반자세를 취하기도 어려운 일이었다. 대충 옆으로 비스듬히 앉았다. 이제서야 그들도 방 안의 사람들을 찬찬히 바라볼 수 있었다. 어느 정도 방의 분위기가 익숙해졌고 웃는 정도로 보아 눈과 눈이 마주쳐도 될 것 같았다. 그들도 징역 안에서 눈치를 보는 것에는 익숙해져 있었다.

"이제 말이야. 새 식구도 들어오고 했으니까 한 마디 하겠는데 우리 방은 어디까지나 단결이야. 살아도 같이 살고 죽어도 같이 죽겠다는 마음을 먹도록. 그리고 제일 미운 새끼는 단독 플레이를 하는 놈이니까 알아서 해. 우리 방은 아마 이 구치소에서는 가장 잘 돌아가는 방일 거야. 부족한 것이 없어. 오늘 새로 들어온 여러분들도 속히 방 분위기를 파악해서 빨리 어울릴 수 있도록 했으면 한다. 그리고 한 가지 염두에 둘 것은 우리 방에서 보고 들은 것은 아무리 친한 친구가 있다거나 혹시 다른 방에 있을 때 알았던 친구라도 절대 이야기를 해서는 안 돼. 징역에서 그러한 것쯤은 참을 줄 알아야 돼. 그리고 당분간은 어떤 일을 하더라도 꼭 나한테나 배식반장에게 미리 이야기를 해서 허락을 얻는 게 좋아. 몰래 혼자서 했다가 문제가 생기면 그땐 정말 가만두지 않을 테니까 알아서 해. 우리 방이 민기와 재선이 싸운 이후로 많이 죽어 있었다. 담당을 보기에도 면목이 없으니까 이제부터는 심한 장난 같은 건 치지 않는 게 좋아. 모르는 게 있으면 서로 의논하고 신입들이 혹시 잘못하는 일이 있으면 즉시 시정을 시켜야 돼. 정식으로 신입식은 이따 저녁을 먹고 하도록 한다, 이상."

상호가 말을 마치 사방 안은 일순간 조용해졌다. 그것은 새고 들어온 신입에 대한 교육이었고 이미 기존에 있던 방 안의 재소자들에게 대해서는 경고였다. 상호가 종태의 옆으로 가서 앉자 이번에는 배식반장인 천병권이 일어섰다.

"배식반장으로서 한 마디 하겠는데 요즘 조금 기강이 해이해졌어. 왜 그래? 식기를 닦는 사람들이 밥을 먹고 난 뒤에 식기를 닦고 있으면 나머지는 방청소를 하든지 관물대 정리정돈을 하든지 그래야 될 거 아냐? 그런데도 한쪽에서는 열심히 식기를 닦고 있는데 곧바로 장기를 둔다든지 바둑을 두고 있는데 형님도 계시고 위엣 사람이 있는데도 그러는 것은 앞으로 절대 용납하지 않겠어. 여러분들도 징역을 살아봐서 이미 알겠지만 자기 처신을 스스로 알아서 하길 바라겠어. 위에서 퍼진다고 밑엣놈들도 헷가닥하고 퍼지면 절대 가만두지 않겠다. 그리고 천식이, 너는 신입들에게 잘 가르쳐. 어설프게 가르쳤다가 나중에 혼나지 말고. 그리고 여러분들이 장기나 바둑을 두다가 배식반장의 허락없이 제멋대로 옷장을 열어 먹을 것들을 꺼내 처먹는데 네가 이제까진 가만히 두고 보기만 했다. 그러나 앞으로는 절대 그러지 마라. 먹을 땐 같이 먹는 거야. 너희들 것만 입이냐? 말이라도 '형님, 좀 드시죠?'하면 어디가 썩냐? 그리고 식기 세척조가 바깥에 나가 식기를 헹구고 잡숫물을 낑낑거리고 떠 오면 방 안에 있는 사람들이 받아주는 척이라도 좀 해라. 그저 퍼질 대로 퍼져서 같이 놀려고만 하니, 정말 한심해. 그리고 앞으로는 물을 떠갖고 오면 바닥에 흘린 물이라도 좀 닦아줘라. 내가 일일이 그걸 해야 돼? 앞으로 좀 더 잘할 수 있도록!"

배식반장은 이제껏 자신이 보고 느낀 것들을 이야기하고 있었다. 방 안의 사람들이 생각을 해봐도 전부 맞는 말들이었다. 그러나 일면으론 배식반장이 은근히 자신을 내세우는 면도 없지 않다고 생각했다. 종태는 물끄러미 배식반장이 말하는 것을 보고만 있었는데 속으로는 고개를 끄덕이고 있었는지도 몰랐다. 사람들은 이제 고개를 숙이거나 손으로 만지작거리는 행동만 할 뿐 별로 말이 없었다. 갑자기 숙연해진 듯하자 분위기가 어색해졌다. 그러나 이때쯤 해서 배식반장이 먹을 것들을 꺼냈다. 매번 이런 식이었다. 어떠한 지시나 훈계가 있고난 뒤에는 으레 먹자판의 회식이 있게 마련이었다. 배식반장이 옷장에서 먹을 것들을 꺼내자 천식이도 그것을 도와주고 있었다. 두 사람 앞에 빵과 과자와 마실 것들을 골고루 갖다 놓았다. 그러나 종태에게는 오징어와 쥐포랑 땅콩만 갖다놓을 뿐이었다. 종태는 과자나 빵 종류의 것들은 좋아하지 않았다. 그저 생오징어를 잘 먹었고 쥐포를 좋아했다. 두 사람은 앞에 놓여 있는 음식들에 손을 대지 못하고 있었다. 누군가 먹으라는 말이 떨어져야만 먹게 되는 것이었다. 그 잠시 동안에 조금 서먹한 기운이 감돌았다. 신입들은 그저 어리둥절할 뿐이었다. 다른 사람들이 하는 대로 따라할 양으로 눈치만 보고 있는 중이었다.

"자, 먹어. 우리 방의 단합을 위해서!"

상호가 말을 할 줄 알았는데 배식반장이 소리쳤다. 사람들은 이제 자기의 앞에 놓인 음식들을 먹기 시작했다. 징역에서는 하루종일 먹다가 해가 빠질 정도로 하루가 짧았다. 아침을 먹고나면 오전 중에 다시 한 번 주전부리를 했고 12시면 또 점심을 먹었으며 오후에는 여러 차례 심심하면 먹는 게 일이었다. 오후쯤 되면 사식당에서 만들어 파는 찐빵이나 우동, 고등어 튀김이나 사발면, 떡볶이 등으로 수시로 배를 채웠고, 옷장 안에 있는 먹을 것들을 꺼내서 먹고 또 먹었다. 징역에서도 돈만 있으면 뭐든지 사먹을 수 있으니 먹는 것에 대해서는 별로 불편함이 없었다. 그리고나면 곧 저녁밥을 먹었다. 저녁밥은 오후 4시에 떴는데 너무 일찍 저녁밥을 먹기 때문에 잠이 들 때까지의 시간적인 공백이 길었으므로 저녁 식사 후에도 뭐든지 먹지 않으면 다음날 아침까지 견디기가 힘들었다. 하여튼 돈이 많은 방은 수시로 먹었고 얼굴에 윤기가 잘잘 흘렀지만 그 반대로 돈이 없는 소위 개털인 방은 전부 얼굴들이 푸석푸석했고 활기가 없어 보였다.

유전무죄(有錢無罪) 무전유죄(無錢有罪). 이 얼마나 기막힌 말인가. 시달리고 고달픈 세상살이에 모든 것이 달아나 버리고 달랑 몸만 남은 이들이, 빽도 없고 돈도 없는 불쌍한 이들이 마지막으로 끌려오는 곳이 구치소요, 교도소였지만 이곳에서도 돈의 위력은 엄연히 존재한다는 사실. 어쩌면 이곳이 더 돈이 큰 행세를 부리는 곳인지도 모른다.

마치 우리가 알기로는 공산주의 국가인 북한에 가면 모든 것이 평등해서 특별히 잘 먹는 이도 없고 그렇다고 못사는 거지도 없는 나라인 줄로만 알았던 것이 귀순한 북한 유학생들의 말을 듣고 보면 거기에도 부패한 당원들이 있어서 외제차에다가 외제물품만 쓴다는 사실을 알았듯이 이곳도 마찬가지였다.

밖에서 느끼기로는 징역 안에서 무슨 돈의 위력이 그렇게 심하겠느냐고 말을 할지 모르겠지만 이 안에서 부리는 돈의 위력은 남들이 모르는 커다란 힘으로 작용되고 있었다. 돈만 있으면 모든 것을 할 수 있었다. 직원을 포섭하여 담배를 사 피우는 일, 재판에 관계되는 극비 사항을 종이에 적어 증거를 인멸시키는 비둘기 띄우는 일, 담당이 재소자를 아예 복도의 난로옆에 내어놓고 놓아먹이는 일, 가출옥을 먹고 만기 전에 출소를 하는 일, 병도 없으면서 '병동으로 입원을 하여 재판을 유리하게 하거나 병보석으로 나가는 일, 재판을 받고 다른 교도소로 이송을 가야 하는데 자신이 가고 싶은 데로 갈 수 있도록 하는 일, 징역이 확정되더라도 일이 힘든 곳이 아닌 꽃이나 키우며 징역을 깨는 일 등, 손가락으로 헤아리자면 한도 끝도 없었다. 그리고 방에서도 돈이 많은 사람이 최고로 우대를 받았다. 돈이 없는 사람들은 마치 머슴살이처럼 돈이 많은 사람에게 빌붙어서 먹을 것을 얻어먹고 대신 자질구레한 빨래를 해준다거나, 안마를 해준다거나, 여름에 더울 때는 부채를 들고 선풍기의 역할을 해준다거나 했다. 하여튼 돈이 많은 사람은 손가락 하나 까딱하지 않고도 편히 살 수 있는 곳이 바로 이곳 징역이었다. 단지 자유가 없고 여자가 없고 술을 마음대로 먹을 수가 없다는 것만 빼고는 모두 골고루 모양새는 있었다. 직원들도 자기 사동의 재소자들 중에서 영치금이 많은 재소자들을 은근히 우대하고 있었다. 그것은 떡고물이 떨어지기를 기다리는 일종의 작전이었다. 그러한 작전을 잘하는 이는 일찍 집을 사거나 주식투자라도 할 수 있는 것이었다.

저녁을 먹고나자 신입식이 있다는 것을 알고 있는 방 안의 재소자들은 일찌감치 서둘렀다. 먼저 있던 방 안의 재소자들은 새로 들어온 신입들의 신입식을 하는 것에 일종의 묘한 쾌감마저 느끼고 있었다. 그게 이곳에서만 느낄 수 있는 오락이요, 게임인지도 몰랐다. 이곳에서는 오락과 게임, 취미 등의 명확한 구분이 없었고 그저 나름대로 해석하기에 따라 달라질 정도로 두리뭉실한 시간이었다. 물에 물 탄 듯, 술에 술 탄 듯, 딱부러지게 선을 그을 수 없는 시간들이었다. 명확히 구분이 되어져 있는 시간이란 운동 시간, 식사 시간, 목욕 시간, 면회 시간, 순시 시간, 기상 시간, 취침 시간, 점검 시간 등의 고정적인 용어밖엔 없었고 그 외에는 아무것도 없었다. 한 마디로 말해 애매한 시간이었다. 놀면 노는 시간이었고, 자면 자는 시간이었으며, 장기를 두고 있으면 장기를 두는 시간이 되는 거였다. 구치소에서 지정해 둔 고정 시간 외에는 누구도 간섭하지 않았고 큰 문제가 없는 한 방임하는 자세를 취했다. 지금 저녁을 먹고 나서 신입식을 하는 것도 징역에서 오랜 시간 흘러내려오는 동안 재소자들이 가장 편하고 느긋한 시간을 골라 만들어 놓은 시간대에 불과했다. 방 사람들은 가운데를 중심으로 해서 벽쪽으로 빙 둘러 앉았다. 신입 두 명은 여전히 뼁끼통이 있는 곳에 있었고 종태는 담요 위에 앉아 있었는데 신입들과 종태는 서로 마주 보는 대치의 상태가 되었다. 그리고 상호는 종태의 옆에 앉아 있었다.

"지금부터 신입식을 거행하겠다. 방 안의 화목과 유대를 위해 오늘 새로 들어온 신입의 인사를 받아보기로 하겠다. 먼저 안경부터 인사가 있겠다."

상호의 말이 있자, 먼저 고개를 깊숙이 꾸벅한 안경이 말하기 시작했다.

"인사 말씀 올리겠습니다. 이름은 김성철, 본적은 서울 은평구 불광동 105번지, 현주소는 본적과 같습니다, 죄명은 뇌물수수, 전과는 없습니다, 가족으로는 부모님과 형님, 동생들이 있습니다, 이상입니다."

성철은 한 마디, 한 마디 말을 마칠 때마다 꾸벅 하고 깊숙이 고개를 숙여 인사를 올린 다음 소개를 했다. 이것은 구치소의 신입식의 방식이었는데 말을 할 때마다 인사를 올리고 다음 말을 했던 것이다. 그러니까 인사를 여러 번 해야 하는 것이었다. 인사를 하는 것도 옛날 무사들이 하던 방식으로 양반 자세를 한 상태에서 두 손을 무릎 위에 얹고 정중하게 인사를 하였다.

"이번에는 스님이 소개하겠다."

"예, 인사 말씀 올리겠습니다, 이름은 천말복, 본적은 영등포구 도림동 153번지, 현주소는 구로구 개봉동 283번지입니다, 죄명은 사기, 전과는 벌금형까지 모두 다섯 개입니다. 가족으로는 부모님은 없고 형제들만 있습니다, 이상입니다."

두 사람의 인사가 끝나자 상호는 다시 말을 이었다.

"이제 우리 방을 이끌고 나가시는 형님을 소개하겠다. 형님은 영등포의 주먹이시며 규칙을 잘 지키는 자에게는 더없이 부드러운 사람이나 규칙을 어긴 자에게는 저승사자와 같은 분이시라는 것을 알고 잘 새겨서 듣도록."

"오늘 두 사람이 새로 신입으로 들어온 것을 환영한다. 우리 방은 다른 방보다 훨씬 분위기가 있는, 전통이 있는 방이다. 선배들의 말을 잘 들어서 화합이 되도록 노력을 하고 불편한 점이나 애로사항이 있으면 직접 나한테 이야기를 해도 좋다. 이상!"

종태의 말은 확실히 무게가 있어 보였다. 역시 보스다운 데가 있었다. 신입들은 종태가 말을 하는 동안 몇 번이나 종태의 얼굴을 쳐다보았다. 흔히 주먹이라면 국민학교 밖에 나오지 못한 무식한 놈이라고만 알았던지 유창하게 말을 하는 것이 조금은 의심이 갔던 모양이었다. 종태가 말을 마치자마자 배식반장은 다시 먹을 것을 꺼내 놓았고 천식이랑 둘이서 그것들을 골고루 나누고 있었다.

"이제 편하게 앉아. 그리고 잠자리는 당분간 그쪽에서 자는 거니까 그렇게 알어."

상호의 말이었다. 그쪽이라는 것은 뼁끼통을 이르는 것이었다. 먹을 것이 다 놓이자 종태가 오징어를 집어 들었고 다른 사람들은 마치 종태가 음식을 들기를 기다렸다는 듯이 먹을 것을 들기 시작했다. 그것은 빵장에 대한 예의였다.

"야, 안경. 어느 세무서냐?"

"예, 구로 세무섭니다."

"얼마나 받아먹었냐?"

"8백만…… 원입니다."

"좆같이 되게 많이 받아먹었구나. 너는 2백만 원이 넘으니까 특정범죄 가중처벌법이야. 변호사는 있어?"

"예, 샀습니다. 밖에서 마누라랑 직장의 동료들이 산 모양입니다."

"직장 동료들이 왜 사줘? 틀림없이 너희들은 같은 공범일 거야. 너만 재수없게 걸려들었을 뿐이지, 안 그래?"

"……."

안경은 빵만을 씹고 있었다. 그렇다. 모두가 도둑놈이라도 일단 걸린 놈만 억울한 것이다. 밖에 있는 사람들은 걸리지 않았기 때문에 들어오지 않았을 뿐이다. 재소자들은 안에 잡혀와 있는 자기들보다 바깥에 있는 도둑놈들이 더 많을 거라며 농을 하곤 했는데 그 말에도 일리가 있었다.

"너 돈 많이 모았겠네? 얼마나 돼?"

너무 막연한 질문이었는지 안경은 빵을 씹던 동작을 멈추고 그저 멀뚱거리고만 있었다.

"야, 씨팔놈아. 구체적으로 집이 몇 평이냐구?"

"옛, 오십 평 아파틉니다."

안경은 약간 얼어서 크게 대답했다.

"야, 태식이. 너무 험하게 그러지 마라. 먹는데 그러면 쓰것냐?"

상호가 태식에게 점잖게 타일렀다. 태식은 절도 전과만 해도 이번까지 세 개였다.

"지기미, 누구는 펜대 굴리면서 수억 원을 가지고 있고 누구는 좆빠지게 담을 넘어도 몇 백이니, 원. 나보다 더 도둑놈은 공무원들이라고요. 난 경찰서에서도 얼마나 뜯겼는지 알아요? 머리에 피도 안 마른 몇 번째나 되는 동생놈 같은 전경놈들한테 이리저리 많이 뜯겼어요. 그놈들은 고급 도둑놈이고 나는 쌍놈 도둑놈이죠."

태식의 말에 모두들 웃음을 터뜨렸다. 자신을 도둑놈이라고 부르는 어감이 웃음을 자아내게 했던 것이다. 그러나 안경은 고개를 숙이고 묵묵히 먹을 것만 입에 넣고 있었다.

"야, 안경. 안경은 이제 나가면 밥줄이 끊기겠군."

"아직 모르겠습니다. 말로는 실형을 받거나 집행유예를 받으면 그렇게 되고 무죄를 받으면……."

"뭐, 무죄? 야야, 네가 무죄를 받으면 난 아마도 벌써부터 이곳에 있지 않았을 게다. 이제 찬물 먹고 속 좀 차려라이, 알겄냐?"

"……."

안경은 말이 없었다. 그랬다. 일단 이곳까지 잡혀온 이상 나중에 그 돈을 돌려주었다고는 해도 무죄는 힘들었다. 아마 변호사는 무죄를 주장한다고 말은 했지만 그 말을 믿기는 어려웠다. 잘 하면 집행유예였다.

"넌 변호사를 누굴 샀는지 모르겠다만 잘 하면 집행유예 정도나 될 거다. 미리부터 편하게 마음을 먹어. 무죄는 무슨 얼어 죽을 무죄야?"

"그리구 말이야, 너희들같이 세금쟁이들을 검사들이 얼마나 싫어하는지나 알어? 아마 구형량은 많이 나왔을 걸" 내가 알기로 머리를 싸매고 절간에서 고시공부를 한다고 죽기살기로 공부를 해서 검사가 된 놈보다 너희들이 더 돈을 처먹으니까 미워서 형을 많이 때리는 거야. 검사들이야 맨날 우리 같은 죄수들이나 불러놓고 불래? 안 불래? 하면서 목에 핏대를 세우는데 니들은 책상에 가만히 앉아서 떡고물을 챙기니까 화가 안 나겠어? 니들은 그저 낌새가 이상하면 일단 튀는 게 상책이라는 말이 있대? 넌 안 튀었는가 보지?"

"앗따, 형님은 무슨 말을 그렇게 험악하게 하요? 우리들도 다 똑같은 처진데."

이번에는 남재가 태식을 힐난하고 나섰다. 태식은 화가 난 듯 과자를 집어 우적 씹어 먹었다.

"그래, 말은 맞어. 옛날부터 세무쟁이라면 알아줬잖아. 가만히 앉아 있어도 막 돈을 갖다줬다고 하더군. 갖다주는데 안 받을 사람이 어딨겠어? 갖다주는 놈들이 더 나쁜 놈들이지. 지들만 세금을 적게 내려고 잔머릴 굴리는데 어떻게 그걸 막겠느냐 말이야."

"나라가 이 모양 이 꼴이니 어떻게 뭐가 제대로 되겠어. 전부 도둑놈들만 득실거리는 세상이야. 그래도 배가 고파서 도둑질을 하는 놈들은 착한 거지."

"어이, 스님은 어떻게 생각해?"

이번에는 누군가 돌팔이 중에게로 질문을 던졌다. 그러나 중은 아무런 대답을 하지 못하고 있었다.

"그래, 중도 여자들한테 사기를 쳐서 들어왔으니 세상이 말세야, 말세."

"……."

말복은 가만히 있었다. 말이 중이지 자신은 무당이었다. 중이란 말은 자신을 과대포장한 말이나 마찬가지였다.

"천말복이는 가짜 중인 것 같애. 너 천수경 알아?"

"조금 압니다."

"아하하, 조금 안다고? 진짜 중이라면 천수경도 몰라? 이거 완전히 가짜 중이군. 점을 친다고 하구선 여자들이나 따먹고 뒤로 돈이나 챙기는 꾼 아냐? 맞지?"

"……."

"내가 저번에 징역을 살 때 같은 방에 가짜 중이 있었는데 그놈도 마찬가지였어. 낮에는 지하도나 길거리에서 목탁을 두들기다가 시주를 받은 돈을 가지고 밤에는 술집으로 간다더구만. 그리고 잠은 어디서 자느냐고 물었더니 허름한 여인숙 같은 거 있지 왜? 하룻밤에 이천 원이나 삼천 원 하는 여인숙 말야? 그런 데서 잔다는 거야. 그놈은 술집에 가서 술집 여자들한테도 손금이나 사주를 봐주겠다고 꼬셔서 여관으로 잘 데려갔다는데, 여자들은 어떻게 된 게 하나같이 맹추들인지 몰라? 그놈 말은 척하고 여자의 얼굴을 보고나서 대충 이야기를 해도 맞다는 거야. 그렇겠지. 술집으로 팔려다니는 년이 팔자가 좋으면 얼마나 좋겠어? 그러니까 그놈은 대충 '팔자가 사나워', '실연을 당할 팔자야, 쯧쯧', '앞으로도 고생이 많겠어', '액땜을 해야 좀 풀리겠어', 하고 말하면 거의 반쯤은 끌려온다는 거야. 그러면 그놈이 액땜을 시켜준다고 살살 꼬드겨 여관으로 데려가 조진다는 얘기를 했어. 넌 안 그랬어?"

"……."

말복은 말이 없다.

"너는 이야기를 하면 아주 재미있는 일이 많을 것 같애. 내가 너무 심하게 말했으면 용서하고 재미있는 사건이나 이야기해 봐."

약간은 누그러지듯이 말하자 말복도 입을 열기 시작했다. 종태는 슬슬 재미를 느꼈는지 모포 위에 비스듬히 누워 이야기를 듣고 있었다. 천식이 종태의 옆에 앉아서 다리를 주무르고 있었다. 상호는 먹을 것들을 천식의 앞으로 끌어당겼다. 천식은 다리를 주무르면서 먹을 것은 다 먹고 있었다.

"저는 원래 중이 아니라 노가다를 했어요. 몇 번 사고를 치다가 마음을 고쳐먹는다고 절간으로 돌아다녔는데 중이 되려고 마음도 먹었습니다. 그런데 이상하게 중이 되면 인생이 너무 쉽게 끝장나는 게 아닌가 싶어 망설이다가 그냥 중이나 되어 점이나 치며 살면 되겠구나 하고 동네에다 점보는 집을 낸 거지요. 그냥 절로 돌아다니면서 주워들은 풍월도 있고 감방을 살 때 땡추중한테서 들은 것도 있고 해서 대충 관상은 보는 편이었지요. 처음부터 여자들이 몰려드는 것이 아니라 차츰 시간이 지나자 사람들이 몰려들더라구요. 사람들은 누가 용하다고 한 마디만 하면 거기로 모여들게 되어 있지요. 저도 처음에는 쇼를 좀 했어요. 아는 여자를 시켜서 용하다는 소문을 내었던 거지요. 그러니까 여자들이 몰려드는데 차츰 돈이 되더라구요. 그리고 개중에는 돈이 좀 있는 여자들도 있고. 그래서 가끔 저녁에도 여자들이 놀러 오면 같이 술집에도 가게 되었는데 제가 증권에 투자를 했다가 돈이 좀 물리는 바람에 손해를 많이 봤죠. 그래서 여자들한테 조금씩조금씩 빌려서 투자를 했던 것인데 이번에 주가가 폭락하면서 왕창 물려 버렸던 거지요. 그게 약 육천 쯤 됩니다.”

“그게 다야? 여자들은 안 먹어 치웠어?”

“꼭 그걸 말해야 됩니까? 나한테 돈을 빌려준 년들은 모두 한 번씩 같이 잔 여자들입니다. 그런 년들이 들통이 나니까 나를 공갈협박해서 돈을 갈취했다고 고소를 했던 겁니다. 나도 얼마나 억울한지 모릅니다아. 좋아할 땐 그저 돈을 갖다쓰라고 아양을 떨더니 급하니까 나한테 다 덤터기를 씌우는 겁니다아. 미치고 환장할 지경이었어요. 나가면 내가 가만있을 줄 압니까? 그년들 집에다 다 불어 버릴 테니까요. 아, 고년들 얼마나 색을 밝히는지 주로 30대가 많았고 40대 정도였는데 한 번 여관엘 가면 허리를 부러뜨릴 정도로 지랄을 떠는 겁니다. 남편한테는 요구도 못할 짓거릴 요구를 하는데 얼마나 요즘 여자들이 밝히는지 머리가 뱅뱅 돌아요. 어디서 그런 걸 알았는지 이상한 걸 알아 가지고 와서 그걸 실험한다고 하니 나도 처음에는 우습더라구요. 포르노 비디오는 저리 가라는 거예요. 고년들은 한 번 했다 하면 아예 본전을 뽑으려고 작정을 하고 덤볐는데 지금 생각하면 진저리가 다 납니다아. 그때는 내 단골이었고 돈이 필요하면 이야기를 꺼내자마자 돈을 갖고 오니까 그랬지만 지금 생각하면 골빈 년들이지요. 고년들은 나뿐만 아니라 이미 다른 놈들을 많이도 잡아먹었을 년들이었어요. 하는 행세로 봐서 틀림없을 거라니깐요. 어떤 년은 하룻밤에 세 번씩이나 요구를 했는데 남편이 출장을 갈 때마다 찾아와요. 남편이 뭐 사업을 하니까 점을 보러 온다니까 누가 나쁘게 생각이나 합니까? 손님이 없을 땐 낮에도 했는데요, 뭐. 점을 보러 오는 년은 대개 남자의 문제나 성적인 문제가 많아요. 처음부터 툭 까놓고 얘기를 하는 게 아니라 빙빙 돌려서 딴 얘기나 실컷 해대는데 나중에 알고 보면 거의가 남편들의 바람피우는 문제 아니면 성적인 불만인 경우가 많아요. 하여튼 요물들이라니까요."

"그럼 좋은 여자가 없나?"

"제 마누라는 내가 노가다를 다닐 때 지방에 한참 내려가 있는 사이에 애새끼를 옆집에다 맡기고 도망을 쳐버렸지 뭡니까? 내가 그때 그년을 찾아 전국 방방곡곡을 안 돌아다닌 데가 없을 정돕니다. 술집이고 여관이고 비슷한 여자를 봤다는 말만 들으면 찾아갔는데 만약에 만났다면 아마 난도질을 해 버렸을 것입니다. 여자가 제 뱃속으로 낳은 자식까지 버리고 도망치는 년은 죽여 버려야 한다고 얼마나 이를 갈았는지 모릅니다. 나중에는 나도 지치고 돈도 다 떨어지고 나니깐 갈 곳이라곤 절밖에 없더군요. 그래서 절간을 떠돌아다니다가 점을 치는 법도 좀 배우고 얻은 풍월로 점쟁이가 된 것이지요. 그래서 점쟁이가 되고 나니깐 또 웬놈의 여자들이 그렇게 덤비는지 아마 밤마다 하루도 빠지지 않고 매일 했을 겁니다. 나중에는 하늘이 노랄 정도로 힘이 쭉 빠지는데 이러다간 정말 제명대로 못 살 것 같더라구요. 매일 보약을 먹고 개소주를 먹어대도 소용이 없었어요. 차라리 징역 속이 훨씬 편하구만요."

"하하하, 여자들이 그렇게 많았나? 남들은 없어서 딸따리를 치는 판인데 넘쳐서 고민이었다니 얼마나 즐거운 비명이야?"

"나도 처음에는 술집에 가서 돈으로 여자를 샀는데 나중에는 여자와 돈이 한꺼번에 굴러들어 오더라구요. 몸매야 뚱뚱하고 뱃가죽이 축 늘어져서 아무 맛도 없지만 한 번 해주고 나면 뒷돈이 큰 거였어요. 물론 나도 영계가 생각이 나면 술집으로 가서 돈으로 사거나 단골로 점을 봐주는 아가씨한테 공짜로 그걸 했지만 역시 영계가 좋긴 좋죠. 그리고 영계는 조금만 해줘도 헷가닥하고 우선 몸이 가뿐했는데 늙은 것들은 마치 걸신이 들린 것처럼 설쳐대니 아무리 장사라도 필요없겠더라구요."

"야, 중이 참 재미있네. 앞으로 매일 밤마다 그런 여자들을 먹은 얘기를 하나씩 해."

"그래, 뭐 더 스릴이 넘치는 거 없어?"

이제는 방 안의 사람들이 완전히 중에게 정신을 빼앗기고 있었다. 중은 은근히 신이 났다. 저번의 방에서도 똑같은 주문을 했었는데 남자들은 하나같이 섹스에 대한 이야기라면 모두 입에 침을 질질 흘리며 좋아하고들 있었다. 중은 밤을 새워 이야기를 하라면 할 수 있을 것이고 재판을 받고 다른 교도소로 넘어갈 때까지도 할 수 있었다. 자신의 이야기를 재미있게 들어준다는 것만큼 즐거운 일은 없었다. 징역 안에서야 시간을 죽일 마땅한 방법이 없었으므로 아무튼 이빨로 시간을 죽이는 것이 제일 나았다. 사람들은 이야기에 몰두를 하면 만사가 다 형통해지는 법이다. 이야기를 하고 있는 동안은 아무런 걱정도 근심도 떠오르지 않았다.

"이야기를 하나 하지요. 그것도 여자 이야긴데. 그 여자는 30대 중반이었죠. 남편이 어찌나 조루가 심했는지 올라가서 20초도 안 돼서 그만 픽 쓰러져서 내려온다는 거예요. 처음에는 그것 때문에 온 것이 아니라 남편이 잠자리를 같이하려고 하지 않아서 이상하게 생각을 했다가 아마도 조루증이 심해서 아내인 자신에게 미안해서 그런가부다 하고 이해를 하려고 애를 썼대요. 그런데 그게 아니더라는 거예요. 그쯤되면 여자가 얼마나 미치겠어요? 어떻게든 남자를 한 번 일으켜 보려고 얼마나 많은 노력을 기울였겠어요? 그래서 병원에도 데리고 가서 상담도 해보고 성 클리닉을 받아보기도 하고 한약을 달여 먹이기도 하면서 애를 썼는데 어느 날 남편이 고백을 하더라나요? 원래 남편은 어려서부터 외동으로 어머니 밑에서만 자랐는데 어머니하고만 같은 이불에서 잠을 잤고 대학을 졸업할 때까지도 여자를 몰랐다는 거예요. 그래서 결혼을 하고나서 어머니가 돌아가시자 자꾸만 어머니에게 죄책감이 들었고 발기가 잘 안 된다는 거였어요. 그리고 가끔 꿈속에서 어머니가 나타났는데 그 여자하고는 성관계를 갖지 말라고 애원을 해서 도저히 자신의 마음대로는 할 수가 없다는 거였어요. 아마 여자는 그 말을 듣고 미치고 환장할 지경이었을 겁니다. 여자가 나중에 나를 찾아왔을 때 보니까 얼굴이 핼쑥하더라구요. 그걸 어떻게 했으면 좋겠느냐고 점을 보러 왔는데 상당히 구미가 당기더라구요, 아, 글쎄. 대학을 나온 예쁜 여자가 그런 고민을 자신의 입으로 하는데 스릴이 안 넘치겠어요? 난 그 이야기를 들으면서 얼마나 불끈거리고 서는지 도저히 참을 수가 없었어요. 억지로 참고 있는데 그것도 생고역이었어요. 남자는 일류대학을 나와 좋은 회사엘 다니는데 영 남자 구실을 못하는 게 문제였는데 내가 그 여자보고 매일 나한테 와서 지성을 드리면 내가 그걸 고쳐주겠다고 얘길 했죠. 그 여자의 얼굴이 얼마나 환하게 펴지는지 내가 다 가슴이 두근거리더라니까. 그래서 그 여자는 매일 우리 집으로 와서 조그마한 부처상 앞에서 공을 들이게 되었고, 나는 그 여자에게 우리 집에 올 때마다 목욕을 하고 오라고 일렀지. 그 여자가 오면 나는 정신이 집중이 안 돼. 그 여자의 몸에서 나는 비누냄새 때문에 정신이 아찔한 거 있지. 그러다가 점점 낯이 익어지더라구. 그래서 내가 그랬어. 의식을 치른다고 방 안에 병풍으로 가린 뒤쪽에서 옷을 완전히 벗고 누워 향불 냄새만 맡으면서 남편의 이름을 계속 외우라고 말이야. 그러다가 잠이 오면 그냥 그대로 자도 좋다고 말을 했지."

중은 처음에는 이랬어요, 저랬어요 하고 말을 높였다가 이제는 자연스레 말을 놓고 있었고 사람들은 얘기를 듣느라 목을 길게 빼고 가끔 입속에 침이 괴는지 코를 들이마시듯이 잇몸의 물기를 안으로 끌어당기듯 흐흡, 하고 입맛을 다셨다.

"내가 향을 피우니까 그녀는 계속 남편의 이름을 외우더라구. 나는 다른 방에서 점을 보러 오는 이들의 점을 봐주고 있었구. 그런데 오후 4시쯤이나 되었을까. 여자의 외는 소리가 점점 나지막하게 들리더라 이 말씀이야. 그래서 살짝 병풍 뒤로 가봤지. 여자가 잠이 들었는지 눈을 감고 가만히 있는 거야."

방 안에 사내들은 이 대목에서 침을 꼴깍 하면서 애가 타는 듯이 얼굴을 찡그리고 있었다. 종태는 바지의 아래춤에다 손을 넣고 있었다. 그냥 있는 게 아니라 손으로 무엇을 만지고 있었다. 다른 방에서도 지금 이 시간쯤이면 재미있는 이야기에 빠져 있을 시간이었다. 아니면 씨름이나 운동을 하고 있거나.

"남자가 젊은 여자의 육체를 보고 어떻게 가만히 있을 수 있었겠어? 내가 덮쳤지. 처음엔 완강히 반항을 하는 것 같더니만 입술부터 점령을 하고나서 가슴과 아랫도리를 만지니까 자꾸만 흡! 흡! 하고 숨을 멈추는 게 영 싫지만은 아닌 게 확실했어. 내가 관계를 했던 여자 중에선 그래도 젤 맘에 드는 여자였어. 한 탕 멋지게 치르고나서 그 여자를 돌려보냈지. 다음날은 아마 안 올 줄로 알고 별로 기대는 안 했어. 내가 일부러 자신을 범하려고 그런 일을 시키는 것으로 알았다면 안 올 것이라고 생각을 했던 거지. 그런데 다음날 오후 늦게서야 다시 나타나더라구. 처음에는 조금 쑥스러워하는 것 같았어. 그래서 어제는 정말 미안했노라고 사과를 하고 둘이서 커피를 마셨는데 커피를 마시면서 슬금슬금 눈치를 보니까 눈매가 아무래도 또 그짓을 원하는 것 같더라구. 잠깐 문을 닫아걸고 그녀를 안방으로 데려갔지. 그리고 옷을 벗겼어. 이제는 더 망설일 것이 하나도 없었어. 그년도 이제야 그것에 눈을 뜬 모양이었어. 이번에는 내가 집어넣자 얼마나 색을 써대는지 굉장히 달라져 있더라구. 어제하고는 완전히 틀려 있었어. 나중에는 내 몸뚱아리를 꽉 움켜잡았는데 처음엔 등짝을 잡았다가 나중에 흥분을 하니까 내 히프를 잡고 당기는 거야. 완전히 죽여줬지 뭐. 나중에 끝나고 보니까 옷을 입을 생각도 없이 쭉 뻗어 있더라구. 그것을 보자, 역시 여자는 남자한테 달렸구나 하는 생각이 절실히 들었어."

말복이 그것으로 얘기를 끝맺자 전부 아쉬운 표정들이었다. 굳었던 자세들을 풀며 으드드, 하고 기지개를 켜는 게 보였다.

"그게 끝이야?"

상호가 좀 성급하게 물었다.

"아직 많이 있습니다. 차츰차츰 하죠."

"그래, 맞아. 뭐 오늘만 날인감. 내일도 날이고 모레도 날이니까."

모두들 아쉬워하면서도 말은 그렇게들 하고 있었다. 징역에서 배울 게 뭐 있겠는가. 그저 말장난이나 하고 범죄나 배우다가 나가는 거지. 간통을 한 놈에게서는 간통을 하는 법을 배우고 도둑질을 하는 놈에게서는 도둑질 하는 법을 배우고 사기질 치는 놈에게서는 사기를 치는 법을 배우는 게 이곳이라고 해도 과언은 아닐 것이다. 맨날 밥을 먹고 모여서 하는 이야기들이 전부 그따위 것들이니 어찌 배우지 않을 리가 있겠는가.

오늘도 하루의 해가 넘어가고 저녁불이 들어오고 있었다. 저녁을 먹고나니 벌써 밤이었는가 싶었다. 이야기를 하다가 보니 언제 취침 시간이 되었는지도 몰랐다. 담당이 각 방을 돌아다니면서 "취침해!" 하고 고함을 지르는 소리가 들렸다. 그래도 재소자들은 잠을 자지 않았다. 담당도 지쳤는지 더 이상 그러질 않는 걸로 보아 단념한 모양이었다. 담당들은 으레 밤이 되면 의자에 기대 잠을 자거나 책을 보거나 먹는 일밖에 하지 않았다. 그리고 가끔 방 안을 살피는 일 외엔 아무것도 하지 않았다. 방 안에서 밖을 내다보면 재소자들이나 담당들이나 무료하기는 모두 마찬가지였다. 그저 시간을 죽이는 일 외엔 아무 소득이 없는 하루처럼 느껴졌다. 징역 안에서 하루를 산 보람 같은 것을 느낀다는 것은 가당치도 않는 말이었다. 전부 다 말이 없으면 따분하기가 그지없어진다. 그래서 사람들은 고독하지 않으려고 부지런히 농담을 지껄이거나 장난을 치는 수밖에 별다른 도리가 없었던 것이다.

08

기는 놈 위에 나는 놈

이불을 깔고 나자 모두들 서로 얼굴만 쳐다보고 누군가가 먼저 이야기 꺼내기를 기다리는 눈치였다. 배식반장이 야참거리로 서로 마주 보고 엎드려 있는 통로 사이에 과자 부스러기들을 내려놓았다.

"야, 이야기 좀 하고 자지. 그냥 잘 거야?"

누가 심심하다는 투로 내뱉았다.

"이번에는 상열 씨가 한 말씀 하시지?"

"에이, 지가 뭐 할 말이나 있능교?"

박상열 씨가 뒤로 뺐다. 박상열 씨는 자그마치 20억이나 되는 돈을 사기치고 들어온 사람이었다. 보기에는 전혀 그럴 것 같지 않았는데도 그는 국회의원들과 같이 어울리면서 사기를 친 것이었다.

"박 씨는 액수가 크잖아? 뭐 국회의원들과도 같이 놀았다며?"

"그것 같고 놀았다고 할 수 있능교? 그저 사업상 같이 골프나 치고 그런 걸 갖고……."

박 씨는 계속 사양하고 있었지만 점점 누그러지고 있었다.

"뭐, 이야기를 하라카마 하지요. 지는요, 그저 어려서부터 회사에서 월급만 받고 살았는기라요. 이 나이 때꺼정 월급쟁이로 살다가 나도 내 사업이라고 하나 조고맣게 차렸는기라요. 무신 물건인고 카모, 휴대용 가스레인지 있지요? 그저 첨에 나올 때 바로 내가 만든 거 아입니꺼. 내가 그거 만들라꼬 얼마나 욕을 봤는지 모를낍니더. 외국에서 맨든 물건을 갖고 들어와서 일일이 분해를 해보고 또 끼맞춰 보고 빌지랄 다 안해봤능교. 겉으로 보면 빌 거 아닌데요. 그거 맹글라꼬 여러 군델 다 알아보고 다 쑤셔 봤지요. 그래서 그때꺼정 내가 회사에서 받은 퇴직금을 다 밀어넣고 개발을 했는데 막상 맹글고 보니깐 또 판로가 문제아입니꺼? 그래서 또 골탕을 먹었지요. 처음엔 내가 일일이 그걸 들고 찾아다니며 선전을 했는데 그거도 하루이틀 하고 나니까 정신이 없더라구요. 얼마나 힘이 드는지 이제는 죽었으면 죽었지 내가 들고 다니지는 못하겠더라구요. 그런데 어느 날 회사에 있으니까 말쑥하게 차려입은 신사가 하나오더니만 우리 제품이 아주 시장성이 있어 뵌다며 자기한테 전국 총판을 달라는 거지 뭡니까? 이건 굴러들어온 호박이래도 그냥 호박이 아니라 넝쿨째 호박이지 뭐예요? 그래서 나도 더 이상 그걸 들고 다닐 수도 없고 해서 좋다고 승낙을 했죠. 그리고 그 사람이 쓰는 사무실로 가서 사무실도 봤고, 우선은 믿음이 가더라구요. 그래서 나는 그 사람을 믿었죠. 그가 발행하는 어음을 받고 물건을 내주고 얼마 안 있으니까 벌써 물건을 다 팔았다면서 또 왔더라구요. 얼마나 신이 나던지 나는 그 작자한테 물량이 많이 불어나면 5퍼센트 더 빼주기로 하고 계속 물건을 대줬지요. 그는 계속 물건을 다 팔고 와서 더 물건을 가지고 갔는데 그때까지 전부 6개월짜리 어음을 주고 갔어요. 그래서 아직 만기가 되지 않아서 어떻게 현찰은 만들지 못하고 계속 돈을 끌어들여서 제품만 맹글었어요. 나중에는 있던 집도 처분을 해서 전세로 나앉고 그 돈으로 물건을 만들었어요. 어음만 되면 큰 돈이 들어올 거라는 기대로 계속 투자만 했어요. 그런데 그 쌍놈들이 어느 날 물건을 왕창 갖고 가더니만 그 뒤론 전혀 연락이 없는 거예요. 그래서 아무래도 이상해서 전에 있던 사무실로 가봤지요. 그런데 그 사무실에는 다른 사람들만 있었고 개미 새끼 한 마리 없더라구요. 아무리 물어봐도 그 사무실에 있는 사람들도 모른다는 겁니다. 자기들도 보름 전에 그 사무실에 세를 들어왔다는 거예요. 그 사무실은 전문적으로 한 달이나 두 달 정도만 월세를 주고 쓰는 그런 사무실이었어요. 그 소릴 듣고나니 앞이 캄캄해지더라구요. 완전히, 고스란히 사기를 당한 거예요. 내가 미쳤지. 그놈들 뭘 믿고 그 많은 물건들을 대줬는지…… 허우대는 멀쩡해 가지고 나랑 만날 때마다 최고급 레스토랑이나 호텔 커피숍에서만 만났는데 아주 일류 사기꾼들이었어요. 일부러 나를 속이기 위해서 둘이서 그렇게 짠 거 같아요. 나는 물건이며 집을 팔아 만든 것까지 한 푼도 못 건지고 고스란히 알거지가 된 겁니다. 정말 잡히기만 하면 그때는 배때지를 콱 찔러 죽이고 싶은 심정이었어요. 눈에 아무것도 보이는 게 없었어요. 평생동안 모아놓은 돈을 투자해서 만든 건데 그걸 한입에 꿀꺽하고 삼켜 버렸으니 어떻게 눈깔이 안 뒤집히겠어요? 나는 그래서 그날부터 그놈들을 찾으러 다녔어요. 이 넓은 서울 바닥에서 아무리 헤매고 다녔지만 찾을 수가 있어야지요. 아마 몇 달간은 그러고 다녔을 겁니다. 나는 걷다가도 비슷한 사람만 보면 호주머니의 칼을 꼬나쥐며 달려가 앞을 가로막고 얼굴을 보면 그놈이 아니었어요. 나중에는 내가 죽겠더라구요. 그래서 칵 죽어 버릴려고 남산으로도 몇 번 갔었지요. 소나무에다 밧줄을 걸고 목을 매달아 죽을려고 나이롱 끈을 준비해서 올라갔다가 울다 내려오기도 숱하게 했죠. 사람 목숨 막상 끊으려고 하니 그게 제대로 잘 안됩디다. 산으로 올라갈 적엔 미칠 것이 올라갔다가도 막상 죽는다고 생각을 하니 괜히 눈물이 앞을 가리고 집에 있는 처자식 생각이 나서 차마 목을 매달지 못하겠더라구요. 죽더라도 그놈들을 잡아서 그놈들 배때기에다 시퍼런 칼날을 박고 죽어야 속이 시원해질 거 같더라구요. 얼마나 악만 남았던지 그때는 내 눈빛만 보면 마누라도 살기가 돈다며 지레 겁을 먹었으니까요. 내가 미쳐서 날뛰는데 마누라가 그런 나를 어떻게 말리겠어요? 완전히 눈알이 뒤집혔는데 뭐가 겁이 났겠어요? 그때는 누구라도 걸리기만 하면 아마 칼날을 등에다 꽂았을 거예요. 서울에서는 사람들이 전부 남남인 거 있죠. 내 일이 아니면 전부 모른 체 하는 거 말입니다. 예전엔 나도 그랬는지 모르겠어요. 하여튼 모든 걸 잃고 나니깐 정말 똑바로 보이는 게 아무것도 없었어요. 사람이란 게 그런 일을 당하고 나니깐 하루아침에 변해 버리는 건 식은 죽 먹기였어요. 아침에 집에서 몇 숟가락 뜨고 나오면 하루종일 그 놈만 찾으러 다녔어요. 그때 이 서울에서 내가 안 가본 곳이 정말 하나도 없을 정도로 이잡듯이 샅샅이 뒤졌으니까요. 그놈은 용케도 숨었는지 도대체 나타나야 말이죠. 나중엔 전셋방에서 돈을 빼서 다시 월셋방으로 나앉았지요. 집에서 마누라 보기도 죄스럽고 아이들 보는 게 제일 괴로웠어요. 하여튼 밥만 먹으면 그놈을 찾으러 다녔으니까요. 그래서 하루는 신문을 보다가 신문의 광고란이 많은 곳에 난 '자본주 구함'이라는 광고를 봤어요. 그래서 나도 이왕 사기를 당한 몸 근사하게 사기라도 한 번 치자는 식으로 신문에 난 회사로 전화를 걸었어요. 내가 전화를 걸었더니 그쪽에서는 아가씨가 받았는데 내가 신문을 보고 전화를 했다고 말을 했더니 '아이구, 어서 오십쇼' 하는 투로 금방 사장이라는 작자가 전화를 받더라구요. 원래 그 회사는 건실한 회사였는데 아주 전망이 밝은 수출품을 해외로 수출하고 있는 회사였어요. 그런데 막상 오다를 받아 놓고도 수출을 하지 못해서 안달을 하다가 신문에 광고를 냈다는 설명을 하는 거예요. 그래서 나는 친구의 차를 빌려 타고 그 공장으로 찾아 갔어요. 그랬더니 그쪽에서는 자본주가 오는 것으로 알고 내가 정문에 들어서자 깍듯하게 나와서 맞는 거였어요. 미리 전화로 시내에 있는 어느 빌딩이 내 것인데 마침 팔려고 내놓았는데 아직 팔리지 않은 상태라고 말해 놓았지요. 그래서 가기 전에 미리 내가 말한 올림피아 빌딩의 등기를 떼서 위조를 하고 내 이름으로 명의 변경을 한 것처럼 해서 갖고 갔지요. 그쪽의 이야기를 들어보니 사정이 아주 딱했어요. 전망은 밝은 편이었는데 자금이 딸리니 부도가 나기 일보 직진이었어요. 그래서 내가 건물만 팔리면 이곳에다 투자를 하겠다고 하자 그들은 내가 가져간 서류를 보더니 그날부터 회장의 직함과 화장실을 만들어 줬고 예쁜 비서를 딸려 줬어요. 내가 해간 것이 거의 완벽했어요. 거기에다가 사장이 쓰던 로얄 살롱 승용차를 타라고 줬는데 나는 그걸로 명함에다 태양 총업 주식회사 회장이라는 이름을 박고 민자당의 사무총장실에나 전화를 넣으라고 비서한테 얘기를 했지요. 민자당의 사무총장이 마침 저의 고향 출신이었어요. 그래서 민자당의 사무총장과 내가 같은 동향의 사람으로서 서울에서 공장을 하면서 돈은 어느 정도 벌었는데 지역구의 의원이신 국회의원님과 식사라도 같이 하면서 긴히 얘기를 할 것이 있다고 했지요. 그랬더니 그 김 의원이 쾌히 승락을 하더라구요. 아마도 자기 지역구 출신의 돈 많은 회장이 저녁이라도 사고 정치자금이라도 주려는 걸로 알았을 겁니다. 그래서 약속을 하고 저녁을 먹으면서 제가 이렇게 말했죠. 저는 시골에서 일찍 올라와서 오로지 공장만 키워왔지 학식은 원래 없는 사람입니다. 이제 어느 정도 돈을 벌고 나니 고향에다 좀 뜻있는 일이라도 없을까해서 의원님을 불렀습니다. 언제 시간이 나시면 시골로 가서 근사하게 노인잔치를 열어드리는 게 어떻겠느냐고 운을 떼었죠. 보나마나 김 의원은 쾌히 승낙을 했죠. 자기는 돈 하나들이지 않고 얼굴을 내밀 수 있고 지역구에 내려가서 선심을 쓸 수 있으니까 얼마나 좋겠어요? 그래봐야 고작 5백만 원이면 동네 잔치는 뒤집어쓸거 아뇨? 난 5백만 원만 뿌리면 충분할 거 같더라구요. 그리고 김 의원님 사무실 운영비를 전부 제가 대겠다고 말을 했지요. 한 달에 월세가 250만 원이라더군요. 그래서 제가 책임지고 대겠다고 했더니 굉장히 좋아라 하더라구요. 실제로 시골로 내려가서 크게 잔치를 벌이고 나서 서울로 돌아왔지요. 5백만 원을 쓰니까 떡을 칠 정도로 남아돌았어요. 거기서 나는 김 의원과 근사하게 폼을 잡고 사진도 찍었고 서울로 돌아와서는 내 사무실에다 크게 확대를 해서 걸어두었지요. 그러니 회사에서도 나를 안 믿겠어요? 내가 국회의원과 로비를 해서 빌딩의 매각을 서두르겠다는 데야 지들도 안 믿고는 못배기는 거예요. 서울로 올라와서는 더욱 김 의원과 가까이 지냈지요. 같이 골프도 치러 가고 식사도 같이 했는데 나는 이제 서서히 골프를 치면서 이름있는 회사의 회장들을 알아두기 시작했어요. 그들도 나를 대단한 사람으로 믿을 수밖에 없었던 거예요. 민자당의 실력자인 김 의원과 같이 자주 식사를 하고 골프를 치러 다니고 하니까 신흥 졸부쯤으로 안 거지요. 그래서 슬슬 낯을 익힌 다음에 그들에게 접근을 했지요. 이제 어느 정도 안면도 있었고 김 의원과 서로 골프를 치다가 보니깐 자연스레 친숙해진 거예요. 그래서 내가 그랬죠. 올림피아 건물을 팔려고 내놓았다고. 시가보다 헐값에 내놓았다고 하니깐 그중에서 얼른 무는 놈이 있더라구요. 그래서 급하다고 해서 우선 계약금만 10억을 받고 계약서를 썼지요. 참말로 그놈들은 정치인을 중간에 끼니까 껌벅 넘어가드라구요. 시가 50억짜리를 40억에 내놓는다고 하니까 얼른 달려들더라구요. 일단 건물 등기를 보여줬는데 그 등기보다는 김 의원을 더 믿었겠지. 나도 평생 모아서 차린 공장이 다 날아갔는데 그 사람들한테 비하면 10억이란 돈도 아무것도 아니었어. 난 2억을 날렸는데도 다 날아갔지만 그놈들이야 십 억쯤 되어도 눈 하나 깜짝하지 않을 돈이야. 금방 들통이 날 줄 알았지만 할 수 없잖아? 처자식들이 굶고 앉아 있게 할 수는 없는 거잖아? 난 그거밖에 할 수 없었어. 일단 그 돈을 다 먹을 수는 없는 거고 사 억만 몰래 마누라의 통장에 넣어두고 나머지는 막 쓰기도 하고 통장에 넣어뒀다가 검찰에 잡히던 날 다 빼앗겼지. 그래도 몰래 감춰둔 4억은 아직 남아 있어. 난 이제 4억 원 어치의 징역만 살고 나가면 돼. 그래봤자 1년 6개월밖에 더 나오겠어? 자, 봐라. 마누라와 아이들은 그 사 억으로 투자신탁에 넣어두고 이자만 해도 얼마야? 한 달에 5백만 원 돈이 나오지? 그 돈에서 한 달에 생활비로 백만 원만 쓰고 나한테루 영치금이나 넣어 주더라도 한 달에 순진히 350만 원은 남아 돌아가. 그러면 그게 다시 저금이 되고 자꾸 커져서 내가 나갈 때쯤이면 아마 그 돈이 5억은 될 거야. 그러면 됐지 내가 뭘 더 바라겠어? 난 여기서 편안히 징역이나 살다가 나가는 거야. 돈 있겠다, 이젠 뭐가 답답해? 나도 당하고 나니까 오기가 생기더라구. 그래서 한탕 한 거야."

"박 씨, 박 씨는 그래도 한탕 멋지게 해치웠소, 그래."

"아, 안 그러면 누가 죽어가는 놈 보고 돈이라도 쥐어줬겠소? 내가 죽어 나자빠져도 거들떠보는 놈도 없어. 그럴 바에는 차라리 한탕 하는 게 낫지."

"맞아, 박 씨는 그래도 머리를 잘 썼구만. 국회의원까지 끌어들이다니 ."

"안 그러면 그 돈 많은 놈들이 믿나요? 그저 국회의원이라면 사족을 못 쓰는 놈들이 기업을 하는 놈들이 아뇨? 난 단지 그걸 이용했을 뿐이야."

"그래, 그래야 돼. 그래야 돈 있는 놈들도 정신을 차리는 거여."

"그래, 뺏긴 돈은 얼마유?"

"한 4억 되지."

"나머지는?"

누군가 자꾸 캐묻는다. 뭘 꼬치꼬치 캐묻는지 구미가 당기는 모양이다.

"아, 그야 조금이라도 더 많이 써버리려고 발버둥을 쳤다니까. 그래야 나중에 잡히더라도 검찰에서 불 때 헷갈리는 거지. 고급 술집으로 가서 흥청망청해 버린 거지, 뭐. 계집년 끼고 잠을 자면서 듬뿍 팁을 줘버리고 하룻저녁에 엄청나게 썼으니까. 나중에 검찰에서 그대로 불었더니 조금 조사를 해보더니 너무 복잡하니까 다 캐질 않고 어느 정도 인정을 하더라구. 왜냐면 내가 술을 마신 집에 가서 물어보니까 거의 맞는 말이거든. 한 보름 동안 술에다 영계만 끼고 잤으니깐 나중엔 그것이 빼근하게 아프더라니깐. 얼마나 했으면 1년치를 몽땅 해버린 정도였어. 정말 원 없이 흥청망청 써버렸어. 새파란 영계들도 십만 원권 한 장만 끼워주면 만사 오케이야. 내가 원하는 대로 다 해줬어. 나중엔 거기에다 코를 박고 핥으라고 해도 할 정도였어. 내가 매일 밤에 나타나 엄청나게 돈을 뿌려대니까 서로 나를 물려고 야단인 거 있지. 저기 강남으로 가서 물침대에다 빙글빙글 돌면서 하는 것은 완전히 홍콩으로 가게 만들더라구. 나도 그랬지만 기집년들이 더 발광을 해대는 거야. 온통 사방이 유리로 된 곳에다가 꿀렁꿀렁거리는 물침대 위에서 영계의 몸에다 박고 있으면 밑의 침대가 마구 빙글빙글 돌아가는 데에 지까짓게 미치지 않고 어떻게 배겨. 돌아가는 것도 그냥 빙빙 도는 게 아니라 회전목마를 타듯이 오르락내리락 하는 게 그냥 죽여주더라구. 아아, 이제 다시는 그런 꿈 같은 때가 오지는 않을 걸. 지금 그것만 생각해도 미치겠어."

"우와, 박 씨, 정말 한 번 멋지게 놀았군요. 영계라…… 으이그, 고런 것들이 다 술집으로 빠져 버렸다니까."

"몇 번이나 했어? 박 씨."

"하루에? 아니면 잡힐 때까지 말하는 거야?"

"둘 다 말이여, 으이그, 미치겠네 ."

"나야 뭐 하루에 억지로 두 탕을 뛰었지. 이미 잡힐 각오를 하고 있었으니까 코피를 흘릴 각오를 하고 했지. 그리고 새파란 영계가 아마도 열여덟, 아니 한 스무 살이나 되었을까? 아직 젖비린내가 나더라니까. 밑에서 하는 짓은 그래도 잘 돌리던데? 저녁에 한 번 하고 새벽에 또 한 번 기를 쓰고 했지. 그때는 아예 집에도 안 들어갔으니까."

"그래서 요즘 박 씨가 힘을 못쓰는 거구나."

"와하하하."

방 안의 사람들이 모두 웃었다.

"나도 나가면 한탕 해서 그런 데나 가볼까? 이왕 버린 몸, 뭐 어때?"

성균이었다.

"야, 임마. 넌 그렇게 하지도 못해. 그런 거 아무나 하는 줄 알어? 박 씨니까 그런 걸 했지, 너는 아마 힘들걸?"

"왜? 나라고 왜 못해?"

"넌 아직 나이가 어려. 네가 회장이란다면 누가 믿겠어? 박 씨는 그래도 어느 정도 나이도 먹었고 틀이 범틀처럼 생겼잖냐?"

"맞다. 박 씨는 그래도 틀이라도 정말 회장틀처럼 생겨 먹었어. 그러니까 더 쉬웠을 거야."

사람들은 이제 박 씨에게 편을 들어주고 있었다. 멋들어지게 해치운 박 씨를 흠모하는 눈초리였다. 징역이라는 것이 그랬다. 남이 한 것을 마치 자신도 해보려는 데에서 문제가 발생

하는 거였다. 이미 그들은 이판사판인 경우의 사람들이다. 나가면 무엇이라도 다 할 수 있는 사람들이다. 마치 그들은 돈을 위해서라면 이제 복면을 하고 칼을 드는 일조차 두려워하지 않을 것만 같았다. 그들이 지금 듣고 있는 것은 모두 성공담이었기 때문이다. 자신도 그렇게 하지 못하라는 이유는 없었다. 범죄란 단순히 모방심리에 의해 저질러지는 경우도 있다. 그것이 우리나라 교정행형의 문제점이라면 문제점이었다.

"박 형은 아마 잘 나와야 한 1년쯤 되겠소."

누가 또 아부를 하는지 형량을 낮추어 불렀다.

"아냐, 한 1년 6개월은 나올 것 같은데."

"그래, 4억을 못 갚았으니까 한 1년 6개월은 되겠다."

"탄원서에다 박 씨가 당한 것도 죄다 쓰지 그래요?"

"이미 다 썼어. 아마 판사도 읽어보구선 눈물 꽤나 흘렸을 거야. 구구절절이 애처러운 것만 늘려 왔어. 마누라와 자식들이 거의 굶다시피 했다는 것도 썼고 내가 죽을려고 남산엘 하루에도 수십 번을 오르락내리락했다는 말을 썼어. 물론 나도 나쁘지만 돈을 빼앗겨 버린 나의 심정도 판사는 어느 정도는 이해하겠지?"

"아, 그러믄입쇼. 판사는 뭐 처자식이 없고 혼자만 산답디까? 아무리 죄인이라지만 판사도 눈물은 있을 거구만요. 탄원서를 잘 쓰면 변호사 몫까지 한다는 말이 있잖소? 탄원서는 누가 썼소?"

"내가 이방으로 오기 전에 4동에 있을 때 썼는데 내가 있던 방에 마침 여러 번 징역을 들락거린 빵잽이가 있어서 그 친구가 썼는데 얼마나 잘 쓰는지 그 방에 있는 모든 사람들은 전부 걔가 써준 거요. 대충 이야기만 해주면 걔가 알아서 없는 말도 척척 지어서 절로 눈물이 날 정도로 기막히게 써 주는 거예요. 탄원서도 그냥 써 주는 게 아뇨. 꼭 비나폴로나 영양제를 받고 써 줬는데 얼마나 인기가 있었으면 옆 방에서까지 부탁을 했어. 걔는 하루종일 집필실에서 살아. 그가 탄원서를 쓴다고 하면 탄원서를 맡기는 놈은 미리 하루 전에 먹을 것을 잔뜩 사서 두었다가 그가 집필실로 나올 때 갖고 나와서 전해 줬어. 그는 먹을 것을 수북이 쌓아놓고 먹고 있을 정도야. 걔는 하루에도 몇 명씩 썼는데 정말 기막히게 써 줬어."

"그 친구가 쓴 탄원서가 판사에게 잘 먹힙디까?"

"그럼, 아무래도 잘 먹히니까 모든 재소자들이 걔한테 부탁을 하지. 안 먹히면 뭐하러 부탁을 해? 다들 덕을 좀 봤지. 2년짜린 1년 6개월 정도, 1년짜린 10개월 정도, 대충 그런 식이야."

"그럼, 나도 그놈을 데려다가 탄원서를 쓸까?"

"어떻게 데려오냐?"

"안 그러면 소지한테 부탁을 해서 거기에서 그냥 쓰도록 하면 되잖아? 내가 소지한테 대충 말을 해놓을 테니까 그대로 말만 전하면 되는 거지."

"그래, 그래야 되겠다. 그렇게 해. 사건에 대한 내용만 이야길해주면 되니까."

"알았어, 박 씨. 그 사람이 지금 몇 방에 있어요?"

"응, 아직 전방을 가지 않았으면 4동 하 8방에 있어."

"알았어요, 그런데 먹을 건 얼마나 주면 돼요?"

"바나폴로 영양제나 한 달치 주면 될거야."

"알았습니다. 내일 당장 소지를 보내야지."

이제 밤이 깊을 대로 깊었는가 보다. 모든 것이 고요했다. 5방만 빼놓고는 전부 잠이 들었는지 방 안에서 수근거리는 소리도 들려오지 않았다. 가끔 감시대에서 경비교도대원들이 이상유무를 보고하는 복창소리만 크게 들려 왔다.

오늘도 하루의 해가 저물었다. 담당님이 배가 고파서 배식반장이 플라스틱 그릇에 먹을 것을 담아 식구통(食口通)에 넣어둔 것을 꺼내는지 시멘트 바닥에 그릇이 끌려나가는 소리가 들렸다. 담당도 난로가에 앉아 오징어나 구워 먹으면서 이제나 저제나 근무교대를 하러 오는 직원을 기다리는 모양이었다. 아니면 빨리 근무를 마치고 잠자리에 들 때만 기다리는 건지도 몰랐다. 담당 측에서 보면 잠이 든 재소자들이 더 부러웠을지도 모른다. 밀리는 잠을 설쳐가며 근무를 해야 한다는 것이 어디 보통 고역이랴 싶었다. 담당들은 대개 전야 근무자는 새벽 1시까지 관무를 섰으며, 후번 근무자는 새벽 1시에 일어나서 아침까지 관무를 했다. 담당들도 이 짓을 하기가 힘들다며 다른 부처의 공직으로 가기 위해 밤에는 담당 의자에 앉아 책을 보며 공부를 하다가 순시를 도는 관구부장이나 주임에게 들켜 시말서를 쓰는 경우도 있었다.

담당들은 일단 시말서를 쓰고나면 기분이 극도로 나빠져 있었으며 그 히스테리를 재소자들에게 퍼붓는 경우가 허다했다. 괜히 짜증을 부리거나 재소자들이 무엇을 부탁하려고 해도 얼굴을 찡그리며 싫은 기색을 나타내었으므로 그때는 재소자들도 아예 겁이 나서 쉽게 말문을 열지 못했다. 그런 날을 피해서 말을 하는 게 훨씬 자신에게 유리했다. 정당한 것도 눈치를 봐가며 부탁을 하는 것이었다. 그게 징역이요, 죄수의 신분이었다.

그저 까라면 까고 닫으라면 닫아야 하는 게 이곳의 편한 생리였다. 박 씨는 매일 면회를 오는 여편네가 넣어주는 구매물과 돈으로 넉넉하였고 그의 영치금 카드에는 50만 원이라는 돈이 들어 있었다. 박 씨는 돈을 쓰는 데에 결코 인색하지 않았다.

징역 안에서는 돈이 많다고 해서 펑펑 돈을 잘 쓰는 것은 아니다. 노랭이처럼 돈을 쓰지 않는 놈도 있다. 그런 놈이 하나쯤 있으면 극단적인 이기주의가 팽배해서 방의 규율이 무너지는 수가 많다.

상호와 종태는 그런 놈은 절대 용서하지 않았다. 혼자만 돌아앉아서 먹을 것을 몰래 입에 넣는다든지 주머니에 사탕을 넣고 혼자만 까먹는 것은 눈에 거슬려 도저히 봐넘길 수가 없는 것이다. 방의 일체감을 위해서도 그러한 것은 엄벌했다. 그렇기 때문에 그들은 먹을 땐 같이 먹고 휴식할 땐 똑같이 놀면서 공동생활에 보조를 맞추는 일에 잘 순응되어 있었다.

인근 사동에서도 재소자들끼리는 서로 통하는 무엇이 있어서 2동 하 5방이라면 먹을 것이 잘 돌고 담배까지 돈다는 것쯤은 알고 있다. 담당들만 모를 뿐이다. 재소자들끼리는 아무래도 서로 동족의식이 강해서 일단 문제가 일어나도 최대한 서로를 숨겨주는 버릇 같은 게 있었다. 그것이 결국 악이요, 위법임을 알지만 어쩔 수가 없는 거였다.

바람이 세차게 불어 닥쳤다. 나무의 헐거워진 창문이 덜컹거리는 걸로 보아 내일 아침엔 추워질 것 같다. 이곳에 있으면 어느 정도 기상에 관해서도 예민해지는 법이다. 그들은 저녁 날씨를 보며 내일의 날씨를 점치고 있었다. 그것은 대개 정확했다. 사람들은 모두 나쁜 쪽으로만 발달이 되어 있는 듯 후각 등 모든 감각이 그렇게 발달되어 있었다. 그들이 밖에서 닦아온 오관이였는지 모른다.

상호가 가끔 종태를 이불 위로 넘겨다보고 있었다. 종태는 짐짓 모른 체하고 그대로 누워 있었다. 몇 번의 눈길이 있고 난 뒤 상호가 말문을 열었다.

"형니임, 4동 하의 병찬이 형이 내일 무엇을 보내겠다고 그러든데요?"

"……."

"아까 소지가 그렇게 이야길 했어요."

상호는 넌지시 묻고 있었다. 종태는 그저 웃고만 있었다.

"그래, 아마 좋은 것으로 뭘 보내 주려고 그러는 거겠지."

"형님, 요즘은 갑갑해서 미치겠습니다. 그저 빨리 바깥으로 나가고만 싶으니까요. 탈옥이라도 해버리고 싶습니다."

"야, 징역을 한두 번 사냐? 넌 잘 하면 이번에 나갈 거잖아? 지금 날 놀리는 거냐?"

"아닙니다, 형님. 제가 감히 형님을……."

"나가면 이제 조심을 해야 돼. 요즘은 뻑 하면 폭력배 단속이니, 원."

"형님, 이제 나가면 절대 안 잡힐 겁니다. 무슨 수를 써서라도 다신 안 들어올 거니까요."

상호는 거의 장담하고 있었다. 종태가 빙긋 웃었다.

"야, 누가 잡히고 싶어서 잡히냐? 나도 술집에 있다가 몸집이 고래등만한 형사 다섯이서 나를 붙잡았어. 개새끼들이 일대일로는 도저히 자신이 없으니까 다섯 명이서 아예 야구빳따까지 들고 내려 치더라구. 갑자기 기습을 당해서 미처 칼을 뽑을 시간이 있어야지.

내가 그때 칼만 뽑았다면 아마 피비린내가 났을 걸?"

"형님의 칼솜씨야 저도 알죠. 하여튼 이놈의 징역은 이제 지긋지긋합니다. 답답해서, 원. 오입이라도 마음대로 할 수만 있다면 그저 몰수양이나 한다고 치고 느긋이 살 수 있겠는데…… 미치겠습니다, 형님."

"나도 그래, 우리들이야 매일 하루에 한 번씩은 해야 직성이 풀리잖냐? 은영이 그년, 하늘거리는 몸매가 눈에 그저 선해도 어쩔 수 없는 거 아니냐?

"……."

상호는 그저 멀뚱하니 천장만 올려다보고 있었다. 종태도 천장을 바라봤지만 희끄무레한 천장에는 5촉 정도의 알전구만 대롱거리며 매달려 있을 뿐이다.

아침엔 정말 기온이 급격히 떨어지려는지 무척 춥다. 방 사람들은 모두 담요를 머리끝에까지 끌어당겨 덮고 있었다. 종태는 옆에 누워 있는 천식의 몸을 끌어당기고 있었다. 은영의 생각이 간절해졌는지 모른다.

어느 술집이었다. 간판을 제대로 보지 않았기 때문에 어느 술집이었다는 것은 정확히 기억에 없다. 종태가 우연히 지나가다가 들른 낯선 술집이었는데 분위기가 꽤나 있어 보여서 들어가 한쪽에 자리를 잡았다. 무대의 중앙에는 벌거벗은 댄서가 꿈틀거리며 성애의 몸짓을 휘두르고 있었다. 그 몸짓은 흡사 뱀의 교미하는 모습을 연상시키기에 충분했다. 미끈하게 쭉 빠진 몸매가 자꾸만 종태에게로 시선을 보내오고 있었다. 그녀는 이미 종태의 떠억 벌어진 어깨를 알아보고 있었는지 모른다. 종태가 웃어 주었다. 그러자 그녀는 손바닥을 들어 자신의 손 등에 키스라도 하려는 듯이 종태를 향해 손을 들어 입술로 키스를 하고는 손을 가볍게 들어 보였다. 종태는 싱긋 웃었다. 보기 드물게 예쁜 가시내였다. 나이는 아마 스무 살이나 겨우 되었을까 말까 한 앳된 얼굴이었다. 종태는 갑자기 성욕을 느끼며 시원한 맥주를 한 컵 모두 마셔 버렸다. 그녀는 언제 무대를 내려왔는지 종태의 앞에 서 있었다. 미끈한 다리, 종태는 서서히 눈을 들어 올라갔다. 도톰하게 부풀어 오른 치골 부위에 가서 눈길이 멎었다. 종태는 다시 술잔을 들어 단숨에 마셔 버렸다. 그리서 잘록한 허리를 거쳐 몸매에 비해 유난히 커 보이는 젖무덤에 가 시선이 꽂혔다. 사실 이런 술집에서는 아까워 보이는 애라고 생각했다. 종태는 빈 술잔에 가득 술을 따라 그녀에게 권했다. 두 손으로 공손하게 받아드는 그녀의 눈을 보자 이상하리만치 슬퍼 보이는 눈이었다. 언젠가 어디서 많이 본 적이 있는 것처럼 생소한 느낌이 들지 않았다. 둘은 맥주잔을 주거니 받거니 하다가 바깥으로 나갔다. 그녀가 잠깐 옷을 갈아입으러 가는 것을 보고 종태가 미리 밖에 나와서 기다리고 있었다. 그곳의 전무라는 자가 달려나와 종태에게 꾸벅 절을 했다. 주먹 세계에서는 누구든지 알아보게 되어 있었다. 종태가 오늘 댄서를 데리고 나가는 데에 대해서 전무라는 놈이 말릴 리는 없었다. 둘은 호텔로 들어가고 있었다. 그녀는 어느새 종태의 팔짱을 끼고 있었다. 호텔이라는 곳에도 조직이 있다. 조직이라면 아마 종태를 모르는 자는 없다. 종태가 호텔의 로비로 들어서자 어떻게 알았는지 이태원파의 후배가 달려와서 전무라는 직함이 새겨진 명함을 주며 다시 한 번 꾸벅 깊숙이 절을 하고 사라졌다. 이제 그녀도 종태가 얼마나 잘 나가고 있는 주먹인가를 알고 스스로 놀라는 표정을 지어 보였다. 그리곤 더욱 종태의 곁으로 가까이 몸을 밀착시켰는데 그것이 간지럽기까지 했다. 종태는 붉은 카펫이 깔린 위층으로 오르다가 저만치 앞에 걸어가고 있는 젊은 연인을 보고 흠칫 놀랐다. 그것은 다름아닌 은영이였는데 젊은 놈과 다정하게 팔짱을 끼고 있었다. 그들도 방금 이 호텔로 들어왔는지 종태의 바로 앞에서 나란히 걸어가고 있었던 것이다. 은영이 그 남자의 어깨에 거의 기대다시피 한 걸로 봐서 술을 많이 마신 모양이었다. 종태의 눈에 조금씩 불이 일기 시작했고 어금니에는 힘이 들어가 있었다. 그녀는 갑자기 왜 그러느냐고 눈빛으로 물었지만 종태는 그런 것에는 아예 아랑곳하지 않았다. 그 자리에 멈춰 서서 그들이 걸어가고 있는 방을 노려보고 있었다. 갑자기 살의가 소름처럼 돋았다. 그들이 들어간 방 호수를 알아두고는 종태는 자신의 방으로 들어갔다. 방에는 이미 양주 한 병과 안주가 놓여 있었다. 그녀가 따라주는 술을 단숨에 마셔 버리고는 그녀에게도 양주를 따라 주었다. 종태는 손목의 시계를 들여다보고 있었다. 아까 복도에서 그들을 보았던 시간에서 15분이 경과되어 있었다. 그녀가 술을 마시고 잔을 내려놓기가 무섭게 잔에다 가득 술을 따라 또 단숨에 털어넣어 버렸다. 그녀가 약간 놀랐다. 그러나 그녀는 곧 종태의 성급함을 알고 옷을 벗기 시작했다. 그리고 샤워를 하기 위해 욕실로 들어가는 것을 보고 종태는 인터폰을 들었다. 교환이 나오자 전무를 좀 올려 보내라고 이야기를 했다. 5분도 안 돼 전무가 올라왔다. 형님을 대하는 투가 무척 공손하다. 종태는 붉어진 눈을 들어 좀 전에 은영이가 들어갔던 방의 열쇠를 가져다 달라고 말했다. 전무가 깜짝 놀랐다. 종태는 한 번 얼굴에 인상을 써 보이고는 양주를 잔에 따라 다시 한숨에 마셔 버렸다. 지금 전무는 마치 자신이 죄를 지은 듯이 손을 앞으로 모으며 서 있었다. 그는 결국 깊숙이 몸을 숙여 보이고는 물러났다. 그리고 다시 그가 나타났을 때는 은빛 나는 열쇠가 하나 달랑 들려져 있었다. 종태는 그 열쇠를 넘겨받았다. 손짓으로 그만 가보라는 시늉을 하자 그는 걱정어린 얼굴을 하고 밖으로 나갔다. 종태는 몸을 구부려 종아리에 찬 칼 중에서 하나를 뽑아 들었다. 그는 그 칼을 들어 옅은 불빛에 칼날의 투명함을 들여다보고 있었다. 그의 얼굴엔 조금의 미동도 느껴지지 않았다. 그는 칼날을 왼손바닥에 눕혀 쓰윽 문질러 보았다. 감촉이 부드럽게 느껴지는지 그가 눈을 감았다. 아니다, 무엇을 골똘히 생각하는 눈치였다. 한 일이 분쯤 지났을까. 그는 눈을 뜨고 다시 한 번 벽에 걸린 시계를 바라보고 있었다. 시간은 30분이 경과되어 있었다. 아직까지 종태와 같이 들어온 댄서가 몸에 물을 끼얹는 소리가 조금 열려 있는 문밖으로 시원하게 들려오고 있었다. 종태는 칼을 다시 다리에 꽂고 천천히 일어섰다. 그리고 복도로 나왔다. 그의 손에는 은빛 나는 열쇠가 하나 들려져 있었다. 카펫 위를 걸어가는 그의 발걸음이 조금도 흐트러짐이 없이 앞으로 나아가다가 좀 전에 두 남녀가 들어간 방 앞에서 멈춰 섰다. 안에서는 조용한 듯했으나 가만히 서서 들으면 여자의 신음하는 목소리가 가늘게 새어나오고 있었다. 종태는 그 여자의 귀에 익은 목소리를 기억하고 있었다. 그 목소리가 지금 어떠한 상태에 와 있다는 것을. 그는 방문의 열쇠 구멍에 은빛 나는 열쇠를 꽂고 옆으로 돌렸다. 그것이 아주 부드럽게 돌아갔으므로 문은 쉽게 열렸다. 문을 열자 실내의 낮은 불빛이 종태의 얼굴로 쏟아져 들어왔다. 종태는 잠시 머뭇거릴 틈도 없이 성큼 안으로 발을 들여 놓았다. 발 밑으로 보이는 입구에는 남자의 구두와 눈에 익은 여자의 신발이 아무렇게나 흩어져 있었다. 씨발놈들! 되게 급했던 모양이군. 종태는 혼잣말을 중얼거리고 있었다. 안으로 들어서자 바로 옆의 욕실문이 열려 있었고, 그 욕실에서 쏟아져 나오는 강한 비누냄새가 정신을 맑게 해주었다. 안에서는 아직 사람의 침입을 눈치채지 못했는지 여자의 간드러지는 듯한 신음소리가 땀과 함께 범벅이 되어 더욱 크게 들려왔다. 종태는 일종의 야릇한 쾌감이 일었다가 이내 사그러졌는데 욕실의 기역자로 된 벽에 가려져 침실이 보이지 않았지만 신음소리를 듣는 것 자체가 일시 흥분케 만들었다가 그 여자가 바로 은영이라는 것을 기억하자 그러한 쾌감도 금방 사라지고 말았다. 종태는 구두를 신은 채로 몇 발자국 앞으로 나아갔다. 그러자 침대 머리맡의 희미한 갓등 밑으로 벌거벗은 남녀의 하얀 나신이 드러났는데 잘 빚어 놓은 조각품처럼 미끈한 육체의 향연이었다. 여자의 머리칼이 아무렇게나 헝클어져 있었다. 잔뜩 구부린 다리가 남자의 육체를 감아쥐고 있었다. 종태는 그것을 보자 현기증부터 일었다. 침대의 흔들거림이 심하게 구토를 몰고 왔다. 종태는 속에서부터 뻗쳐오르는 분노를 느끼며 구부려 종아리의 칼을 빼냈다. 그리고 성큼 다가갔다. 종태가 서서히 그들에게 다가갈 때까지 그들은 하던 행동을 멈추지 않고 계속 하고 있었다. 종태가 침대 바로 옆에 서서 그들의 격렬한 몸놀림을 물끄러미 내려다보고 있을 때 먼저 종태를 발견한 것은 은영이었다. 잔뜩 머리를 뒤로 젖힌 채 마른 침을 끌어모으며 애타하는 눈빛이었다. 그녀가 목을 들었을 때 눈앞에 나타난 시커먼 물체를 보고 눈만 크게 떴는데 얼른 입에서 말이 나오지 않고 있었다. 남자는 아직 그것도 모르고 그녀의 몸을 심하게 찍어대고 있었다. 그녀가 눈을 동그랗게 뜨고 입으로 손을 가져가 대었을 때에야 남자도 그러한 것을 보고 획 뒤를 돌아보았다. 종태는 한 번 씨익 웃어주고는 칼을 내리찍었다. 그 칼은 정확히 남자의 등줄기 중앙에 가 꽂혔다. 거의 칼이 다 들어가 박혔을 정도로 손잡이만 보일 뿐이었다. 남자의 하체가 경련을 일으키다가 풀썩 멎고 은영은 밑에서 빠져나오려고 혼신의 애를 썼지만 이미 남자의 축 늘어진 몸을 들진 못했다. 더러운 년? 종태의 또 다른 칼이 그녀의 벌어진 입에 가 꽂혔다. 순식간의 일이었다. 그녀는 아무 소리도 못하고 눈동자까지 정지해 버리고 만 듯 모든 게 조용해졌다.

종태는 벌떡 일어났다.

아, 꿈이었다.

방 안은 새근거리며 자는 재소자들의 숨소리만 나직하게 들리고 있었다. 종태는 가만히 앉아 눈을 지그시 감고 있었다. 너무나 생생한 꿈이었다. 도저히 꿈이라고 믿기지 않을 만큼 자세했던 그들의 성행위가 눈앞에 어른거렸다. 혹시 은영이에게 무슨 일이 있는 게 아닐까. 아니야. 그럴 리 없어. 종태는 눈을 부릅 치켜떴다. 그래, 절대 그럴 리가 없어. 조직에게 있어서 여자의 배반은 곧 죽음을 의미하는 것인데 은영인 그럴 여자가 아니야. 종태는 일어나 관물대 위에 올려져 있는 식수통을 들어 마개를 비틀어 연 후 벌컥벌컥 마셨다. 갈증이 가시는 듯 속이 후련해졌다. 그리고나서 뺑끼통으로 들어가 볼일을 봤다. 갑자기 담배 생각이 났다. 그는 천천히 실의 끄트머리를 끌어올려 비닐봉지에 싼 담배를 끄집어냈다. 담배연기를 깊이 빨아들이며 그는 나른한 공복감에 빠져 들었고 눈을 지그시 감았다. 눈에 아른거리는 은영의 모습이 찰거머리처럼 자꾸만 달라붙었다. 그는 거푸 연기를 빨아들였다가 뱉어 놓았다. 정신이 몽롱해지기 시작했다. 그는 그제서야 이곳에 갇혀 있는 자신의 답답함이 새삼스러이 느껴졌다.

저녁때 상호가 했던 말이 기억났다. 이제 나가면 다시는 죽는 한이 있더라도 잡히지 않을 거라는 말이 문득 떠올랐다. 지금쯤 은영이는 술집의 문을 닫고 계산을 하고 있거나 잠자리에 들 준비를 할 시간일 것이다. 종태는 지금 정확한 시간도 모르면서 막연히 그렇게 생각하고 있었다. 그러나 자꾸만 불안한 생각이 겹쳐지는 것은 무슨 이유일까. 그는 또다시 새 담배에 불을 붙였다. 의식이 점점 맑아져 오면서 은영에 대한 생각으로 가득 찼다. 그는 바로 앞에 놓여져 있는 비닐봉지의 하얀 팬티를 집어들었다. 작고 예쁜 레이스가 달린 팬티였다.

그는 그것을 자신의 그것에 대고 문지르기 시작했다. 그는 눈을 감고 있었다. 은영의 환상이 떠오르자 그는 그녀의 몸매 구석구석을 샅샅이 핥으며 눈에 떠올리고 있었다. 1미터 70센티의 미끈한 나신이 자신의 몸 아래에서 좀전과 같이 흐느끼듯 신음을 토하는 환청을 듣고 있었다. 그녀는 매번 관계를 할 때마다 절규하듯이 콧소리의 신음을 토해내고 있었는데 종태는 그녀가 까무러칠 때까지 절대 놓아주지 않고 있었다. 그녀는 쉽게 달아올랐으며 절정에 이르러서는 어디서 그런 힘이 나오는지 히프를 번쩍 치켜드는 습관이 있었다. 종태의 손놀림이 빨라지자 그녀의 헐떡거리는 소리도 덩달아 빨라지고 있었다. 종태가 절정에서 몸을 꼿꼿하게 굳히자 거기에서 허연 정액이 쏟아져 나왔다. 그러자 전신의 힘이 빠져 버리고 나른한 감이 엄습해 왔다. 종태는 눈을 감은 채 그대로 담배연기를 깊이 빨아들여 목구멍으로 넘겼다. 이제서야 은영에 대한 나쁜 생각이 들지 않았다.

종태는 다 탄 담배를 비벼 끄고 단시 잠자리로 돌아와 누웠다. 한참동안 뒤척이다가 언제 잠이 들었는지 모른다.

09

남자들은 무엇으로 사는가

종태는 아침부터 몸이 찌뿌드드하였다. 아침식사도 하는 둥 마는 둥하고 일찌감치 천식이 깔아 놓은 담요 위에 드러누웠다. 드러누워서 천식이가 플라스틱 그릇에다 두유를 붓고 다시 날계란의 노른자만 질러넣고 또 참기름을 듬뿍 넣은 것을 받아먹었다. 그리고 다시 우루사와 비나폴로, 인코라민 한 알을 입에 털어 넣고 물을 마셨다. 그릇을 물리자 저만치에서 상호가 묵묵히 종태를 바라보고 있었다. 약간 걱정이 되는 눈치다.

"형님, 혹시 감기 기운이 있는 거 아닙니까?"

"모르겠다. 몸이 그저 욱신거리는 게, 어젯밤에 잠을 좀 설쳤던 게 좋지 않았나 봐."

종태는 비스듬히 누워 그렇게 말을 했다. 상호는 애써 얼굴을 찡그리며 종태에게 동정을 보내고 있었다. '종태는 몸이 아픈 게 아니라 마음이 편치 않았던 것이다.

"형님, 소지를 4동으로 보내서 병찬이 형한테서 물건을 받아오라고 할까요?"

"어! 그래. 조심해서 갖고 오라고 그래."

상호는 부스스 일어나 복도의 창살로 다가갔다. 그리고 "소지! 소지!" 하고 부르자 복도의 저쪽에서 부리나케 달려오는 소리가 났다. 소지가 창살에 바싹 다가붙자,

"소지. 저쪽 4동 하 8방에 가서 우리 방에서 보내서 왔다고 하면 형님이 뭔가를 줄 거야. 그것 좀 갖다 줄래?"

"알았어. 4동 하에 누군데?"

"응, 병찬이라는 형이 있어. 가서 물어 봐."

소지는 냉큼 달아나다시피 해서 시야에서 곧 사라졌다.

소지들이란 각 사동마다 담당을 보조해서 일을 하는 사람이었는데 구치소에서 재판이 모두 끝나 징역을 살게 되는 죄수를 말한다. 흔히 출역수라고 불렀고 정식 명칭으로는 소지(掃旨)라고 불려졌다.

그 소지들은 아침 5시만 되면 출역수들만 따로 모여서 자는 9동에서 각자의 맡은 사동으로 가서 그 사동에서 청소일이나 식사 배식을 했고 담당의 책상 정리, 담당의 먹을 것을 수발했고, 가끔 관구실의 청소나 관구부장들의 먹을 것까지 수발하는

것이었다. 그리고 눈치껏 옆 사동으로 가서 재소자들이 요구하는 청을 들어주거나 물건들을 날라다주곤 했다.

원래는 소지들의 그러한 통모에의 가담은 엄격히 통모를 방지해야 하는 구치소의 실정법에는 어긋나는 일이었다. 그러나 담당이나 부장들에게 먹을 것을 상납하는 관계였기 때문에 들켜봤자 묵인되는 경우가 허다했다. 소지들은 그러한 이점을 이용해서 공범들끼리의 통모에 일익을 담당하는 공범이 되기도 했다. 공범들은 재판을 받기 전까지 서로 입을 맞추는 것을 방지하기 위해 멀리 떨어진 사동으로 각각 흩어지게 해 놓았다. 그러나 그들은 통행이 자유스러운 소지들을 꼬셔서 이쪽의 말을 저쪽에다 전하고, 저쪽의 말을 이쪽으로 옮겨서 입을 맞추는 것을 도왔는데 흔히 구치소에서는 통방이라고 불려졌다.

통방을 하려면 얼마든지 가능했다. 굳이 소지들이 직접 그 사동에까지 가지 않더라도 소지들끼리는 같이 모여서 잤다. 때문에 오후의 일을 다 마치고 나면 9동으로 들어가서 서로 만나서 상대방의 공범이 있는 사동에서 일을 하는 소지에게 어떠어떠한 내용을 누구에게 전하라는 말만 해도 곧바로 그 내용은 소지의 입을 통해 서로 오고가게 되어 있었다.

그것도 모르고 검사들은 따로따로 재소자들을 불러내어 신문을 하곤 했다. 그럴 때마다 그들의 말은 한결같았다. 그것은 그들이 서로 구치소에서 통방을 하면서 입을 맞춘 결과였다.

징역을 밥먹듯이 산 그들이 그러한 것을 이용하지 않을 턱이 없는 것이다.

바로 옆 사동에 아는 사람이 있다고 한다면 그들은 서로 말로써 하지 않고 창문가에 서서 서로 손으로 수화를 나누는 것이다. 수화는 크게 고함을 지르지 않고도 눈으로 보면서 의사 전달을 할 수 있는 유일한 방법이었다.

재소자들이 개발해 내는 범치기의 종류는 그것을 잡으려고 애를 쓰는 쪽보다 항상 앞질러 나갔다. 소지끼리 통하면 간통으로 들어온 여사에 있는 여자 공범에게도 편지를 전해줄 수 있었다.

간통으로 들어온 민재구가 어떻게 따로 소지를 구워삶았는지 그는 며칠에 한 번씩은 여사로 편지를 써서 비둘기를 날려 보냈다. 방법은 간단했다. 재구가 쓴 편지를 소지에게 주면, 소지는 그 편지를 들고 저녁에 잠을 자는 9동으로 들어가 보안과 소지에게 그 편지를 넘겨주면서 여사에 있는 누구에게 전해주라고 했다. 그 보안과 소지는 그것을 받아 다음날 아침에 출역을 하면서 갖고 나가서는 낮에 일을 하면서 직원 식당에 가서 볼 일이 있을 때 그곳으로 가서 식당에서 출역하고 있는 아는 여자 출역수에게 쪽지를 건네면 그 여자는 다시 저녁에 자신의 방으로 입방하면서 다른 소지에게 전달을 하는 그런 과정을 거쳐 서로 편지가 오고 가게 되었다. 그것도 처음에 재구가 먼저 시도한 것이 아니라 여사에 있는 공범이 먼저 쪽지를 보내 와서 재구도 장남삼아 서로 편지를 보내고 있었다.

대개 여사에서는 나가서 같이 살자, 차라리 여기서 징역을 살고 나가서 떳떳이 결합을 하는 게 어떠냐고 간절한 편지를 보내왔는데 재구는 아직 그 여자랑 같이 살겠다는 진지한 마음은 갖고 있질 않았다. 재구는 나가면 다시 가정으로 돌아가고 싶어 했는데 한 번 사랑에 빠진 여자는 남편과 이혼을 하고 차라리 징역을 살고 나가서 같이 살림을 차리자고 애원을 하고 있었다.

그러한 일은 수두룩했다. 대개 남자들보다 여자들이 더했다. 여자들이란 이미 엎질러진 물이겠지만 남자들이야 다시 나가면 본부인이 기다리는 경우가 많았다. 또한 자식들을 생각해서 가정으로 돌아가는 경우가 있었지만 이미 들통이 나버린 여자들은 이혼까지 당하고 나면 갈 곳이 없어서인지 남자에게 매어달리는 경우가 많았다.

"상호 형."

소지가 부르자 상호가 벌떡 일어나 창문으로 다가갔다.

"이거……."

소지가 내미는 건 다름 아닌 런닝과 팬티였다. 상호는 그것을 받아들며 재빨리 이리저리 살펴보았지만 별로 특이한 것은 발견할 수 없었다. 상호는 배식반장에게 지시를 해서 소지에게 오징어나 다섯 마리 내주라고 지시를 하고 종태를 깨웠다.

"형님, 이거 한 번 보세요."

"……."

종태가 마악 잠이 들었던지 눈을 부비며 일어나 앉았다. 종태의 앞에 내민 것은 그저 흔히 보는 런닝과 팬티였다.

"……."

종태는 그것을 받아 두 손으로 벌려서 런닝을 찬찬히 살피고 있었다. 종태는 무엇을 찾았는지 하얀 런닝의 얼룩진 부분을 찾아내고는 혀끝을 갖다 대었다.

종태의 눈빛이 빛났다. 상호는 그제서야 그게 무엇을 뜻하는 것인지를 알았다. 종태가 눈짓을 하고 뼁끼통으로 들어가자 상호도 일어나 뼁끼통으로 들어갔다. 그러자 천식은 자동적으로 복도 쪽의 창살에 붙어서 바깥 복도의 동정을 살피는 거였다. 그것은 지극히 자연스런 행동이었는데 종태와 상호가 뼁끼통에서 나올 때까지 삥을 보는 거였다. 혹시 만일을 대비한 철두철미한 대비책이었다.

"형님, 이것 뽕 아닙니까?"

상호가 나직이 물었다. 종태가 은밀히 웃으면서 입에 손가락을 갖다 대었다. 조용히 하라는 투였다.

"그래, 맞어. 혀 끝에 톡 쏘는 게 틀림없는 뽕이야. 병찬이가 저번에 보내 주겠다고 한 적이 있었어."

"근데, 형님. 병찬이 형은 이걸 어디서 났죠?"

"모르겠다. 아마도 밖에서 차입물을 넣을 때 들여보냈겠지."

"……근데, 이게 검사에서 걸리지 않을까요?"

상호의 말이 맞았다. 일단 바깥에서 가족들이나 친구들이 넣는 물건들은 직원들이 철두철미하게 검사를 하고 있었다. 심지어는 두꺼운 책표지를 면도칼로 얇게 벗겨내어서 숨긴 담배와 라이터돌까지 낱낱이 찾아냈다. 그런데 히로뽕을 묻힌 런닝과 팬티가 들어오다니.

"들어올 수도 있어. 영치물 창구를 통하지 않고 아는 직원을 통해 곧바로 들어올 수도 있잖아?"

"아 참, 그렇겠군요. 직원들도 별로 대수롭지 않게 생각하고 그냥 전해줬을 수도 있겠네요?"

"그럼, 누가 뽕이 묻어 있는 것까지 의심이나 했겠어?"

종태는 지그시 눈을 감고 런닝의 얼룩진 부분을 핥고 있었다. 그런 그의 표정이 점점 황홀에 빠지기 시작하자 상호도 팬티의 얼룩에다 혀끝을 갖다대 보았다. 짜릿했다. 둘은 한참동안 그러고 있었다.

서서히 환각이 되면서 그들은 몸이 공중으로 붕 뜨는 것을 느꼈다. 눈을 감고 상상하기 시작하면 자신들이 마음을 먹은 대로 모든 게 다 이루어졌다. 어느 탤런트를 생각한다면 그 탤런트가 눈 앞에 나타났고 마음을 먹은 대로 다 이루어졌다.

그것은 히로뽕이 주는 강력한 환각이었다. 없는 것도 있게 만드는 그런 불가사의한 힘이 있었다. 한 번 히로뽕에 빠지면 헤어나지 못한다는 것도 그러한 이유에서였다.

얼마나 시간이 흘렀을까. 종태와 상호는 마치 꿈을 꾸듯이 뼁끼통을 나와 벽 쪽에 깔아 놓은 담요 위로 가 드러누웠다.

은영이 헤실헤실 웃으며 나타났다. 방금 마악 샤워를 마친 듯 온몸에서 물이 뚝뚝 떨어지고 있었다. 종태가 눈을 가늘게 뜨고 보고 있는 가운데에서 그녀는 커다란 타월을 들고 몸의 구석구석을 닦고 있었다. 처음에는 머리부터 시작해서 얼굴로 내려와서 다시 목부분을 닦다가 겨드랑이와 봉긋한 젖무덤을 닦았다. 종태는 내심 침을 삼키며 보고 있었다. 닦을 때마다 출렁거리는 젖무덤이 유난히 커 보였다. 은영은 가냘픈 몸매에 비해 젖통은 무지하게 컸다. 잘 발달된 신체를 갖고 있었다. 그리고나서 그녀는 아래로 내려갔다. 이윽고 물기에 젖은 숲을 닦자 숱들이 일제히 일어나서 무성하게 보여졌다. 짙은 숲이었다. 종태는 이제 자신을 참지 못하고 그녀를 번쩍 들어 침대 위에 눕혔다. 그리고 격렬한 포옹과 키스. 그는 꿈속을 헤매고 있었다. 침대까지 물결치듯 출렁거리고 있었다.

모든 것이 끝나고 나자 나른한 잠이 몰려 왔다. 그는 얼마나 잠에 곯아 떨어졌는지 모른다. 모처럼 만의 꿀맛 같은 단잠이었다.

종태가 일어났을 때까지도 아직 상호는 일어나지 않았다. 종태는 한결 마음이 맑아져 있었다. 뽕 때문이었는지 모른다. 그건 확실히 환각에선 끝내주는 물건이었다. 종태는 마치 꿈을 꾸듯이 잠을 자고 있는 상호에게 담요를 덮어 주었다.

겨울의 짧은 해는 금방 아침을 먹고 나면 곧 점심때였다. 아직 아침밥이 소화도 되지 않았는데 벌써 점심밥이 날라져 왔다. 매일 찌개를 끓여 먹었으므로 식사 때마다 밥을 먹는 즐거움도 있었다.

처음 온 신입들은 5방에서 이렇게 자유스럽게 찌개를 끓여 먹는 것만 보아도 이 방이 얼마나 잘 나가고 있다는 것을 금방 알았다. 물론 다른 방에서도 마찬가지였다. 그랬으므로 우연히 목욕을 나가거나 운동을 나가다가 서로 사소한 시비라도 생길라치면 우선 꽁지를 내리는 쪽은 항상 상대편이었다. 5방의 위력은 막강했다. 감히 다른 방에서 5방을 집적거린다는 것은 있을 수 없는 일이었다.

배식반장이 찌개를 입김으로 후후 불어가며 그릇에 공평하게 나누고 있었다.

"야, 배식반장. 저쪽 끝방에 있는 학생하고 의원님에게도 한 그릇 보내."

"알았습니다."

배식반장은 따로 그릇에 한 사람만 먹을 수 있는 양을 담고 있었다. 학생과 의원이라고 하는 것은 제일 끝방에 있는 집시법으로 들어온 학생과 정치폭력 사건으로 들어온 전직 국회의원을 말함이었다. 종태는 그들에게 너그러이 선심을 베풀고 있었다. 가끔 복도에 나가 휘적휘적 각 방이나 들여다보다가도 끝방에 가서는 정치적인 얘기나 대학교의 데모에 대한 이야기를 들었다. 그것은 종태 자신이 누린 주먹세계와는 전혀 동떨어진 세계에 대한 호기심이랄까, 정치적인 데에 관심을 나타내는 거였다. 아무튼 종태는 그들에게는 깍듯이 대했으며 존칭어를 썼다.

"의원님, 불편한 건 없으십니까?"

종태는 넌지시 물어보았다. 그게 자연스런 인사였다.

"뭐, 다 그런 거지요, 뭐."

의원도 종태가 주먹세계의 오야붕이라는 것을 알고는 존칭해주고 있었다. 김택균 의원도 창당 방해사건을 뒤에서 조종하면서 조직폭력배의 두목에게 자금을 제공한 사실로 이곳에 들어와 있었던 것이다. 그랬으므로 창당 방해에 가담했던 조직은 종태의 대원로급 선배들이었다. 그러한 물의를 불러일으킨 김 의원에게 깍듯한 예의를 갖추는 것은 당연한 일이었다. 정치와 조직은 불가분의 관계에 있는 경우도 있었다. 정치인이 조직을 필요로 할 경우엔 경우에 따라서 정치화되는 것이었고 정치에 직접 관여하는 개인의 사조직이 되는 것이었다. 물론 돈과 연관되어지는 것이다. 김 의원은 맨 끝방인 12방의 독방에 있었다. 11방에는 민자당 기습농성을 벌인 S대 총학생회장이 들어와 있었다. 종태는 그리 자주 가지는 않았지만 가끔씩 그곳으로 가서 정치적인 얘기를 듣다가 오곤 했는데 워낙 무식하다가 보니 도저히 그들의 해박한 정치적인 인식을 따라 잡지 못해서 건성으로 이야길 듣다가 마는 거였다.

단지 자신이 난로 위에서 찌개를 끓여 먹는 것에 대해 무언의 양해를 얻어놓기 위해 가는 건지도 몰랐다. 종태의 위력을 은근히 내어보이면서 조금씩 찌개를 덜어 보내주면 그들도 따끈한 찌개를 먹고 쉽게 친숙해지는 거였다. 이곳에서 얼큰한 찌개를 맛본다는 것은 얼마나 다행한 일이겠는가. 그들도 종태가 찌개를 보낼 때마다 건성으로 하는 인사인지는 모르지만 항상 잘 먹겠다는 말을 소지를 통해 전해오고 있었다. 종태는 그러한 인사를 그들에게서 듣는 것만으로도 기분이 좋았다. 왜냐하면 자신과는 전혀 신분이 걸맞지 않은 그런 위인들에게 존경의 표시를 받아본다는 것은 여간 기분이 좋은 일이 아닐 수 없었다.

종태는 김 의원에게는 존칭을 썼지만 11방에 있는 대학생에게는 말을 놓고 있었다. 나이로 보나 사회 경력으로 보나 자신이 위라는 것 때문에 말을 놓고 지냈는데 마음속으로는 그래도 많이 배운 그에게 존경의 표시를 하고 있었다. 11방의 창희라는 학생은 종태의 그런 보스 같은 기질에 대해 색다른 호기심을 갖고 있었으므로 종태로서는 은근히 기분이 좋아질 때마다 시회에서 일어났던 끔찍한 싸움이나 조직폭력배의 세계에 대한 이야길 들려주고 있었다. 그럴 때는 12방의 김 의원도 방문을 열어 놓고 같이 들었다.

11방과 12방은 소위 정치적인 사람들이라 해서 유화적인 측면으로 위에서 암암리에 내린 지시에 따라 담당이 낮에는 거의 출입문을 열어두고 있었다. 그들은 쓸데없이 복도로 나와 돌아다니거나 불필요한 행동을 하진 않았다. 입구의 문을 열어 놓아도 그들은 그저 방 안에서 책이나 볼 뿐, 갑갑한 문을 열어준다는 것만 해도 다행이라는 식으로 결코 그 이상의 행동은 하지 않았다.

그러다가 보안과장이 순시를 할 때에만 입구의 문을 닫았는데 그것은 순전히 보안과장의 체면 문제 때문에 그러는 거였다. 그것 또한 보안과장이 내린 지시인데 그것은 순전히 집시법으로 들어온 학생들을 은근히 토닥거리는 유화책이었다. 보안과장이 순시를 하는 동안에도 문을 열어둔다는 것은 자신의 권위가 땅에 떨어졌다고 생각해서 순시하는 동안만은 굳게 문을 잠궈 놓았다. 그들도 그러한 보안과장의 배려 뒤에 숨어 있는 뜻을 미리 알고 있었다.

2동 하 사동에서, 1방에서부터 12방까지 종태의 위력을 모르는 사람은 없었다. 자신이 허구한 날 복도로 나와 담당과 이야기를 하다가 복도를 어슬렁거리다가 방으로 들어가더라도 누가 트집을 잡거나 그걸로 담당에게 시비를 거는 이는 없었다. 종태는 점심을 먹고 나자 별로 할일이 없어 심심해졌다. 오늘 면회를 오는 기식이가 빨리 보고 싶어졌다. 지난번의 꿈이 영 마음에 걸리는 거였다. 은영일 오라고 할 수도 있었지만 기식에게서 술집에 대한 근황을 듣는 것이 더 낫겠다는 마음에서였다.

종태는 편지를 쓰기 위해 밖으로 나갔다. 미리 구입해 놓은 우권을 찾아 집필실로 들어가자 담당이 밖에서 문을 잠궈 버렸다. 집필실에는 종태 외에 대여섯 명이 편지를 쓰거나 항소이유서를 쓰느라 다닥다닥 붙어 앉아 있었다. 기다란 책상에는 글을 쓰면서 먹으려고 갖다 놓은 과자 나부랭이들이 널브러져 있었다. 담당이 집필실이 문을 밖에서 잠그는 이유는 미리 종이의 숫자까지 세어서 나눠준 용지가 몰래 한두 장 빠져나가는 것을 막기 위함이었다.

저번엔 집시법으로 들어온 학생이 집필을 한다고 해서 미농지 몇 권을 가지고 나가서 항소이유서를 쓰면서 그 안에서의 부당한 대우나 재소자 인권탄압의 사례를 밝힌 글이 밖으로 유출이 되어 인권변호사들에 의해 사회적으로 문제가 된 적이 있었기 때문에 더욱 그러했다. 집필을 하기 전에도 종이 수를 헤아렸지만 집필을 마친 후에도 종이 숫자를 헤아려서 처음에 갖고 들어갔을 적의 숫자와 마지막으로 글을 다 써서 나왔을 때의 숫자가 맞아떨어져야 했다. 그리고 나눠준 볼펜도 일일이 뚜껑을 열어 볼펜심이 제대로 들어 있는지를 확인했다. 볼펜심이 방으로 들어가면 아무 종이에나 글을 써서 재판을 받고 출소하는 출소자들에게 전해져서 밖으로 나가게 되었기 때문이다.

저번에는 집시법 사건으로 들어온 그들이 뼁끼통을 통해 서로 다른 사동에까지 통방을 하면서 일어났다.

각 사동에 있는 두 개의 독방 중에 방 하나는 항상 집시법이거나 보안법 위반인 학생들이 있었으므로 서로 일정한 간격으로 떨어져 있는 사동과 사동끼리 뼁끼통 속에서 소리를 지르면 통하게 되어 있어서 그들은 흔히 뼁끼통을 통해서 의사소통을 하고 있었다.

처음에는 학생들이 자신들의 구호인 '독재정권 타도하자! 군사정권 물러가라! 수서사건 은폐하는 현정권은 자폭하라! 악법인 국가보안법으로 정권유지하는 현정권은 자폭하라!' 등의 구호를 외치며 철문짝을 탕탕, 두드리며 목이 쉬도록 구호를 외쳤지만 수많은 일반 재소자들의 공감을 불러일으키지 못하자 그들은 재소자들의 근본적인 구치소 내의 처우 문제를 언급하기 시작했다.

형편없이 질이 나쁜 밥과 반찬을 들고 나왔다. 한 번 구호를 외칠 때마다 재소자들의 박수갈채를 받자 그들은 일단 그러한 전략에 대해 성공했음을 알았다. 실제로 재소자들의 밥과 반찬은 너무 형편없었다. 사회에서는 개나 돼지들이 먹는 것보다도 질이 떨어졌다. 그리고 밥에는 돌이 그대로 씹혀 나왔으며 밥이 온기가 있을 적에는 그런대로 괜찮았지만 일단 식으면 시커멓게 색깔이 변했고 얼마나 오래도록 묵은 것이었는지 풀기라곤 개미좆 만큼도 없어서 먹고 나면 금방 배가 고플 지경이었다.

김치를 예로 들자면 반찬이라는 것도 고춧가루는 거의 들어가지 않아 절은 배춧잎을 씹는 것처럼 냉랭했다. 그래서 방 안의 재소자들은 있는 돈으로 고추장이나 마늘, 간장을 사서 다시 김치에 버무려서 먹어야 제대로 김치의 맛이 날 정도였다.

학생들은 어떻게 알았는지 재소자들의 하루 급식비를 정확히 알고서 법무부에서 내려온 재소자들의 부식비를 중간에서 간부들이 갈취를 하는 것이라고 고래고래 고함을 질러댔다. 처음부터 그 구호는 일반 재소자들의 공감을 불러일으키고도 남았다. 일반 재소자들도 술렁거리며 동조하려는 눈치를 보이자 구치소 측에서는 사방 담당을 통해 일반 재소자들의 동태를 감시하도록 했고, 같이 구호를 외치는 재소자는 밖으로 불러내어 포승줄에 꽁꽁 묶어 고문을 했다. 학생들은 그러면 그럴수록 더 크게 그러한 사실을 전 사동으로 알렸고 철문을 발로 차기도 하면서 나중에는 급기야 50여 명이나 되는 학생들 전원이 일제히 금식에 돌입하게 되었다. 그들은 배식이 되어 방에 밥

그릇이 들여놓아져도 그것을 거들떠도 보지 않았으며 시간을 정해 목이 쉬도록 구호를 외쳐댔다.

'재소자들의 인권을 짓밟는 소장은 물러가라! 재소자들의 부식비를 떼먹는 소장은 자폭하라! 재소자들을 고문하는 교도관을 엄벌하라! 하루 정량을 제대로 공급하라! 재소자들에게 고함! 여러분 재소자들이여! 당신들은 지금 하루에 책정된 정량인 백미와 보리쌀을 제대로 지급받지 못하고 있습니다. 우리들이 정확히 알아본 바에 의하면 모든 것이 부족합니다. 부식도 마찬가지입니다. 김치는 고춧가루도 들어가지 않은 것을 먹으라고 하고 있습니다. 재소자 여러분! 우리, 다 같이 구치소의 시정을 요구합시다! 요구합시다!'

남사에서 떠드는 것과 동시에 여사에 있는 여학생들도 구호를 외쳐댔다. 여사에 있는 여자들은 남자들보다 더했다. 그네들은 구호만 외치는 게 아니라 철문을 발로 차면서 밥그릇으로 창살을 두드려 댔다. 그 소리가 얼마나 멀리 퍼져 나갔던지 인근 동네인 고척동 일대에까지 확 퍼져나갔다. 여자들이 더 악바리였다. 여사의 직원들은 남자들만큼 거칠지 못해서 그저 속수무책으로 떠드는 학생들을 달래느라 애만 쓰고 있었다.

하여튼 학생들은 눈에 보이는 부조리에 대해선 조금의 타협도 없었다. 종태는 단지 학생들이 떠드는 것에 대해 찬동하는 것도 아니었고 그렇다고 반대를 하는 것도 아닌, 그저 무덤덤

한 자세를 취했다.

지금 종태는 여기에 들어와서 처음으로 은영에게 편지를 써 보는 것이다. 직접 면회실에서 말로 할 수 있는 것이라도 편지로 써 보내는 것이 훨씬 효과적이라는 생각에서였다. 종태는 아무리 머리를 쥐어짜내어도 적당한 문구가 떠오르지 않아 애를 먹었다. 하긴 매일 싸움만 연구하고 한탕 할 궁리만 하던 머리에서 은영일 녹녹하게 녹여 버릴 만한 매끈한 글을 쓴다는 것은 무리였다. 그는 거의 두세 시간이 지나서야 겨우 짤막한 편지를 완성했다.

사랑하는 은영에게

그동안 고생이 많으리라고 생각하고 있소.
나는 이곳에서 참회하는 마음으로 지내고 있소.
마음이야 지금이라도 바깥으로 훌훌 나가고 싶지만
영어의 몸이 얼마나 답답한지 모르겠소.
당신이 한 번 이곳을 다녀가면
난 얼마나 마음이 놓이는지 모르오.
기식이가 매일 와서 바깥의 사정을 이야기해 주지만
난 당신이 오는 것이 제일 즐겁소.
이제 나가면 내가 당신에게 못다 해준 것들을

모두 해주고 싶소.

고생이 되더라도 조금만 참으오.

이번에 재판의 결과가 좀 나쁘게 나오더라도

절대 불안해하지 마오.

이번은 첫 재판이니 다음, 다음 재판이 또 있을 것이오.

나는 밤마다 당신과 같이 지내던 때를 생각하고 있소.

내 말 무슨 뜻인지 알겠소?

나가면 당신에게 최고로 잘해 주리라는 생각을 여러 번 했소.

다른 데 신경쓰지 말고 오로지 일에만 신경을 쓰기 바라오.

당신의 종태가.

종태는 집필실에 갇혀 있으면서도 편지를 쓰느라 낑낑대는 것이 그래도 좋았다. 원래 필체가 엉망이었지만 그래도 은영이가 자신이 보낸 편지를 받아보면 마음속으로 감격할 것만 같았다. 종태는 매일 마누라에게 편지를 써 보내는 재소자들을 보고 미친놈이라고 깔보았지만 지금은 그렇지 않았다. 자신도 될 수 있으면 자주 편지를 쓰는 게 여자들에게 훨씬 좋을 것 같았지만 소위 주먹이라는 작자가 거의 매일 편지를 쓴다는 것도 체면상 그럴 수 없는 일이었다. 단, 띄엄띄엄 잊을 만하면 한 번씩 우권을 쓰는 게 좋겠다고 생각했다.

여자들이란 정말 단순하다. 남자가 보낸 하찮은 편지일지라도 그것을 받은 감격은 컸다. 종태는 비록 악필이었고 문장은 엉망이었지만 머리를 쥐어짜서 편지를 썼다는 데에 조그마한 희열 같은 것을 느끼고 있었다. 내일이 금요일이니까 은영이가 면회를 올 것이다. 그때 은영에게도 편지를 쓰라고 말을 할 참이었다. 징역에서의 답답한 마음을 누가 알겠는가. 그나마 여자한테서 편지라도 받으며 산다는 것이 얼마나 즐거운 일이겠는가.

가끔 재소자들은 안에서 죽어라고 바깥으로 편지를 써 보냈지만 바깥의 여자에게서 답장이 오는 것이 시원찮으면 미치고 환장할 정도로 갑갑해지는 것이었다. 그것은 곧 여자에게서 이상한 징조가 보이기 시작하는 첫 단계였다. 그러다가 어느 날 뚝 편지가 끊어져 버리거나 이사라는 붉은 도장이 찍혀 되돌아오는 날은 안에 있는 재소자는 여자가 딴 놈과 붙어서 달아난 것으로 알고 미쳐 날뛰는 것이다. 이곳에 붙잡혀 들어온 이들은 바깥에서 여자가 무슨 짓을 하고 돌아다니는지 전혀 알 수가 없다. 그렇다고 이곳에 들어오기 전에 여자가 변심을 하지 못할 만치 잘 해주고 들어온 이도 거의 없었다. 그저 사느라고 소홀히 했던 남자가 곁에서 없어지자 바람을 피우는 여자들이 많았다.

어제는 신일철이 가정법원에 끌려나가 부인에게 이혼을 당하고 들어와서 혼자 끅끅거리며 울었다.

"야야, 신일철. 어디 여자가 한 둘이냐? 나가서 좋은 여자 만나 새로 장가드는 게 낫지."

종태는 반듯이 누워 그렇게 말을 했다.

"남자 새끼가 울긴. 저엉 속이 상하거든 나가서 목을 따버리든지 해."

일철은 종태의 면박에 뼁끼통으로 들어가 한참동안 나오지 않았다.

종태는 가만히 내버려 두었다. 자신이 그렇게 말은 했지만 일철에게 일말의 동정이 없진 않았던 것이다. 자신 같으면 나가서 어떻게 해서 찾아내어서라도 목을 따버릴 심정이었을 것이다. 상호도 그러한 일철의 심정을 이해했는지 하루종일 구석에 처박혀 궁상맞게 앉아 있는 모양을 보면서도 이렇다 할 말을 않고 있었다.

종태가 집필을 끝내고 방으로 들어가자, 상호가 일철을 붙잡고 장기를 두고 있었다. 종태는 상호의 그런 이해심에 그윽한 얼굴로 바라보다가 담요 위에 가 누웠다. 천식이 까서 주는 우루사와 영양제 몇 알을 입에 털어 넣고 우유를 마셨다. 그것도 글이라고 머리를 짜내었더니 피로감이 몰려왔다.

"야, 일철이. 니 마누라 잘 생겼냐?"

상호는 장기판에 눈을 두고 있으면서 묻는 것이었다. 일철이가 상호보다도 대여섯 살은 더 많았는데도 상호는 말을 놓고 있었다.

"그럼, 내가 다방에 있는 걸 꼬셨는데 몸매가 끝내줬지. 얼굴도 예뻤고."

"야야, 그러니까 그런 데 있는 년은 다 그런 거 아냐? 고런 데 있는 년은 언젠가는 얼굴 값 한다고."

"……."

일철은 말이 없다. 상호가 그렇게 말을 해 버리자 더 이상 변명할 건덕지가 없어져 버린 거다.

"여자란 그저 마음이 최곤긴라. 우리들이야 아예 얼굴만 보고 주먹과 돈으로 후려잡지만 평생 같이 살 여자 같으면 그런 데서 만나는 게 아냐. 어디, 여자들이 좀 많아? 젊고 삼삼한 까이들이 길거리에 나가보면 천진데? 그것도 술집애들 말고 회사에 다니는 애들 중에도 낚을려면 얼마든지 있어."

"걔도 다방에 있었지만 본심은 착했어. 워낙 돈이 없어서 무작정 서울로 올라왔다가 방직공장에서 일을 하면서 기사들한테 당하고 나서 돈 좀 더 주는 곳으로 전전하다가 다방에까지 간 여자야."

"넌 그러니까 아직 정신을 못 차린 거야. 다방에 있는 년이 어디 남자가 한둘이야? 얼굴만 조금 반반하면 남자들이 그냥 가만두지 않는데 지가 무슨 수로 배겨?"

"……."

일철은 말이 없다. 상호가 장기알을 깊숙이 찔러 넣으며 힐끗 일철의 얼굴을 살핀다.

"여자란 쌔고쌘 거야, 잊어버려. 아마 그년은 네가 징역에 가 있으니까 또 다른 놈팽이를 물은 거겠지. 한 번 맛을 본 여자가 그것을 참을 수 있을 것 같애?"

종태가 누워서 듣는 상호가 하는 말들은 상호딴에는 일철의 심정을 위로하려고 애를 쓰는 것 같았지만 오히려 나무라는 투의 말이 되고 말았다.

종태는 일철의 표정을 유심히 바라보면서 과연 어떻게 나오는지를 관찰하는 쪽으로 변했다.

"……."

일철은 말이 없다. 이미 여자에 대한 애착은 사라졌는가 보다. 그저 묵묵히 장기알만 갖다 놓을 뿐이었다.

"여자란 그저 씹에 질리도록 꽂아주는 수밖엔 없어. 돈도, 명예도 결국 그것에는 못 따라가는 거지. 너, 이담에 사회로 나가거든 내 말 잘 명심해. 여자는 남자가 곁에 있어야만 제대로 꽃이 피는 그런 존재야. 아무리 돈이 많으면 뭘 해. 돈이 많아도 밤에 제대로 해주지 못하면 병신이지. 이젠 잊어버려. 나가서 돈만 있으면 다시 삼삼한 여자 하나 무는 것쯤이야 쉽잖아?"

"나도 그년이 시골에서 자라 심성이 고울 거라고 생각을 했어. 밤마다 보채는 데에는 색에 어지간히 닮은 여자야. 하룻밤에도 두 번씩이나 보챌 때도 있었어. 다방의 일을 마치고 집에 들어오는 시간이 보통 11시였는데 씻고 뭣하고나면 새벽 한두 시는 예사였지. 난 아침 일찍 사무실로 나가야 되는데도 그년은 밤새도록 그 짓을 해달라고 조르는 게 보통이 아니었어. 그년은 아침 늦게서야 다방으로 나가니까 다시 눈을 붙일 수 있지만 나는 정말 피곤했어."

"색에 굶은 년이군."

"아마, 나가면 어디서건 만날 수 있을 거야. 또 다른 다방에나 가 있겠지."

"넌 이번에 그년을 만나면 살인으로 들어오게 될지도 몰라. 그러니까 아예 잊어버리라니까."

"그게 어디 마음대로 돼?"

"미친 놈, 남자새끼가 치사하게 여자나 찾으러 다녀?"

상호는 눈알을 부라렸다. 그것이 진정으로 자신을 위해서 한 말이었음을 알자 일철은 잠자코 있었다. 그래, 맞는 말이다. 괜히 여자를 만나면 그냥 그대로 두기란 어려운 일일 것 같다. 차라리 그냥 그대로 잊어버리는 게 낫다. 그렇게 생각을 하자 일철은 조금은 마음이 편했다. 어제 재판을 받으러 갔을 때 7동에 있는 30대 후반의 재소자랑 같이 가정법원으로 갔는데 그 남자가 재판을 받는 것을 보자 자기는 아무것도 아닌 양 싶었다.

그 남자와 일철은 같은 포승줄에 나란히 둘만 묶여서 나갔는데 직원은 담당과 부장이 호송을 하고 있었다. 가면서 차 안에서 그 남자는 계속 훌쩍거리며 울고 있었다.

그는 이때까지 사업을 하느라 사업에만 정신이 팔려 있었고 집에는 거의 신경을 쓰지 못하고 있었다. 매일같이 손님을 접대했고 바이어들을 호텔로 데려가 영계를 물려주는 일로 새벽이 되어서야 집으로 돌아왔다. 새벽에 들어가도 그때까지 잠을 자지 않고 자신을 기다리는 아내에게 항상 송구스러운 마음을 가지면서 더욱 악착같이 사업을 일구었는데 그의 사업은 날로 번창해서 중견 기업축에 들 정도로까지 비약적인 발전을 해 나갔다고 한다.

그런데 어느 날 아내의 핸드백에서 약봉지가 나왔고 그 약봉지의 인쇄된 병원이 산부인과여서 이상하게 생각을 하기 시작했다는 거였다.

아내의 행동에 수상쩍은 부분이 조금씩 드러나기 시작했으며 동창회에 간 날은 전화만 회사로 왔을 뿐 집에 들어오지 않은 적도 있었다. 그는 내성적인 아내가 모처럼만에 만난 동창들 모임에서 재미있게 노느라 하룻밤을 새는 정도로만 여겼다. 그가 결정적으로 부인의 부정을 알게 된 것은 일본으로 기계를 구입하러 나갔던 때였다. 예정보다 빨리 귀국을 해서 집으로 들어갔던 것이었는데 아내는 없고 아이들만 저희들 방에서 공부를 하고 있더라는 거였다.

밤늦게까지 들어오지 않아 그녀의 동창생들 전화번호라도 찾아볼까 해서 아내의 화장대를 뒤지다가 전에 보았던 약봉지가 그대로 있는 것을 보고는 이상한 생각이 들었다고 한다. 그 약봉지의 겉봉투가 접혀진 것으로 봐서 금방 갓 타온 새것인 것 같아 혹시나 해서 약봉지의 전화번호를 적어두었다가 다음날 낮에 그 병원으로 전화를 해서 부인의 상태를 물었다. 그런데 담당의사는 깜짝 놀랄 만한 말을 했다는 거였다.

"부인의 약입니다. 유산을 시켰기 때문에 당분간은 계속 약을 드시는 게 좋습니다. 어저께 진찰을 받으러 오라고 얘길했는데 오질 않으셨어요. 질염이라도 생길지 모르니까 한 번 오도록 하죠."

그 소리를 듣고나자 그 남자는 하늘이 캄캄했다. 자기는 이미 정관수술을 했는데 무슨 뚱딴지 같은 말이냐고 버럭 화를 내려다가 이상한 느낌이 들어 그냥 수화기를 내려놓고 말았다. 짚이는 데가 있었다. 그동안 아내는 자신 몰래 외간 남자를 만나고 있었던 것이다. 초저녁부터 남자를 만나다가 자신이 들어올 새벽녘쯤에 미리 집에 들어와 있었던 것이다. 그랬으므로 그녀는 모처럼 그가 잠자리를 요구해도 못 들은 척 그냥 넘어가려고 했던 것도 기억이 났다. 그는 사실 사업에 몰두하느라 아내가 싫어하면 별로 나쁘게 생각질 않고 그냥 넘어갔던 것이다. 그것은 순전히 외로워 보이는 아내에 대한 남편의 의무감에서 한 번씩 했던 거였는데 그녀는 그것을 싫어했으므로 그도 그냥 아무 생각 없이 넘어가곤 했었다.

그래서 그는 다음날 들어온 아내를 냅다 질렀는데 갈빗대 하나가 나간 것을 가지고 친정 오빠를 내세워 폭력으로 고소를 했고 재판을 받는 동안 이혼청구 소송을 넣은 것이었다. 그것도 아예 변호사까지 사서 명확한 증거서류까지 제시를 했고 날마다 술에 만취가 되어 들어와선 이렇게 구타를 하므로 같이 살 수 없다는 진술을 하고 있었다. 정말 기가 막힐 노릇이었다. 처음에는 고의적으로 두 연놈이 짜고 재산을 가로채려는 음모 정도로 생각을 하고 있었으나 점점 여자의 태도가 완강해지는 것을 보곤 '어이쿠, 걸려도 단단히 걸렸구나' 하는 생각이 들었다고 했다.

모든 집과 문서는 그녀의 앞으로 등기를 해 놓은 상태라 그는 이제 알몸이 된 거나 마찬가지였다.

법정에서 그가 혼자 아무리 변명을 해봐도 아무런 소용이 없었다. 판사는 이미 조리정연한 변호사의 말을 더 경청하고 있었고 재판은 순식간에 이혼이라는 판결과 함께 위자료를 주라는 판시로 끝이 나고 말았다. 이럴 수가 있느냐며 그 남자는 울부짖었지만 재판이 끝나자마자 얼른 그 여자는 다른 남자의 손에 이끌려 황급히 사라지던 것을 일철은 보았던 것이다.

일철이 생각해도 정말 억울한 재판이었다는 것을 알 수 있었다. 자신의 재판이야 그 남자의 재판에 비하면 너무 싱거웠다. 남편이 사기죄로 징역에 들어가 있어서 자신을 부양할 수 없다는 이유만으로 이혼을 신청했기 때문에 그리 악하게 물고 늘어지지는 않았다. 그러한 것도 이혼 사유가 되었다. 물론 남자가 있어서 뒤에서 조종을 했겠지만 일철은 처음엔 무지 억울해서 나가면 모두 죽여 버릴 거라고 입술을 깨물었지만 그 남자의 재판을 듣는 동안 그 자신이 조금은 위로가 되었다. 가만히 생각해 보니 자신은 별로 잃은 게 없었다. 단지 호적상으로서만 갈라서는 거였다. 아내는 일철에게 재산이 없다는 것을 알고 위자료는 빼놓고 단지 이혼만 신청했었다. 일철은 그동안 정이 들대로 들었다고 생각을 했지만 그게 아니었다. 법정에서 수갑을 찬 손으로 창피를 무릅쓰고 아내의 발목을 잡고 빌었다. 이번에 나가면 절대 고생을 시키지 않겠노라고 애원을 했지만 그녀는 거들떠보지도 않고 있었다. 그것뿐만 아니라 팔짱을 긴 채 일철에게 입에 담지 못할 욕설을 퍼부었다. "지까짓게 언제 나와서 날 호강시켜 주겠다고? 웃기고 있네."라고. 정말 알다가도 모르는 게 여자란 말이 번쩍 실감날 정도였다. 판사가 입정하자 불과 일이 분 만에 신문이 끝나고 이혼이라는 판결이 내려졌다. 일철에게 신문하는 것이 아니라 미리 이혼서류를 써낸 아내의 서류만 보고 아내에게 몇 마디 질문을 던지고는 판시봉을 두드리고 말았다.

둘은 다시 수갑과 포승줄에 꽁꽁 묶여 구치소로 돌아오는 차 안에서 나가면 같이 그들을 죽여 버리자고 약속을 했다. 누가 먼저 출소를 할지는 모르겠지만 아무튼 먼저 출소를 하는 사람이 면회를 오기로 약속을 했고, 서로 전화번호를 가르쳐 주기도 했다. 나가면 그들을 꼭 추적을 해서 죽이고야 말겠다는 구체적인 방 안까지는 이야기를 나누진 않았지만 누군가 먼저 면회를 오게 되면 구체적으로 진전이 될 소지가 있었다.

치정에 의한 복수심은 충분히 그럴 가능성이 있다. 그래서 살인을 저지르는 이들이 얼마나 많은가. 일철은 이제 징역 안에서 아무런 낙도 없었다. 누군가 밖에서 기다리고 있다는 것만으로도 가슴이 뿌듯했었는데 이제 이혼을 하고나니 외톨이가 된 기분이었다.

어젯밤에는 빵장인 종태의 배려로 혼자서 한 개비의 담배를 다 피울 수 있었다. 가끔 재판에서 너무 많은 형량을 받아 오거나 어제와 같이 일철이 이혼을 당하고 오는 재소자가 있으면 종태는 그러한 배려를 하곤 했다.

일철은 상호와 장기를 두면서도 7동에 있다는 그 사나이의 생각으로 자꾸만 장기를 헛짚다가 잡아먹히곤 했다. 장기는 너무 싱겁게 끝이 났다. 내리 세 판을 연거푸 진 것이다.

"정신이 전혀 딴 데 가 있구만."

상호가 핀잔을 했다. 사실 그랬다. 어제 만났던 그 남자는 나가면 어떠한 도움이 될 것 같았기 때문이었다. 아무리 집이고 땅을 빼앗겼다고는 하지만 아직 회사는 남아 있는 거였다. 만일 일철이 그와 손을 잡는다면 일철은 조금이라도 자신에게 덕이 돌아올 것만 같았다. 일철은 은근히 종태를 돌아보았다. 종태는 눈을 감고 있었으나 깊이 잠이 든 것 같지는 않아 보였다.

"형님, 주무십니까?"

일철이 종태를 나지막히 불러 보았다.

"응, 왜?"

"아, 형님. 안 자고 있었구만요."

일철은 반가운 표정을 지었다. 그러나 막상 말을 꺼내기가 껄끄러웠다. 괜히 머뭇거렸다. 그러자 종태는 대답을 재촉하는 물음이 담긴 표정을 짓고 있었다.

"저어, 형님. 어제 저랑 가정법원에 재판을 받으러 갔던 친구가 하나 있는데요. 그 친구가 얼마나 억울했던지 난 아무것도 아니더라니까요. 그 친구는 밖에서 좀 큰 회사를 경영하다가 들어왔는데 형님이 가능하다면 우리 방으로 땡겨 주십사 하고요."

일철은 정말 어렵게 말을 꺼냈다. 이왕 말을 한 김에 이제는 종태의 눈치를 보고 있었다.

"우리 방에 새로 두 명이 왔잖아?"

"그래도 더 들어올 수는 있잖유?"

"……."

"그 사람은 진단 4주니까 금방 나갈 거예요. 나갈 때까지 같이 있으면 어떨까 해서요."

"알았어. 몇 방인데?"

"7동 상 8방에 있는 김희봉이라는 사람입니다."

"그런데 혹시, 그 놈 문제를 일으킬 놈은 아냐?"

종태의 말인즉슨, 그 사람이 이방으로 오게 되면 이방에서 저지르는 부정에 대해 혹시 콧기름이나 바르는 것이 아니냐는 의문의 질문이었다.

"아닙니다. 내가 보니까 순전히 사업만 했던 사람이라 그럴 의심이 가는 사람은 아닌 것 같습니다."

일철은 확신을 주며 말했다.

"알았어. 배방 담당한테 부탁을 해 보도록 하지."

"고맙습니다."

일철은 넙죽 절을 했다.

김희봉이가 2동 하 5방으로 전방을 온 것은 일철이가 종태에게 말을 했던 바로 며칠 뒤였다. 오후쯤에 전방 보따리를 들고 방문 앞에 쪼그리고 앉아 있다가 담당이 사방문을 열자 방으로 들어온 희봉은 일철이가 그 방에 있자 깜짝 놀라는 눈치였다.

"아니, 신형"

희봉은 우선 반가움에 소리를 질렀다가 아랫목에 두툼한 담요를 깔고 누워 있는 종태를 보자 찔끔했던지 보따리를 놓고 얼른 절을 했다. 종태는 그저 눈짓으로 절을 받았다. 희봉은 이제 입을 다물고 스스로 알아서 뼁끼통이 있는 데로 가서 무릎을 꿇고 앉았다.

그는 이제 오후 내내 먹을 것을 수시로 꺼내서 나눠 먹는 것으로 봐서 이방은 제법 잘 돌아가는 방이란 것을 알아챈 모양이었다. 배식반장이 희봉에게도 먹을 것을 주었지만 희봉은 아직 먹지 않고 그대로 무릎 앞에 놓아두고 있었다. 종태는 오징어를 찢어 먹으면서도 힐끗 그러한 것을 보고 있었다. 쓸 만한 놈이군, 속으로 중얼거렸다. 어떤 놈은 이 방에 전방을 오자마자 먹을 것을 주면 곧바로 받아 처먹는데 그러면 일단 종태의 눈에서 벗어났다. 또 어떤 놈은 전방을 와서 조금이라도 안면이 있는 사람을 만나면 백년지기라도 만난 것처럼 아는 체를 하며 호들갑을 떨었는데 그러한 놈도 종태는 싫어하고 있었다. 그런 놈들일수록 자기 뱃속만 아는 놈들이 많았기 때문이었다.

종태는 일철이 소개한 희봉에 대해 믿음이 갔다. 그는 비스듬히 누워 희봉의 얼굴을 찬찬히 뜯어보고 있었다. 희봉의 눈이 종태와 마주칠 때는 희봉이 먼저 눈을 내리깔았다.

"야! 이름이 뭐야?"

"김희봉입니다."

희봉은 종태의 말에 허리를 꼿꼿이 세우며 말했다. 신입의 군기가 팍 들어가 있는 모습이었다.

"죄명은?"

"원래는…… 폭력입니다."

방 안에 폭소가 터졌다. 희봉의 말이 우스웠던 모양이었다.

"야, 폭력이면 폭력이지, 원래는이라는 말은 또 뭐야?"

"……."

희봉은 자신이 그렇게 말은 했지만 간단하게 설명을 하기가 난처해졌다.

"저어…… 그게 좀 복잡합니다. 아내를 때린 것이었는데…… 원래 아내는 간통을 해서…… 그만…… 화가 나서 때린 것이었는데…… 아내가 고소를 한 것입니다."

희봉은 그렇게 알아듣도록 설명을 하는 게 여간 어렵지 않았다. 등짝에서 진땀이 났다.

"누가 면회를 오나?"

종태는 그게 궁금했다. 그것은 누가 얼마나 자주 오느냐는 질문과도 같은 말이었는데 면회를 자주 오는 사람일수록 돈이 많다는 뜻과도 같은 말이었다.

"마누라가 오다가……."

"……."

"요즘은 못 옵니다."

"왜?"

"마누라하고 이혼을 했습니다, 엊그제……

"그래? 그럼, 마누라가 널 폭력으로 고소를 해놓고 그리고 다시 이혼을 신청했단 말이지?"

"예?"

종태는 반짝 눈빛이 빛났다. 뭔가 재미있는 사건일 거라는 생각이 머리를 스쳤다. 그것은 징역에서 터득한 예감이었다.

"네 마누라, 정부가 있는 거지?"

"아마 그런가 봅니다. 그게 아니라면 그런 엄두도 못 낼 여자인 데요…… 어떤 놈팽이가 뒤에서 조종을 하는가 봅니다."

"으흠, 그으래? 바깥에 나가면 돈은 좀 있어?"

그건 부동산을 말하는 거다. 재력이 좀 있느냐는 말이다.

"집은 마누라 앞으로 명의가 되어 있어서 위자료로 나갔고요, 땅도 조금 있었는데 마누라 명의로 사뒀던 지라서 마누라가 갖고 갔지요. 나한테 남은 거라곤 주식하고 조그만 회사밖에 없습니다."

"아직 많이 남았구만 그래."

"……."

희봉은 고개를 숙였다. 갑자기 그런 질문을 받고나자 눈가에 눈물이 맺혔다. 억울한 누명을 뒤집어쓰고 들어와 있는 것처럼 느껴졌다. 종태는 물끄러미 희봉의 그런 모습을 보면서 원래

심성은 착한 사람이란 걸을 느낄 수 있었다. 징역을 오래 살다 보면 첫눈에 사람을 보고도 알 수 있는 눈썰미가 생겼다. 그리고 그것은 거의 맞아떨어졌다.

"너, 학교 어디 나왔어?"

"경희대 나왔습니다."

"니 마누라는 어떻게 만났어?"

종태는 이제 여자의 성분에 대해서 알고 싶어졌다. 여자에 대해서 궁금해지는 거였다.

"대학 때 미팅에서 만나 결혼까지 한 사입니다. 1년 후배구요."

"……."

종태가 그를 쳐다보자 그는 이제 나이를 떠나 애틋한 눈빛을 하고서 종태를 바라보고 있었다.

그것은 일종의 연민이 우러나게 하는 눈빛이었다. 처음 본 사람에게 그러한 감정이 생긴다는 것이 이상했지만 종태는 자신의 가슴이 답답해 옴을 느꼈다.

"지금 심정은 어때?"

"……."

희봉은 무슨 말뜻인지를 몰라 멀뚱하게 쳐다보기만 할 뿐, 아무런 말이 없었다.

"너, 복수하고 싶은 마음이 없냐? 저엉 복수하고 싶은 마음이 있다면 내가 바깥에 있는 동생들을 불러서 두 년놈들 힘줄을 끊어 놓든지 가랭이를 찢어 놓을 수도 있으니까."

"……."

그는 눈만 동그랗게 떴을 뿐 그저 종태를 바라보기만 했다.

"마음이 있으면 이야기해, 동생들이 찾아내서 요절을 내게 해줄 테니깐."

일철이 흐뭇하게 웃고 있다. 그러나 희봉은 고개를 푹 숙인 채 말이 없다.

그것은 종태의 알 수 없는 배려였다. 처음 온 신입에게 그러한 배려를 하다니. 물론 상호도 그렇게 생각하고 있는 눈치였다.

종태는 요즘 들어 종종 여자에 대한 생각이 불일 듯 일어나고 있었는지 모른다. 은영에 대한 염려가 자신도 모르게 일어났다. 은영이가 면회를 올 적마다 은영에게서 어떠한 조짐이라도 읽어 내려고 애를 쓰면서 마음 한구석으론 그러한 자신이 너무 초라해진 것 같아 스스로 서글퍼졌던 것이다. 안에만 갇혀 있으니 자연 마음이 좁아지는 모양이었다. 쓸데없는 엉뚱한 생각까지 드는 것이었다. 갇혀 있는 자신보다 밖에 있는 은영이가 더 불안하게 느껴졌다. 오늘은 은영이가 면회를 올 것이다. 그래선지 희봉의 얘기에 필요 이상으로 마음이 쏠렸는지도 모르는 일이다.

종태는 가만히 눈을 감았다. 이제 점심시간이 지나면 오후 시간에 은영이가 올 것이다. 은영은 항상 오후에만 면회를 왔다. 그것은 종태도 미리 아는 사실이었다. 은영인 밤새도록 영업을 하다가 새벽 두 시경에 문을 닫고 잠자리에 들면 아침 늦게서야 일어나서 세수를 하고, 화장을 하고나면 거의 12시가 다 되었다. 그리고나서 면회를 오면 이곳에 도착하는 시간은 늘 1시경이거나 2시쯤이 되었다. 은영이가 면회를 오면서 그러한 얘길 해서 아는 것이 아니라 종태는 은영의 생활리듬을 알고 있었기 때문에 굳이 오전 중에 오라고까지 할 필요는 없었다. 차라리 오전보다도 오후에 면회를 오는 것이 징역에서 시간을 때우는 데는 좋았다.

얼핏 잠이 들었다가 깨었다. 담당이 '종태, 면회' 라고 외치는 소리를 꿈결에 들은 듯했다. 그가 일어나자 벗어두었던 두툼한 한복 윗도리를 천식이가 들고 와 팔에 꿰어주었다. 문이 열리자 미리 신발이 놓였고 종태는 그저 신발을 신는 일만 할 뿐이었다. 종태가 신발을 신자 상호와 배식반장, 천식이가 뒤에서 고개를 깊이 숙이며 "다녀오십시오."라는 인사를 했다. 면회를 나갈 적마다 항상 그랬다.

종태는 사방을 벗어나 이열 종대로 줄을 지어서 걸어가는 면회자들의 뒤꽁무니에서 어슬렁거리며 따라가고 있었다. 낯이 익은 담당은 종태를 보자 알아보고 걸어가면서 이야기를 건네오고 있었다.

"누가 면회를 오나요?"

"아, 네. 오늘은 이게 오는 날입니다."

종태는 새끼손가락을 세워 보였다. 여자라는 뜻이다.

"자주 오는 거요?"

"가끔 옵니다, 일주일에 한 번."

기다란 복도를 걸어나와 중문에 이르자 중문을 지키고 서 있던 경교대가 담당에게 거수경례를 하는 것이 보였다.

중문을 벗어나자마자 접견실의 건물이 바로 보였는데 오후쯤이라 면회를 오는 사람들이 많았는지 앞서 가는 재소자들의 행렬이 길게 늘어져 있었다. 대기실로 들어서자 면회를 하러 나온 재소자들로 앉을 의자가 없었다. 나중에 온 재소자들은 그냥 뒷줄에 서 있었다.

"아이구, 형님. 여기 앉으쇼."

종태가 뒤에서 한복 소매에 손을 집어넣고 팔짱을 끼고 서 있는 것을 보고 앞줄의 사내가 소릴 쳤다. 가만히 보니 김종권이었다.

"이여, 이게 누구야? 종권이 아냐?"

"예, 형님이 여기 계신다는 말은 들었습니다만…… 그동안 못 와 봐서 미안하구만요."

종권이 뒷머리를 긁적거렸다.

“괜찮아, 그런데 넌 여기 웬일이냐? 넌 강남 쪽이잖냐?”

종권의 영역은 강남 쪽이었다. 강남의 대형 술집인 〈아마존〉에서 영업전무를 보고 있다는 것을 알고 있었으므로 그렇게 물었던 것이다.

“형님, 정말 오랜만이지라. 저야 뭐, 동생들이 잘못한 건데 같이 엮인 겁니다.”

“뭣 땜에?”

“요 며칠 전에 신문에 난 사건인데요, 혹시 형님도 보셨을랑가 모르겄네요? 외상술 먹고 행패를 부리는 놈이 있어 갖고 동생들이 몇 대 쥐어박은 것인데 그만 죽어 버린 것이지라우. 그래서 여의도 고수부지에 갖다 버렸는데. 내 참, 재수가 없으려니까……. 할 수 없이 몽땅 잡혔지요, 뭐.”

“몇 명이나 들어왔어?”

“나까지 모두 다섯이요. 전부 흩어져 있어요. 전 9동 하 6방이고요. 형님은 2동 하에 계신다면서요? 언제 한 번 인사를 드리러 가려고 했는데 그게 마음대로 쉽지 않더라구요. 미안합니다, 형님.”

종권은 다시 한 번 고개를 깊숙이 숙였다.

“됐어. 그런데 죽었으니 힘들겠다?”

“글쎄 말이에요, 전 나간 지 얼마 되지 않아서 아직 집행유예 기간이잖아요? 그래서 그게 더 걱정입니다.”

"……."

"형님, 이번에는 아마 오래 살 것 같습니다."

종권의 얼굴이 약간 굳어졌다. 종태는 무어라 할 말이 없었다. 잠시 동안 침묵이 흘렀다. 아마 사형이나 무기가 나올지도 모른다. 종권이 직접 가담을 하진 않았다 하더라도 공범으로 판사가 무지 나쁘게 볼 건 뻔한 이치였다. 더구나 종권은 애들을 직접 관리하는 영업전무의 직책이 아닌가. 판사들도 워낙 재판을 많이 해봐서 조직세계의 내부에 대해 어느 정도 알고 있는 것들이 많았다. 그렇다면 종권의 역할에 대해서도 어느 정도 알고 있었을 것이 분명했다.

"변호사는 샀냐?"

"예, 남부에서 얼마 전에 그만둔 백상섭 변호사를 샀는데 요즘은 인기가 별로인 거 같던데요?"

"나도 백 변호사를 사려다가 잘 안 먹히는 것 같아서 안 변호사를 샀어. 안 변호사가 더 잘 나간다는 말이 있어."

"글쎄 말이에요, 형님. 지금 변호사를 바꿀 수도 없는 노릇이고 일단 1심을 받아본 후에 결과가 시원찮으면 그때 다시 변호사를 바꾸려고 그래요. 형님은 누가 면회를 와요?"

"응, 기식이가 거의 오고, 오늘은 마누라가 올 거야. 마누라는 일주일에 한 번 정도밖에 못 와."

"아, 네. 그러십니까 형님. 전 업소 사장이 오기도 하고 동생들이 옵니다. 이왕 일이 이렇게 된 거 어떻게 하겠습니까?"

종권은 이미 모든 것을 쉽게 체념한 듯이 말하고 있었다. 변호사를 사서 최선을 다해 보겠지만 크게 기대를 갖지는 않는 모양이었다. 종태는 기분이 씁쓰름해졌다.

"하여튼 최선을 다 해봐."

"예, 알겠습니다."

종권은 다시 고개를 깊숙이 숙였다. 벨이 울리자 종권이 먼저 면회실로 들어갈 차례가 되었는지 그 자리를 벗어났다.

종권이 면회실로 들어가자 종태는 의자에 앉아 팔짱을 끼고 앉았다. 눈을 감았다. 종권이 같은 경우라면 어쩌면 최고형인 사형이 구형될 건 뻔한 이치다. 검사의 구형은 언제나 많이 올라갔다. 그에 비해 판사가 내리는 선고는 약간 내려갈 수도 있었다. 그러나 이번과 같은 종권의 문제라면 기대하기가 어려웠다.

종권은 종태가 영등포의 주먹세계에 발을 들여놓을 때 이제 갓 학교를 졸업하고 동네 깡패에서 솜털을 벗기 시작한 애송이에 불과했다. 그러나 갈수록 대담해지는 수법과 잔인성에 다른 형들의 이목을 사기 시작하고 있었다. 그때 종태는 종권을 동생처럼 돌봤는데 종권은 그런 종태를 무척 따랐고 친형님 이상으로 존대하고 있었다. 종태가 지시하는 것이라면 무조건 실행에 옮기는 저돌성이 남달라서 종태는 종권이 독립해서 강남의 술집으로 자리를 옮길 때까지 직속 부하로 두고 있었던 것이다. 말하자면 종권은 종태의 수하에 딸린 행동대장이나 마찬가지였다.

종권은 그 밑에서 한 오륙 년 간을 같이 있다가 강남의 개발 붐을 타고 신흥 유흥 시설이 생겨나면서 종태의 곁을 떠났는데 종태는 처음에는 섭섭했지만 시간이 흐르면서 자신이 키운 새끼가 강남의 그곳에서 실권을 쥐게 됐다는 사실 하나만으로 위안을 삼았던 것이다. 그런데 종권은 지금 살인죄를 쓰고 잡혀와 있었다. 지금 종태는 옛날 종권이 자신의 수하에서 독립하겠다는 말을 했을 때처럼 가슴이 저려 왔다. 그것은 종권의 죄명이 너무 어마어마했고 경우에 따라선 사형이 내려질 소지가 많았기 때문이다. 종태 자신도 주먹을 쓰지 않고 방 안에만 갇혀 있으면서 스스로 감상적이 되어 가거나 나약해지는 것을 느끼면서 깜짝 놀랄 때도 있었지만 지금 종권을 만나고부터는 왠지 모르게 마음이 무거워지는 느낌이었다. 역시 칼은 쓰지 않으면 녹이 스는가보다. 밖에서의 냉철함이라든가, 잔혹함은 이곳에서는 전혀 필요없는 낡은 도구에 불과했다.

종태는 지금 면회 시작을 알리는 벨소리에 신경을 곤두세우면서 이제 만나게 될 은영에게 은근히 생각이 모아졌다. 무엇을 물어본다? 종태는 오늘 아침부터, 아니 정확히 말하자면 엊저녁부터 은영에게 물어볼 말들을 머릿속으로 외우고 있었지만 지금 막상 이야기를 꺼내 보라고 하면 하나도 남아 있지 않을 것 같았다. 무엇부터 말을 꺼낼까, 그러나 머릿속은 완전히 뒤죽박죽이 되어 있었다. 단 5분간의 면회시간 동안 할 말을 다 한다는 것은 어려운 일이었다. 이야기를 다 했다고 생각을 하고서 방으로 돌아가면 그때서야 빠뜨린 말이 기억날 때도 많았다. 어떤 이들은 미리 만능노트에다 질문할 순서대로 숫자를 매겨 가며 적어서 나왔지만 그리 복잡한 사건이 아닌 종태로서야 오히려 그러한 것이 자신의 체면에는 어울리지 않는 것이었다. 벌써 앞 번호의 면회자들이 들어갔으므로 종태는 서서히 일어나 복도로 나갔다. 다음 차례의 대기자들은 미리 면회실의 바깥 복도에 앉아 벨이 울리기를 기다리는 게 통례였다. 그러다가 벨이 울리면 곧장 면회실로 들어가야만 조금이라도 시간을 놓치지 않고 제대로 면회를 할 수가 있었기 때문이다. 벨이 울리자마자 종태는 안으로 들어갔다. 반대편에서도 은영이 나풀거리며 안으로 뛰어 들어와 유리창으로 가려진 칸막이 앞에 서는 게 보였다.

"왔군."

"왔군이 뭐예요? 너무 무뚝뚝해, 당신은."

은영은 오늘따라 밝은 색상의 바바리코트를 입고 있었다. 하얀 피부에 하늘색 코트가 눈이 부실 정도로 희게 보였다.

"오늘은 더 예쁘군. 요즘은 밥을 잘 먹나?"

"피이, 내가 뭐 어린앤가? 밥이나 잘 먹게? 당신은 그저 나만 보면 맨날 밥 잘 먹고 잠이나 충분히 자라는 둥, 문단속이나 잘 하라는 둥, 마치 어린애같이 대하는 거 같애?"

"흐흐, 그럼 네가 아직 어린애지, 다 큰 어른이냐?"

"또 그 소리. 시간이 아까운데 그런 소린 그만하고. 저 필요한 게 뭐예요? 빨리 그것부터 말해요."

"됐어, 안에 먹을 게 많아. 꼭 넣으려면 당신이 알아서 넣든지, 그런데 이제 방금 면회를 하러 나왔다가 강남에 있는 종권이를 만났어."

"아니, 왜요?"

은영이 놀란다.

"당신도 알잖아? 강남에서 대형술집을 한다는. 그런데 그 동생이 술집에서 행패를 부리는 놈을 건드려서 사람을 죽였어. 같은 동생들도 여기에 다 들어와 있대나."

"그래요? 그럼 어쩌나, 형을 많이 받을 텐데?"

"아마 사형이 나올지도 몰라. 그런데 그 녀석은 아직 담담하던데?

"겉으로야 그렇겠죠. 속으론 얼마나 답답하겠어요? 근데 당신은 요즘 밥 잘 먹어요? 몸이 좀 빠진 것 같다아."

은영이 미간을 약간 찌푸리며 엄살스런 눈살을 짓고 있다.

"나야 뭐, 맨날 잘 먹지. 밖은 요즘 어때?"

종태는 은근히 바깥에 대해 관심이 일었다. 자신의 마음 저편에서 미리부터 물어보고 싶었던 질문인지 몰랐다. 안에만 있으니까 괜히 바깥에 있는 은영에 대해 불안한 느낌이 들던 터였다.

“밖에는 아무 일 없어요. 당신, 안에서 괜한 생각하는 게 아녜요? 쓸데없는 걱정일랑 말고 열심히 운동이나 하고 재판을 잘 받을 준비나 해요. 엊그제 기식 씨랑 같이 안 변호사 사무실엘 갔었는데 가서 변호사님하고 식사를 같이 하면서 하여튼 사건을 잘 해결해 주면 보너스로 천만 원을 더 얹어 주겠다고 약속을 하고 왔어요.”

“그래? 그거 잘 했군. 그리고 뭐라곤 안 해?”

“다른 말은 없었어요, 변호사는 나보고 판사에게 올릴 탄원서를 한 장 써서 올리라는 말밖에는 안 했어요. 내가 물으니까 최선을 다해 볼 거라고 말했어요. 아마 잘 될 거 같애요.”

“변호사가 하는 말을 잘 새겨들어야 돼. 어떤 변호사는 그저 말만 잘 될 거라고 해놓고선 막판에 가보면 꽝인 수도 많아. 만일 어떠한 말을 하면 확실히 짚고 넘어가면서 확답을 얻어 놔야 돼.”

“저도 그렇게 물었지만 변호사가 딱 부러지게 대답을 안 해줘요. 그냥 잘 될 거라는 말만 해요. 그 사람들이야 어디 확답을 하겠어요? 나중에 빠져나갈 궁리도 할 텐데.”

은영의 말이 옳았다. 변호사들은 하나같이 자신이 빠져나갈 궁리부터 하는 거였다. 만일 사건이 확실하다면 어떻게 해서라도 돈을 더 받아내려고 했을 것이다.

"알았어, 변호사실에 자주 가 보고, 정 바쁘면 기식이보고 가 보라고 그래. 그리고 당신도 이번 사건에 소홀하지 않다는 것을 알려주기 위해서라도 변호사 사무실에 전화라도 자주 걸고."

"알았어요, 저도 거의 이틀에 한 번씩은 전화를 해요. 사무장은 내가 전화를 너무 자주 하니까 어련히 알아서 안 하겠느냐며 짜증을 내요."

"그래도 자꾸 전활 해. 그래야 우는 애에게 젖을 한 번이라도 더 물린다고, 자꾸 보채야 판사에게 한 번 갈 걸 두 번 가게 되고 사건이 풀리는 거야."

"알았어요. 바깥의 술집은 잘 되고 있어요. 종태 씨가 걱정을 안 해도 제가 알아서 잘 하고 있어요. 너무 걱정 말고 몸이나 잘 돌보고 계세요. 그리고 기식 씨가 알아서 도와주고 있으니까요."

"알았어, 내일은 기식이보고 오란다고 전해."

"예, 이번에도 시골의 부모님께 돈 50만 원을 부쳤어요. 어제 시골서 전화가 왔는데 당신을 찾길래 일본에 갔다고 얘길 했어요."

"잘 했어."

그때 마침 벨이 울렸다. 5분 동안 계속 말만 했던 것이다. 종태는 빠진 게 없나 하고 생각을 했지만 특별히 빠진 거라곤 없는 것 같았다.

"그래, 잘 가. 몸조심하고."

저쪽에서는 은영이 나가면서 손을 흔들고 있었다. 종태도 손을 들어 답해 주었다. 종태는 그녀가 문을 닫고 보이지 않을 때까지 창문에다 손바닥을 오므려대고 건너편을 바라보고 있었다. 은영이 무심히 돌아서 나가는 것에 비해 종태는 약간의 미련이 남은 것처럼 그렇게 서 있었다. 종태는 은영을 만나기 전이나 지금이나 답답한 건 마찬가지였다. 은영이 나가는 뒷모습만 바라보면서 자신은 다시 안으로 들어가야 한다는 것이 왠지 서글퍼졌다. 빨리 재판이 끝나 징역을 살든지, 바깥으로 나가든지 결판이 나버리는 게 좋을 것 같았다. 은영이 혼자 내버려둔다는 것이 불안하게만 여겨졌다.

종태는 방으로 돌아오자 마음이 한결 가벼워졌다. 은영일 면회했다는 생각에서 그랬을 것이다. 그러나 마음 한구석에선 문득 불안한 마음을 떨칠 수 없는 게 있었다. 그것이 굳이 무엇이라고 딱히 꼬집을 수는 없었으나 자신이 은영의 곁에 없음으로 해서 일어나는 막연한 불안이었다. 여자란 너무 오래도록 남자의 품에서 벗어나 있으면 안 된다는 것이 그의 불안을 갖게 하는 이유였다. 종태는 자리에 드러누워 자신이 앞으로 받게 될 재판에 대해 생각이 미치자 견딜 수 없는 답답한 마음이 들기 시작했다. 나간다는 보장은 없다. 물론 변호사를 통해 최선이야 다해 보겠지만 이미 조직폭력으로 묶여 버린 터에 검사의 구형이 얼마나 높게 나올지 알 수 없는 일이다. 종태는 벌떡 일어나 상호를 불렀다.

"상호, 강아지 있나?"

"예, 지금 하시게요?"

"그래."

상호는 뻥끼통으로 들어가 비닐봉지를 끌어 올렸다. 조심스럽게 봉지를 풀자, 담배와 라이터, 여자 팬티가 드러났다. 여자 팬티는 항상 새하얗게 세탁이 되어 있었는데 종태는 요즘 들어 거의 매일 그 팬티를 이용하고 있다. 모든 것이 불안한 모양이었다. 상호가 그것들을 펼쳐 놓고 나오자 종태가 안으로 들어갔다.

종태는 뻥끼통에 걸터앉아 담배에 불을 붙였다. 처음에 불을 켤 때에는 손바닥을 모아 라이터의 불빛이 비닐로 쳐진 문을 통해 불빛이 밖으로 새어나가지 못하도록 신경을 썼다. 혹시 담당이 복도를 왔다갔다 하다가 볼지도 모르기 때문이었다. 담배연기를 허파의 꽈리 부분에 닿을 때까지 깊게 빨아들였다. 정신이 나른해지기 시작했다. 차츰 긴장이 풀리는 것 같은 느낌이었다. 담배란 이래서 기를 쓰고 피우는 것인지 모른다. 종태는 눈을 지그시 감고 은영에 대해 생각을 집중시키고 있었다. 지금쯤 차를 몰고 술집으로 향하고 있을 것이다. 종태가 없는 상태에서 술집을 운영한다는 것이 결코 쉽지는 않을 것이다. 아직까지는 그래도 종태의 영향력이 여전히 미치고 있는 것이겠지만 만일 종태가 실형을 선고받고 징역을 산다고 하면 은영이 혼자서 술집을 운영해 나가기란 어려운 일일 것이다. 아직 젊은 그녀에게 집적거리는 놈들도 있을 것이고 기식이나 동생들이 일일이 그녀를 감시하듯이 지킬 수는 없는 노릇이다. 종태는 그게 제일 마음에 걸렸다. 은영일 믿을 수밖엔 별다른 도리가 없을 테지만 그래도 생각을 하는 건 어쩔 수 없는 노릇이었다. 종태는 한 개비의 담배가 다 타고나자 다시 새 담배에 불을 옮겨 붙였다. 요즘 들어 종태는 한참에 두 개비의 담배를 피울 정도로 담배를 피우는 시간이 길어졌다.

"형님, 형수씨가 너무 이쁘다고 소문이 자자해요."

"누가 그래?"

"옆 방에 있는 놈이 마침 면회를 나갔다가 형님이 면회를 하는 면회실을 잠깐 봤는데 눈이 부실 정도로 미인이라고 말했어요. 입에 침이 마르도록 떠벌리던데요."

"……."

종태는 그러한 칭찬도 이젠 아무 감흥이 생기지 않았다. 남자들이란 그저 예쁜 여자만 보면 입에 침을 질질 흘리는 게 예사이니 말이다. 종태는 요즘 들어 자꾸 은영의 미모에 대한 불안감으로 신경이 곤두서는 것을 느끼고 있다. 확실히 그답지 않은 불필요한 생각이었다.

"형님, 이번에 학생들이 또 떠들 모양입니다."

"무슨 문젠데?"

"1동에 있는 집시법 학생이 바깥에서 친구들이 넣어준 책이 법무부에서 지정한 금서라고 해서 안으로 들여주지 않아서 지금 단식을 하고 있는 모양인데 다른 방에서 그것을 알고 도서 차입 검열 철폐를 주장하려는 모양입니다."

"개자식들, 지들이 뭔데 뻑하면 데모를 하고 지랄들이야."

종태의 목소리는 의외로 컸다. 평소 같으면 그냥 흘려버릴 말인데도 화를 내어 보이고 있었다.

"그런데 그게 말입니다. 이미 1동에 있는 학생이 단식을 하고 있으니까 면회를 중지시킨 모양이어서 그게 더 학생들을 부채질하는 건가 본데요?"

"……."

이곳에서는 가끔 면회를 중지시키는 경우가 많았다. 재소자가 밥을 먹지 않아도, 싸움을 해서 이빨이 부러지거나, 얼굴에 시퍼렇게 멍이 들어도 가족들과의 면회를 허용하지 않았다. 이유는 뻔했다. 조사를 한다는 구실을 내세워 가족들을 통해 그러한 사실이 밖으로 새어나가는 것을 막으려는 의도였다. 안에서 일어나는 일은 될 수 있으면 안에서 해결을 하려고 했으며 이미 사회의 이목이 집중되어 버린 것은 피치 못하게 구치소 측에서 사전에 막지 못한 결과로 쥐도 새도 모르게 밖으로 나간 것만 세상에 알려지고 있었다. 보도의 내용이라는 것도 항상 늦었다. 출소를 한 사람이 신문사에 전화를 걸어서 사건의 내용을 제보한다든지 했을 경우에만 기사화되었을 뿐이었다. 밖의 세계와는 완전히 동떨어진 유형지였다.

"또 시끄러워지겠는데요?"

"그럴수록 좋아, 담당들이나 간부들이 학생들에게만 신경을 쓰고 있을 때가 우리에게는 편한 거야. 학생들이 떠드는 것과 우리는 아무런 상관이 없어. 오히려 우리가 나서서 그들을 부추겨야 돼."

"아참, 그렇겠습니다, 형님."

"징역을 살려면 같은 재소자들이라도 이용할 것은 이용하고 담당들을 이용하려면 머릴 써야 돼. 머리만 잘 쓰면 탈주를 하는 것도 문제가 없어."

"역시 형님은 보스답습니다. 저는 그것도 모르고 학생들이 떠들면 담당들이 신경이 곤두서서 왔다갔다 하는 것을 보면 괜히 불안하게 생각됐거든요."

"너, 이번에 나갈 것 같냐?"

종태는 느닷없는 질문을 하고 있었다. 상호는 뜨악하게 종태를 쳐다보았다. 얼른 할 말이 생각나지 않는 모양이었다.

"내가 생각하기론 너도 한 1년은 받을 것 같은 생각이 들어. 왜냐하면 연말이 되면 으레 하는 소리 같은 범죄와의 전쟁이니 나발이니 하는 것 땜에 판사도 형량을 올려서 때릴 게 분명해."

종태는 지금 무슨 말을 하려는지 종잡을 수 없는 말을 하고 있는 중이었다.

"난 어차피 1심에서고, 2심에서고 나갈 수는 없을 것 같아. 다만 형량을 깎을 수 있을지는 모르겠어. 그래서…… 그만두자. 내가 괜히 쓸데없는 말을 한 것 같네."

"……."

종태의 얼굴이 심각한 표정으로 변해 있었다. 그가 입을 다물어 버리자 상호는 보스의 털어놓지 못한 말문이 궁금해졌다.

"형님, 무슨 말씀을 하려다가 그만둡니까? 혹시……."

상호도 약간 짚이는 부분이 없진 않았다. 그렇다. 탈주…… 거기까지 생각이 미치자 그는 가벼운 흥분을 느꼈다.

"……됐어. 나중에 네가 재판을 받거든…… 말을 하지."

종태는 입을 다물어 버렸다. 그리고는 그는 자리에 누워 눈을 감았다. 상호는 벽에 기대앉아 잠시 생각에 잠겼다. 탈주란 것은 가끔 잊을 만하면 일어나는 교정사고였다. 재판을 받으러 나갈 때에나, 안에서 밤중에 미리 준비한 열쇠를 갖고 있다가 담당들의 경계가 느슨한 틈을 타서 문을 따고 튀는 것도 있었지만 쇠톱을 준비해서 쇠창살을 절단하고 몰래 빠져나가는 방법도 있었다. 그러나 안에서 빠져나가는 것은 겹겹이 중간 중간마다 지키는 곳이 많아 무척 어려운 일이었다. 그것은 정말 완벽하지 않으면 안 되는 일이었다. 어떻게 해서든지 직원의 옷을 구할 수만 있다면 그것도 가능할 것 같았다. 아니면 일단 사방을 빠져나간 후에 15척 담을 넘을 줄이나 사다리만 있어도 가능했다. 그것보다는 차라리 재판을 받으러 나갔을 때, 기회를 봐서 튀거나 다른 교도소로 이감을 갈 때 실행하는 방법도 있었다. 그러나 상호는 아직 그러한 것에 관심이 없었다. 자신은 재판만 잘 받으면 나갈 수도 있다. 1심 구형이 3년이니까 기껏 받아봐야 1년 정도 나올 것이다. 그것 때문에 탈주를 감행한다는 것은 아무리 생각해도 무리라는 느낌이 퍼뜩 들었다.

종태는 지금 바깥의 은영에 대해 자신도 모르게 불안해하고 있었다. 요즘 들어 자꾸만 꿈에 보이는 것이 왠지 모르게 불안했다. 자신이 앞으로 받게 될 징역은 문제가 아니다.

이제야 느껴지는 사랑이라는 힘이 그를 나약하게 만들고 있었다. 지금까지 그러한 감정을 가져 본 적은 없었다. 은영이를 그저 장난삼아 데리고 살 예쁘고 귀여운 계집 정도로만 여기며 자신의 성욕을 해결해 주는 그런 여자쯤으로 생각하고 있었는지 모른다. 그러나 지금 그가 느끼는 감정은 그게 아니었다. 이

때까지 진실한 사랑 같은 건 해보지 못한 자신이 진정으로 그녀를 사랑하고 있다는 것을 처음으로 알게 된 것이다. 살다보니 어느새 정이 들었다는 말도 있지 않은가. 그는 귀엽고 깜찍한 그녀에게 어느 정도 빠져 있었다.

이곳에서의 생활이란 모든 것이 따분했다. 장난을 치며 노는 것도, 담당의 눈을 피해 범치기를 하는 것도, 무언가를 먹으며 떠드는 것도, 알고 보면 결국 바깥 세상에 대한 그리움을 잊는 한 방편으로 사용되는 거였다. 그는 이제 이러한 징역도 싫증이 났는지 매사에 별로 의욕이 없어졌다. 일종의 슬럼프에 빠진 것이다.

자주 나가서 담당과 말벗을 하며 난롯가에 앉아 있지도 않았을 뿐만 아니라 그저 누워서 잠이나 자다가 운동시간이 되면 운동을 나가서 격렬하게 몸부림이나 치다가 들어오면 1.5리터 콜라 병에 담아둔 찬물로 샤워를 하는 것이 그래도 시원하게 해주는 유일한 낙이었다. 단순한 일상의 무미건조한 반복이 그를 무력하게 만들고 있었다.

"형님, 목욕이나 가시지요?"

종태가 눈을 뜨자 상호가 내려다보고 있었다. 오늘이 목욕하는 날인가? 종태는 눈으로 질문을 던지고 있었지만 부스스 일어나는 것으로 상호의 입을 막아 버리고 말았다. 일주일에 한 번 하는 목욕이었다. 재소자 목욕탕은 2동에서는 정반대편에 있는 9동의 옆에 붙어 있었다. 목욕 담당이 두 개 방씩 연출하여 인솔해서 목욕탕으로 데려갔다가 목욕이 끝나면 데려오고 다시 다른 두개 방의 재소자들을 데리고 갔다.

만일 재판을 나갔거나 면회를 갔다가 목욕을 하지 못하면 꼬박 이 주간을 기다려야 하는 거였다. 방에서 나는 먼지가 얼마나 많았던지 일주일 만에 목욕을 하는 거지만 이미 몸에서는 이가 기어 다니는 것처럼 굼실거리는 느낌이 들기 마련이었다.

“야, 상호. 목욕담당에게 갖다줄 음료수나 좀 챙겨.”

“알았습니다.”

다른 사람들은 즐거운 듯 이미 런닝과 팬티를 갈아입고 타월을 챙기느라 방 안이 온통 떠들썩했다. 일주일 동안 목욕을 하지 못한 그들이 내의를 벗으면 떨어지는 비늘 같은 것들이 겨울 햇빛에 비춰 하얗게 먼지를 날리고 있었다. 종태는 천식이가 타월을 잘라서 만들어준 마스크를 하고 있었지만 눈알에 달라붙는 비늘들로 인해 눈이 맵기까지 했다. 담당이 문을 따야 복도로 나가 이 열로 줄을 맞춰 앉아 목욕을 하러 갈 준비를 하게 되는데 담당은 아직 나타나지 않은 모양이다. 아니면 목욕담당이 배가 출출해서 무언가를 먹고 있는지 모른다. 하루종일 목욕을 시키느라 재소자들을 연출해야 하는 직원도 배가 고픈지 방에서 내어주는 먹을 것들을 먹느라 조금씩 늦어지는 경우가 있었다.

“어이, 소지. 목욕담당이 아직 안 왔어?”

상호가 기다리다가 짜증이 났던지 마침 복도를 지나가는 소지를 불러 세웠다.

“아뇨, 지금 세면장에서 컵라면을 먹고 있어요. 조금만 기다리라는데요.”

“알았어.”

상호는 다시 자리에 앉는다. 다른 방 사람들도 일단 자리에 앉아 수건을 손목에 둘둘 말아 감거나 꼬기도 하면서 좀 전에 하던 이야기의 꽃을 마저 피우고 있었다.

“난, 말이야. 여자들 하고 그걸 하려고 하면 여자들이 아파서 쩔쩔 매는 통에 죽겠어.”

“푸하핫, 그러니까 좆을 키워도 나처럼 어느 정도껏 키워야지. 그렇게 무식하게 실리콘을 많이 집어넣었으니까 그런 거지.”

또 그 이야기다. 그저 앉으나 서나 여자에 대한 얘기. 섹스에 대한 얘기뿐이다. 누가 더 큰가를 견주지를 않나, 위력이 더 세다는 것을 알리기 위해 실감있게 묘사하는 섹스의 장면을 들어보면 정말 어처구니가 없을 지경이다.

“아, 내가 아무리 집어넣으려고 해도 너무 커서 잘 안돼서 나중에는 거기다가 침을 발라 집어넣었는데 그년의 입이 딱 벌어지더라구. 호흡이 멈춰 버린 것처럼 눈알도 굳어져 버렸는데 그것 참 희한하대. 일단 한 번 들어가면 빽빽한 게 기분이 그래도 좋았던 모양인지 밑에서 몸을 쳐들어가며 응석을 떨었는데 나중에 일이 끝나고나서 보면 영 걷질 못하는 거야. 작살난 거지 뭐."

"야, 난 여자랑 할 때…… 그냥 피스톤 운동만 하면 별로 재미가 없어. 왜 비디오에 나오는 거 있잖아? 그런 식으로 좌우상하 돌려가면서 찔러 주는데 그게 죽여주는 거라구. 뭐니뭐니 해도 여자의 등허리에서 진땀이 나야 비로소 흥분했다는 것을 알 수 있어. 안 그러면 그건 전부 가짜야. 흔히, 한탕 해서 술집에 있는 계집들을 데리고 자 보면 그년들은 박기만 해도 흐응, 하고 색쓰는 소리를 질러대는데 그런 것들은 전부 가짜라구. 여자가 눈동자를 허옇게 까뒤집거나 등짝에 땀이 고여야 그게 진짜라구."

"야야, 난 말이야. 계집애 입에서 마른 침을 쩍쩍 다실 정도로 쑤셔야 진짜 꼭대기에 다다른 거라구 생각해."

"여자가 몸을 꽉 움켜쥐고 부들부들 떠는 것을 봤어?"

별별 이상한 것들이 다 쏟아져 나왔다. 전부 섹스에 대해선 대가들만 모인 자리처럼 떠벌렸다. 그게 하루 일이었다. 그러니 맨날 그게 꼴려 화장실에서 자위나 하는 치들도 있었는지 모른다.

남자란 어느 정도 정액이 차면 배출의 욕망을 강하게 느낀다. 그게 성욕이었다. 그들은 별로 먹는 게 없으면서도 배출을 한다. 배출을 하지 못하면 그게 곧 짜증이 되고 사소한 것에도 시비가 붙어서 싸움이 되기도 했다. 사람도 어쩌면 짐승들과 같이 성적인 불만이 쌓여 저지르는 싸움이 때로는 큰 사고를 치기도 했다. 이빨이 부러지거나, 다리나 팔이 부러지는 경우가 있었고, 코뼈가 내려앉는 예도 있었으며, 갈빗대가 부러지는 불상사도 있었고, 심하면 단 한방에 죽어 버리는 살인 사고도 일어났다.

교도관들은 재소자들의 그러한 일촉즉발의 사태에 대해 항상 긴장은 하고 있었지만 닫혀 있는 방 안에서, 그것도 바깥에서 감시하는 담당이 잠시 한눈을 파는 사이에 순간적으로 일어나는 사고였기 때문에 어떻게 방지한다는 것도 불가능한 일이었다. 담당이 복도에 앉아 있다가 어느 방에서 쿵, 하는 소리를 듣고 달려가 보면 이미 한 놈은 코를 감싸쥐고 방바닥을 구르고 있거나 쭉 뻗어 있는 경우가 허다했다. 방 안의 재소자들도 미처 말릴 겨를도 없이 순간적으로 나가는 주먹이나 발길질에는 당할 재간이 없는 것이었다. 바깥에서 사고뭉치였던 그들이 좁은 방 안에서 싸움이 붙는다는 것은 결국 피할 데라곤 없는 그곳에서 예상 외의 심한 가격으로 나타나고 있었다.

"야, 내가 저번에 목욕탕에서 보일러 기사 노릇을 할 땐데 그때는 내가 여탕의 벽에다 나만 아는 곳에 구멍을 뚫어 놓았어.

그 구멍을 통해 벌거벗은 여자들의 알몸을 보는 재미란 얼마나 짜릿했다구. 그것도 앉아서 다리를 쫙 벌리고 때를 미는 장면을 보면 정말 미치고 환장하는 거지. 그리고 어떤 년은 아예 그곳을 씻는 데에 요상하게꼬롬 씻더라구. 으이그, 그때 그 집에서 쫓겨나지만 않았더라면 아마 수천 명은 봤을 것이다."

"야아! 너 정말 목욕탕에도 있었니?"

"그으럼, 내가 그곳에 있을 땐 그 동네에 있는 여자들 것은 다 봤으니깐."

"우와, 너 참 기막힌 놈이구나."

"그것뿐만 아냐. 어떤 것은 아예 털도 없는 것도 있었는데 얼마나 징그러웠는지 몰라. 꼭 애들 것 같더라구. 민둥한 게 뭐라고 말을 해야 할까…… 그렇지, 넙적한 조갯살 같다고나 할까."

정말 한심한 얘기들이 다 튀어나왔다. 지금은 목욕을 가기 위해 웃통을 벗어 버리고 겉옷만 걸친 채 그들은 이야기에 정신이 없었다.

"여사에 있는 년들은 식당에 가면 서로 예쁜 것을 골라 줍느라고 야단들이라던데?"

"왜?"

"아니, 몰라서 묻냐? 그년들도 남자들이나 다를 게 뭐가 있어? 그저 심심하니까 그걸로 장난을 치는 거지, 뭐. 조그맣고 예쁜 가지를 골라 자의를 한다는 거지. 고추나 당근을 가지고도 한다던데…… 옛날에 어느 여자는 이 안에서 아이를 낳았는데 방에서 아이를 키우니까 서로 이뻐했대. 아이는 엄마의 품에서 자는 것보다 다른 여자들의 품에 안겨서 자는 날이 더 많았을 정도로 여자들은 모성애가 강했던 모양이야. 그런데 그 여자는 아직 형기가 많이 남아 있었지만 아이와 같이 징역을 사니까 남들보다 배나 빨리 줄어들어 가고 있었어. 하루는 엄마가 일어나 보니까 어떤 년이 자신의 아랫도리를 벗고 거기다 야쿠르트를 조금씩 쏟아 부우며 아이에게 빨리고 있더라는 거야. 그래서 그것을 본 엄마가 질겁을 해서 마구 여자담당을 소리쳐 불렀는데 방 안에 있던 여자들이 전부 일어나 그 또라이년을 뒈지도록 패 주었고, 결국 그 또라이는 보안과에 끌려가서 지하 취조실에서 발가벗긴 채 죽지 않을 만치 얻어맞고 독방에 갇혔대. 그래서 한동안 차입물에서 야쿠르트가 제외된 적도 있었대."

"하하하, 정말 미친년이군. 그런 년은 우리 방에 하룻밤만 놔두면 거기가 헐어 버릴 정도로 줘여줄 텐데 말이야."

"글쎄 말이야, 그런 년 좀 넣어주면 안 되나?"

"여사에서는 또 뭐라는 줄 알아? 낮에 운동장으로 운동을 하러 나오면, 왜 가끔 김포로 가는 비행기들이 전부 이 구치소 위를 지나가잖아? 낮게 비행기가 지나가면 입맛을 다시며 뭐라는 줄 알아? 야, 저 비행기에서 좆이나 한가마니 떨어지라아,

하고 소릴 지른다지 않아."

"푸후훗, 그거 정말 웃기네."

"너, 여자들이라고 안 그런 줄 알아? 여자들이 더 밝혀. 여사에서는 밤에 서로 동성연애를 하는데 담요 속에서 서로 상대방의 것을 빨아주는데 그거 남자들이 여자들한테 하는 짓 아냐? 그런데 자기들끼리 그런다니까."

"말하자면 남자나 여자나 다 똑같은 거야. 섹스란 어쩔 수가 없는 모양인가 봐."

"어떤 년은 여사 바로 곁에 붙어 있는 감시대의 경비교도대원에게 반해서 매일 그 경비교도대원이 근무를 서는 시간이면 일어나 발가벗고 창살을 내다본다는 거야. 그래서 여사담당이 보안과로 보고를 해서 그 경비교도대원이 4감시대엔 근무를 서지 못하도록 조치를 했다는 것만 봐도 여자들이 남자들보다 더해."

"한 번 미치면 어쩔 수가 없는 모양이야."

"야, 말 마라. 여자들이 미치면 지 뱃속으로 내지른 애새끼도 거들떠보지도 않는 게 기집년들이라니깐."

별의별 말들이 다 쏟아져 나왔다. 일단 말머리만 열리기 시작하면 봇물 터지듯이 거침없이 나오는 것이 여자들에 대한 이야기였다. 남자들이란 하나같이 여자에 대한 지대한 관심을 타고났나 보다.

"내가 저번에 홍성교도소에서 징역을 살 땐 직원식당에 출역을 하는 어떤 계집년이 식당에 밥을 먹으러 오는 젊은 직원이 마음에 들었던지 혼자 짝사랑을 하다가 점점 그 도가 지나쳐서 은근히 추태를 부렸대. 그런 걸 보면 같은 여자이면서도 여직원들이 제일 먼저 못봐 주는 모양이야. 여자 재소자가 남자직원을 좋아하는 것이 눈꼴시려워서 당장에 여사에서 보고를 해 버렸대. 그래서 그 남자는 이후로 여사에는 근처에도 얼씬거리지 못하도록 엄명이 내려졌는데 식당에서는 매일 만날 수가 있었대. 어느 정도냐 하면 그 직원이 식당에 나타나면 그 여잔 바깥에서 청소를 하고 있다가도 얼른 주방으로 들어가 남자의 밥이며 반찬을 자신이 직접 담아다주는 거야. 그것도 아주 불룩하도록 많이 담아서 눈밖에 드러나도록 했대. 그러니 자연 남자는 입장이 난처해졌고 얼굴이 붉어질 수밖에. 그게 일종의 사랑의 고백이었던 셈이지. 그 여잔 어떻게 그곳에 들어왔느냐 하면 유명한 소매치기 아가씨야. 가냘픈 몸매에 얼굴도 죽여주게 잘 생겼대. 그런데 학력은 겨우 중졸밖에 되지 않았는데 소매치기나 범치기엔 명수라는 거야. 한 마디로 머리가 비상했던 년이지. 그런데 그 남자는 배울 만큼 배웠고 직원이기도 했는데 여자가 자꾸 그러니까 자기도 모르게 정이 들어버린 모양이야. 그러다가 그 여자가 가출옥을 먹고 출소를 해서 자꾸만 그 남자를 면회 오기 시작하는 거였어. 이제부터는 소매치기에서 손을 씻고 열심히 살겠노라고 애원을 하며 만나주기를 간청했는데 결국 그 남자는 그 교도소에다 사표를 내고 그 여자랑 결혼을 했대. 그걸 보더라도 남녀의 사랑이라는 것은 결국 국경이 없는 거야. 국경이 뭐 있을 게 있어? 그저 붙어서 살면 되는 거 아니겠어?"

"맞습니다, 저도 저번에 재판을 나갔다가 같은 호송차로 나갔다가 우연히 같은 법정에서 재판을 받은 젊은 년이 있었는데 그년은 간호원이라고 했어요. 판사가 왜 그런 짓을 했느냐고 다그쳤더니 그년이 울면서 그러대요. 자기는 병원에 입원한 남자를 우연히 알게 되었는데, 그 남자의 병실에 드나들면서 가벼운 농담도 하게 되고 서로 친하게 지내다 그렇게 됐다고요. 눈이 맞았던 건가 봐요. 그래서 가끔 만나서 술도 한 잔씩 하고 여관에도 따라갔었나 봐요. 나중에 애를 배고 나니까 그 남자가 유부남이라는 거예요. 그래서 결혼을 하자고 서두르자 그 남자가 자꾸 꼬리를 사리며 피하다가 어느 날 그 여자는 독한 마음을 먹고 한 번 만나자는 전화를 넣었대요. 남자는 슬슬 피하려고 하다가 한 번만 만나서 이야기를 하자는 말에 솔깃해서 나갔는데 같이 술을 마시고 마지막으로 여관으로 들어갔다는 거예요. 그래서 일을 치른 후, 남자가 정신없이 잠이 든 틈을 타서 여자는 병원에서 갖고 온 주사기를 꺼내 청산가리를 남자의 혈액 속으로 집어넣어 버린 모양이에요. 판사가 아직 살길이 구만 리 같고 얼굴도 예쁜 아가씨가 왜 그런 끔찍한 짓을 저질렀느냐고 하니까 그 여자는 평소에도 남자가 그렇게 잘 해주었고 친절했으므로 꼭 결혼을 해야겠다고 마음을 먹었는데 남자가 유부남이라는 것을 알고, 또 남자가 슬슬 피하는 것 같아서 같이 죽어 버릴려고 그랬다는 겁니다. 내가 보기엔 얼굴도 아깝고 몸매도 늘씬해서 아직 뒈져 버릴 만한 여자는 아니었는데 참 아깝드만요. 그게 다 남자의 맛을 알게 돼서 일어난 거지요, 뭐."

천식의 말에 방 안사람들도 전부 아깝다는 듯이 입맛을 다셨다. 여자란 요상해서 늘상 붙는 놈에겐 신물나게 붙었고 없는 놈에겐 눈을 씻고 찾아도 여자의 씨뿌리조차도 먹어들지 않는 것이었다. 부익부 빈익빈. 그러한 원칙이 철저히 지켜지는 것이 사실이다. 사람들에겐 저마다의 독특한 개성이 다 있어서 그 개성에 따라 여자가 붙을 수도 있고 환멸을 느끼게 할 수도 있다. 어떤 이는 밤에 하는 일에 능통하여서 한 번 맛을 보면 안 떨어지는 남자가 있는가 하면, 어떤 이는 겉으로 드러나는 외모로 인해 여자들이 줄줄 따르는 경우도 있었다. 남녀의 성합에는 따로 어떤 철칙이라는 것이 없다. 단지 둘만이 아는 비밀스러운 것이 있을 뿐이다. 남들은 전혀 감지해내지 못하는 둘의 궁합이 있다는 말이다. 신은 일부러 인간의 삶에 단조로운 싫증을 느끼지 못하도록 오묘한 성의 복잡성을 인간의 삶

속에 미리 넣어뒀는지도 모른다.

"야야, 난 재판 때 이런 것도 다 봤어. 무슨 일이냐 하면…… 정말 웃기는 재판이었어. 방청석에서도 모두 숨을 죽이고 열심히 듣더라니깐. 남자는 우리 구치소의 8동에 있는 놈인데 삼십대 초반이야. 남자가 법정의 앞에 나서니까 검사가 신문을 하는데 어떻게 신문을 하는지 알아? 피고는 93년 7월 19일, 여름날 맞죠? 그러자 피고인 그놈이 '예'하고 고개를 숙이자, 다시 검사는 그때 피고는 친구가 하는 오락실에 들러 잠깐 오락을 하다가 피해자인 오정자의 남편과 함께 노름을 하러 같이 나갔죠?' '예' 그놈은 묵묵히 대답을 하더라구. '그런데 피고는 같이 노름을 하다가 마침 급습한 경찰에 의해 경찰서로 연행되었다가 피고만 풀려나고 피해자 오정자의 남편은 아직 풀려나지 못하는 것을 보고 밤 11시경에 오정자가 하는 오락실에 다시 갔었죠? '예' '왜 갔습니까?' 검사가 묻자 그놈은 남편이 지금 경찰서에 붙잡혀 있다는 것을 알리려고 갔었다고 대답을 했어. 그래서 검사는 다짜고짜로, '피고는 그 오락실에서 피해자인 오정자를 벽에다 세워 놓고 성관계를 했죠?'하고 물었는데 그놈은 대답을 않더라구. 재차 검사가 다그치는데도 대답을 않다가 나중에야 그놈이 여자도 싫지 않은 눈치였다고 대답을 하자 검사는 탁 하고 서류를 덮더니 판사에게 '이상입니다' 하고 말을 마치더라구. 그러자 판사는 법정 정리에게 증인을 부르라고 말을 하자 옆문에서 젊은 여자가 나타났는데 여자는 삼십대 초반으로 섹시하게 생겼드라구. 그 여자가 증인석에서 선서를 하고 자리에 앉자 판사가 증인에게 질문을 하기 시작했어. '증인은 이 남자를 평소에 잘 알았습니까?' '예, 남편의 친구라서 아는 사입니다'라고 대답을 했어. 그러자 판사는 다시 '저 남자가 오락실로 들어왔을 때 피고는 어떤 상태였습니까?'하고 물었는데 여자는 새까만 눈을 들어 '약간 술이 좀 취해 있었던 거 같습니다'하고 말을 했어. 판사가 다시, '그때 저 피고인이 증인에게 어떻게 했습니까?'하고 묻자, 여자는 고개를 푹 숙인 채 아무런 말도 않더라구. 이야기가 점점 요상하게 흘러가고 있었어. 듣는 사람들이 더 궁금해서 미칠 지경이더라구. 여자가 몸매가 날씬한 게 좀 바람 깨나 피웠을 법한 여자처럼 보였어. 눈이 새카맣게 생긴 게 한 번 불이 붙으면 꺼질 줄을 모르는 그런 여자 말야. 밤에 한 번 붙으면 진이 다 빠져야 놓아줄 것처럼 보이는 여자였어. 결국 방청석에서 가느다란 신음소리마저 새어나올 지경이 되도록 말을 않자 판사는 다시 여자에게 물었어. '증인은 그때 옷차림을 어떻게 하고 있었습니까?' '그냥 평상시처럼 위에 입었던 옷을 입고 밑에는 주름치마를 입고 있었습니다.' 하고 말을 하자, 판사는 다시, '그런데 피고가 관계를 가질 것을 요구했습니까?'하고 물어도 대답이 없자, '그때 방에는 누가 있었습니까?' '아이들이 자고 있었습니다.' '그럼, 소리를 질러 위기를 모면할 수도 있었잖습니까?' '아이들이 깰까봐서요, 소리를 지르지 못했습니다.' 하고 여자가 대답을 하더라구. '그런데 나중에 경찰서에서 돌아온 남편이 어떻게 알았습니까?' 하고 묻자, '남편이 무심코 들어왔다가 우리 둘이 어색하게 서 있는 것을 봤고, 그때 저의 긴 치마의 끝단에 약간의 정액이 묻어 있었습니다. 그래서 남편이 추궁을 해서 사실 그대로 이야기를 했습니다.' 판사는 얼른 납득이 가지 않는다는 듯이 다시 그 여자에게 질문을 하기 시작했어. '증인은 솔직하게 대답하시오. 대개 서서 관계를 하는 경우라면 여자가 순순히 응하지 않으면 남자는 할 수가 없는 줄로 아는데, 어떻게 생각하시오?' 하자, 방청석에서는 함박웃음이 터져 나왔어. 우스워 죽겠다는 듯이 방청석에서 웃어제끼는 통에 한참 재판이 지연되었어. 판사가 그렇게 묻자, 여자는 단지 아이들이 깰까봐 두려워서 그냥 그대로 있었다는 거야. 나 참, 그게 어디 화간이지 강간이겠어? 아무나 길을 지나가는 백 명을 붙잡고 물어봐도 그건 화간이야. 여자가 그걸 할 마음이 없었다면 어떻게 벽에다 기대 놓고 그걸 할 수 있겠어? 그리고 여자는 그걸 하고 난 후 거기를 닦았다고 했는데 마침 치마에 묻은 정액은 닦지를 못했다는데 그게 말이나 돼? 내가 볼 적엔 분명히 화간이었는데 재판은 강간으로 몰아붙이고 있었어. 결국 그놈은 나중에 선고에서 1년을 받았어. 내가 생각하기엔 그년과 같이 벽치기를 했다가 나중에 들어온 남편에게 치마에 묻은 정액이 눈에 띄어 들통이 나자 임시방편으로 여자가 둘러댄 거짓말일 게 분명했어. 그렇다고 칼을 들고 여자를 협박하거나 주먹으로 때린 흔적도 없는데 어떻게 강간이냐구?"

신일철은 자신이 변호사인 양 열을 올리고 있었다. 방 사람들도 열심히 듣고 있다가 일철의 열띤 목소릴 듣고 잠에서 깨어나는 듯했다.

"이야, 그것 참, 사건이 정말 복잡하네. 어떤 년인지 한 번 봤으면 좋겠다. 오락실에서 가게 문을 닫아놓고 벽치기를 할 정도면 아무튼 대단한 여자야. 얼마나 스릴이 있었겠어? 나도 그런 거 한 번 해봤으면 좋겠다아."

"야, 이 미친놈아. 나가서나 실컷 해뿌러라. 근데 나가 생각을 해 봐도 분명히 그건 강간이 아니라 화간이야? 화간."

민재구가 일철의 말에 공감을 표시하며 맞장구를 쳤다.

"니들도 왜 다 해봤잖아? 서서 하는 거? 그게 강간으로는 되지 않는 거라구. 여자가 다리를 조금만 오므려도 되지 않는다는 거, 알잖아? 그런데 재판부는 강간으로 형을 때리는 거여. 아마도 벽에 서서 그런 짓을 할 정도의 관계라면 이미 그전부터는 별짓을 다했을 거라구. 한 번 생각해 봐? 내 말이 어디 틀렸느냐구?"

"맞다, 맞어. 일철의 말이 맞어. 그건 분명히 화간이다, 화간."

이번에는 종태가 최종적인 판결을 내렸다. 그건 그랬다. 화간과 강간은 엄연히 틀린 것이다. 화간은 서로 어느 정도 통하는 사이에서 일어나는 거였다. 서서하는 거라면 분명히 화간인 것이다. 여자가 어떠한 위협이 없는 상태에서 치마를 걷어 올리고 다리를 벌려 주었다면 더 이상 강간일 수 없는 것이었다. 강간이란 어떤 위협이 가해진 상태에서 여자가 불안을 느끼고 마지못해 치러지는 성관계일 때만 성립되는 거였다.

"내가 저번에 재판을 받을 때 보니깐 그때는 젊은 청년이 강간으로 재판을 받는데, 이 청년은 회사원이었고 퇴근길에 공원으로 갔다가 거기서 어떤 아가씨를 만난 거야. 그래서 공원에서 이야기를 나누다가 슬슬 꼬셨겠지, 아마. 그래서 둘이 여관으로 가서 잤는데 아가씨의 부모들이 나중에 그 청년을 상대로 경찰서에다 강간으로 고발을 해버린 거야. 골빈 년이 외박을 하고 집으로 들어갔다가 오빠나 부모들이 다그치자 그냥 대충 친구집에서 자고 왔다고 말을 하면 되는데 사실 그대로 얘길 했다가 그 소릴 들은 부모들이 덜렁 고발을 해버린 거였어. 판사가 이리저리 물었는데 내가 보기론 분명히 화간이었어. 여자는 남자가 끄는 대로 여관까지 따라갔고 그 여관에서 남자는 조바를 불러 콘돔을 달라고까지 했다는데 그 사이에 자신이 억지로 끌려 왔다면 소리를 지를 수도 있었을 터이고 도망칠 수도 있었을 텐데 말이야. 그냥 그대로 가만히 있다가 재미를 보고나서 부모들이 다그치자 자신이 불리하니까 그대로 불어버린 거야. 그것도 강간이라니, 원.”

“그래서?”

“뭐가 그래서야? 뻔한 거 아니겠어? 실형을 받았지, 뭐. 보통 1년이니까 1년 받았더라구.”

“요즘 미친년들이 많더라니까. 실컷 재미를 보고나서 엉뚱한 짓거리를 하는 여자들이 많아.”

“잘못 물리면 고생하는 거지, 뭐.”

“어떤 년은 그걸로 결혼하자고 달려드는 년도 있어. 그럼 합의를 봐서 빼내준다는 거야.”

“아, 고런 년은 일단 결혼을 한다고 해서 나가서 그걸로 조져버리는 거지. 그게 뭐 어렵나?”

“야, 임마. 결혼을 하기로 합의를 했으면 그런다고 돼? 안 하면 다시 사기로 들어오게 되는데?”

“그건 그러네, 참.”

“아직 그것도 몰랐어?”

배식반장이 성군이를 째려보면서 눈알을 부라렸다. 징역을 살면서 그것도 모르느냐는 힐책이었다. 성군은 뒷머리만 긁적였다.

“야, 나가서 뭐라도 해먹으려면 이 안에 있을 때 뭐든 제대로 배워야 돼. 나가서 어설프게 했다간 또 들어오는 거야. 빵잽이가 뭐 따로 있는 건 줄 알아?"

"알겠습니다, 형님."

성군이 일부러 읍해 보이는 시늉을 지었다. 또 한 번 폭소가 터졌다.

"자고로 여자한테 한 번 잘못 물리면 신세 망치는 거다. 잘 물면 팔자를 펴고. 징역에서 좆에 다마를 박고 실리콘을 쏘는 이유가 뭔데? 다 나가서 돈 많은 여자 하나 물려고 그짓들 하는 거 아냐? 여자란 한 번 물면 끝까지 물고 놓으면 안 돼. 제비들 봐라. 일단 한 번 물면 놓아주나 봐라. 돈이고 패물이고 다 빼낼 때까지 오직 몸으로 봉사를 하는 거야. 여자한텐 오로지 몸뚱아리가 최고거든. 뿌리를 잘 다스려야 돼."

"알겠습니다, 형니임."

"너, 지금 날 놀리냐?"

배식반장이 힐난하는 투로 말하자, 성군은 웃으면서 장난기를 보이고 있었다. 이게 징역이었다. 말로써 하루를 보내고 말로 시작해서 말로 끝나는 하루. 배울 것이라곤 손톱만큼도 없는 곳이 이곳이었지만 일단 이곳에 들어온 이들은 그래도 이곳에서 하나라도 더 배우려고 애를 썼다.

이곳은 범죄를 예방하기 위해 죄수들을 가두어 두는 곳이 아니라 오히려 범죄의 확산을 돕는 구실만 할 뿐, 법무부의 본래

취지인 범죄자의 교정교화라는 말과는 거리가 멀었다. 이곳에 한 번 들어온 이는 자기 스스로 뼈를 깎는 자성의 의지로 범죄에서 손을 씻을 때에만 범죄의 사슬에서 놓여날 수 있었다. 타성대로 그대로 둔다면 다시 더 깊은 범죄의 늪으로 빠져들기에 더없이 좋은 구실을 하는 곳이 또한 이곳이었다.

그들은 서로 이야기를 나누는 중에 부지불식간에 교묘함과 치밀함을 배우게 되고 더 큰 범죄를 구상하게 되는 거였다. 인간의 욕심은 크게 한탕 하고나서 손을 터는 것이었다. 그런데 그게 그리 마음먹은 대로 되지는 않는 것이었다. 그래서 그들은 도리어 범죄의 늪에서 헤어나지를 못한다. 결국에는 형장의 이슬로 사라지거나 점점 더 무거운 형을 짊어지고 영어의 몸으로 살아가는 것이다.

지금 전국에 있는 38개의 구치소, 교도소, 감호소에는 모두 5만여 명에 달하는 죄수들이 녹슨 쇠창살에 갇혀 살아가고 있는 것이다. 산업사회가 발달하면 할수록 범죄자만 양산하는 것은 무엇 때문일까. 거기에는 문명의 위기도 한몫을 한다.

가령 차를 타고 가다가 사람을 치어 죽였다고 하자, 그건 곧 구속과 연결되는 사건이다. 각종 어음과 수표 사건 등, 경제범들이 증가하는 것도 당연한 이치일 것이다.

그저 좁은 방에 열너더댓 명씩 가둬 놓고 스스로 자정해 나가는 것을 기대하는 것은 정말 어처구니가 없는 정책임에는 틀림이 없다. 오히려 정책이라는 것은 이 사회로부터 그들을 아예 없애 버리는 것이었는데 세계적인 이목과 인권에 관한 문제여서 다만 격리를 시킬 뿐이다. 그러므로 이때까지는 그들에게 인권조차 인정하려 들지 않았다. 개 돼지처럼 우리 속에 가만히 가둬두는 것만이 최선의 정책으로 지켜지고 있었다. 비전이 있는 구체적인 정책이 없다. 그것은 수십 년이 더 흘러가도 마찬가지일 것처럼 구태의연하다. 거의 방치되어 있는 교도행정에 관심을 가질 만큼 이 사회 또한 너그럽진 않다. 사람들은 한 번씩 흉악한 범죄자의 탈주 사건이 일어날 때만 잠깐 관심을 기울였지만 시간이 가면 이내 잊어버린다. 나와는 아주 별개의 세계에서 일어나는 일인 것처럼 말이다.

10

흙은 흙끼리 뭉친다

종태는 아침에 기상하자마자 군복을 입은 직원들이 우루루 몰려와 11방 쪽으로 달려가는 것을 보았다. 11방에 있는 창희가 발악하는 소리가 들렸고 문을 부수는지 쾅쾅거리는 소리가 났다. 아마 기동대의 직원들이 무장을 하고 학생들을 끌어내려고 하는 모양이다.

그러나 그것을 눈치챈 창희는 방문을 붙잡고 끌려 나가지 않으려고 애를 쓰는 모양이다.

"놔라, 이 개새끼들아. 독재 정권 타도하자! 학생들을 탄압하는 구치소는 반성하라!"

창희는 다른 사동에 있는 학생들에게 들으라는 식으로 고래고래 악을 쓰며 구호를 외치고 있었다.

한참의 실랑이가 있었고, 그동안에도 몇몇 간부 직원들이 그쪽으로 달려가는 것이 보였다.

요즘 들어 매일 학생들이 정권타도에 대해 구호를 외치고 있었고 구치소에서 나오는 밥과 부식에 대한 부실한 원인 규명을 밝히라고 떠들고 있었다. 그런데 11방에 있는 창희가 제일 먼저 구호를 시작하면 나머지 다른 사동에서도 그 뒤를 따라 구호가 이어지곤 했으므로 주동은 결국 창희인 셈이었다. 창희는 서울대 정치학과 4년생으로 서울대 총학생회장을 맡고 있으면서 민자당 당사 점거 농성사건으로 잡혀와 있었다.

"그자식, 끌어내! 지금이 어느 때라고 함부로 큰소리야!"

"너희들은 맨날 구호만 외쳐봤자 아무 소득도 없어! 안 나오면 들어가서 들어내!"

5방에서 듣기로는 어느 간부가 직원들에게 지시를 하는 모양이었다. 그러자 워커발로 쿵쾅거리는 소리가 났고 창희의 외마디 비명 같은 소리가 들려왔다.

"아악! 사람 살려. 사람 죽인다아"

"개새끼, 사람 죽인다고? 고분고분 말만 잘 들어 봐, 누가 죽이긴 누가 죽여?"

"이 새끼가 제일 악질이야, 입에 재갈을 물려!"

"아아…… 아아……."

팔을 비트는 것인지 창희의 아프다는 신음만 나올 뿐, 이제는 욱욱거리는 소리만 들려오고 있었다.

이른 아침부터 작전이 개시된 것이다. 이런 시각에 작전이 이뤄진다는 것은 미리 어제쯤에 작전이 있을 거라는 내부 귀띔이 있었을 것이 분명했다. 아까 11방으로 달려가던 직원들은 모두 힘깨나 쓰는 무술직원들로 보였고 그들은 전부 워커발에 군복을 뒤집어 입고 있었으며, 헬멧을 쓰고 앞가리개를 내려서 누가 누군지 모를 정도로 무장을 하고 있었다. 손에는 검은 가죽장갑을 끼고 있는 걸로 보아 만일에 학생들이 발악을 하면서 입으로 손가락을 깨물 것까지 감안을 해서 장갑을 낀 모양이었다. 다섯 명 정도의 건장한 직원들이 갔으므로 사람 하나 들어내기란 쉬울 것처럼 여겨졌다.

"우욱…… 우…… 욱……."

창희는 직원들에게 각각 팔과 다리를 하나씩 들리운 채, 얼굴에는 시커먼 방성구가 씌워진 채로 들려져 나오고 있었다. 팔과 다리를 틀면서 심하게 요동을 하면 할수록 직원들은 주먹으로 요동치는 부분을 가격하면서 밖으로 끌고 나갔다. 그 통에 창희의 바지는 저절로 끌러 내려가 팬티가 훤히 보였고 윗도리는 위로 말려 올라가서 뱃가죽이 허옇게 드러나고 있었다. 방 안에 있는 재소자들이 모두 그러한 것을 보느라 창살 밖을 내다보고 있었다. 직원들이 앉으라고 호통을 쳤지만 그네들은 처음 보는 그 광경을 놓치지 않겠다는 듯이 바라보고만 있었다.

학생들의 주장은 전부 맞는 것들뿐이었다.

타락한 정권은 물러가라. 수서비리 사건을 은폐하지 말라. 군부 독재하는 정권은 자폭하라. 재소자들의 급식비를 떼어먹는 구치소 측은 급식비 내역을 밝혀라, 도서 금서조항을 삭제하라. 노동악법 철폐하라 등등, 그들의 말은 전부 옳은 말뿐이었다.

인권의 사각지대인 이곳에서는 재소자가 의문의 죽음을 당해도 자연사한 것처럼 서류를 꾸밀 수가 있었다. 기록을 전부 새로 만들어 병원에서 세심한 치료를 받다가 병사한 것처럼 꾸밀 수가 있었고 약간의 혈압이나 당뇨만 갖고 있어도 그것들로 인해 치료를 계속 받았다는 흔적을 남기기란 그리 어려운 일이 아니었다. 모든 것은 기록으로 남겨져 있도록 새로이 서류를 만들어 가족들에게 제시한다면 누가 그러한 것들을 이길 수가 있겠는가.

가만히 보니 창희뿐만 아니라 각 사동에서 학생들을 끄집어내는 모양이었다. 통로의 복도에서 들려오는 우당탕거리는 워커발 소리들과 또 다른 학생들의 악쓰는 소리가 사방에까지 들려왔다. 어떤 학생은 아예 구호만 죽도록 외치는가 하면 또 어떤 학생은 오월의 노래를 불러제꼈다. 전부 끌어다가 어디로 집결을 하는 것인지 몰랐다. 남자들이 아우성을 치자 이번에는 여사의 여학생들이 앙칼진 목소리로 구호를 외치고 있었다.

"남사에 있는 학생들이여! 무슨 일이 있습니까?"

제법 큰 목소리였으나 아무리 불러도 이쪽에서 대답이 없자, 그네들도 구치소 측에서 모종의 작전을 개시해 어디론가 끌고 갔다는 것을 알고부터는 그들의 구호도 더욱 격렬해졌다.

"학생들을 탄압하는 구치소는 자폭하라! 일반 재소자 여러분! 다 같이 동참합시다아! 정권의 하수인 구치소는 자폭하라! 사죄하라! 물러가라!"

여자들이 더했다. 구호를 외치다가 나중에는 철문을 발로 차는 소리가 났고 플라스틱 바가지를 창살에다 대고 득득 긁는 소리를 냈다. 실로 난장판이었다.

그 소리는 고척동 102번지의 일대 인근 동네에까지 넓게 퍼져갔다. 동네 사람들은 저녁마다 내어지르는 절규를 들으며 막바지 정권의 인권탄압을 실감했던 것이다.

이제 11방은 텅 비어 있었다. 종태는 낮에 복도로 나갔다가 기동대에 의해 밖으로 끌려간 학생의 방을 들여다보았는데 방 안에는 학생이 배식준비를 하느라 플라스틱 그릇들을 내어 놓았는지 그릇들이 어지럽게 널려 있었고 밥반찬으로 준비했던 깻잎조림 캔이 뚜껑만 열린 채 찌그러져서 간장물이 시커멓게 배어나와 있었다. 그리고 흙발자국이 무수하게 찍혀 있었다. 개처럼 질질 끌려나간 학생들은 어디로 갔는지 점심때가 다 지나도록 나타나지 않았다. 그리고 그들이 외치던 구호의 소리도 들려오지 않았다.

종태는 어슬렁거리며 담당의 책상 곁으로 다가가 난로 옆에 쪼그리고 앉았다.

"담당님, 11방에 있는 학생은 어디로 갔습니까?"

담당이 힐끗 쳐다본다. 그건 왜 묻느냐는 투였다.

"개새끼덜, 여기가 뭐 지들 안방이나 되나? 시끄러워서, 원."

종태는 마음에도 없는 말을 하고 있었다. 그러자 담당도 긴장의 눈초리를 풀었다.

"아마, 지금 보안과 지하실에 있을 걸. 전부 다 먹방에다 처넣을 거야."

먹방이라면 종태가 면회를 나가다가 기역자로 구부러진 곳의 육중한 철문이 있는 곳과 중문을 다 빠져나가서 교무과로 올라가는 중간에 콘크리트로 지어진 건물이 소위 먹방으로 불려지는 곳이다.

먹방은 한 사람이 겨우 누울 수 있는 좁은 면적에 바닥은 마루였고 벽도 나무로 되어 있었다. 혹시 재소자가 머리를 짓찧어 자살할 경우를 우려해서 나무 판자 밑에 두터운 스티로폴을 대어 놓아서 웬만한 충격에도 탄력성을 갖도록 만들어 놓았다. 그리고 입구의 문은 한 뼘이나 되는 통나무로 되어 있었고, 겨우 바깥에서 안을 들여다 볼 수 있는 조그만 구멍만 만들어져 있었다. 그러므로 그 안에서는 아무리 고래고래 발악을 해도 바깥으로는 절대 소리가 새어 나오지 않았다.

대개 그곳에 수용이 될 경우는 그냥 몸뚱이만 집어넣어 두는 것이 아니라 손목에 수갑을 채우고 발목에도 수갑을 채워서 넣어 두었다. 밥을 먹을 때는 엎드려 혓바닥으로 핥아서 먹어야 할 만큼 거동이 불편했으며, 바깥에서 지키는 직원은 방 안의 스위치를 내려놓아서 완전히 깜깜하게 만들었다. 사람이 제일 미치는 것은 대화가 완전히 차단된 상태에서 무섭도록 캄캄하게 만드는 것이었다. 그 안에서는 아무리 항우 장사라도 처음에 고함을 지르다가도 바깥에서 아무런 반응이 없으면 제풀에 지쳐서 쓰러지고마는 거였다.

학생들이 그 안에 들어가서 할 수 있는 것이라곤 자신의 생명을 내어놓는 단식밖엔 할 수 없었다. 이미 그들이 외치는 소리들은 차단된 나무문에 의해 바깥으로 전달되지 않고 있어서 유일하게 항거할 수 있는 방법이라곤 단식밖엔 없었다. 학생들이 단식으로 버티는 동안은 위에서도 일일이 그들의 동태를 주목했으며 혹시라도 죽어 버려서 더 큰 사회적인 지탄이나 받지 않을까를 염려해서 먹방을 지키는 담당을 통해 매 시간마다 학생의 동태를 적어서 위로 보고하도록 되어 있었다.

먹방에는 시국학생들 외에도 극혈한 문제수를 집어넣었는데 한 마디로 본때를 보여준다는 차원에서 수용하는 그런 곳이었다. 독방에 갇혀 있는 것은 그래도 그곳에 비하면 호텔이라고 할 만큼 곤혹스런 방이었다. 스스로 미쳐 버리거나 머리가 돌아 버릴 정도로 어둠과 고독만이 고문을 가하는 그런 곳이었다.

하루에 몇 차례 문을 열어주었지만 그것은 순전히 두 가지의 용무 때문이었다. 그 하나는 사람이 혹시 죽어 버리지나 않았는가를 확인하는 거였고, 또 하나는 꽉 막힌 방 안의 공기로 인해 질식하지 않도록 중간에 공기소통을 시키기 위해 문을 여는 것이었다. 그것도 평상시에는 직원 한 명이 지키고 있다가 문을 열 때에는 관구부장이나 또 다른 직원이 한 명 입회를 한 다음에 문을 여는 거였다. 혹시라도 갇혀 있던 재소자가 돌발적인 행동을 할까봐 미리 방지하는 차원에서 취해지는 예방책이다.

그곳에 수용이 되면 일단 모든 면회라든가 서신의 수발도 금지되었고 기타 목욕이나 면도, 운동까지도 시키지 않았다. 밖에서 가족들이 아무리 거세게 항의를 해도 받아들여지지 않았다. 단지 살아 있다는 것만 알려줄 뿐, 외부와의 접촉을 통해 이 안의 사정이 밖으로 새어나가는 것을 극도로 제한하고 있는 것이었다.

소지도 배식을 하다가 11방에 가서는 아예 건너뛰고 있었다. 11방에는 지금 문만 덩그라니 열려 있는 채 안에는 아무도 없었다. 그가 보던 책들과 옷가지들만 어지럽게 널려 있었다. 이제는 여사 쪽에도 소탕이 있었는지 아무런 구호가 나오지 않고 있었다.

"담당님, 여사의 계집애들도 잡아갔습니까?"

종태가 넌지시 물어보자,

"아, 그년들은 뭐 그냥 두겠어? 전부 꽁꽁 묶어서 지하실에다 처박아뒀지. 등 뒤로 수갑을 채워서 끌어다 왔는데 한 이십 명 가량 돼. 내가 쉬는 시간에 지하실로 내려갔더니 아, 어떤 년은 오줌이 마려웠던지 그 자리에서 그대로 오줌을 갈겨 버리더라구. 지독한 년이야. 그리고 어떤 년은 뒤로 돌아앉더니 팬티를 내려서 오줌을 싸더라구. 남자들이 수없이 지켜보는 데도 말이야. 역시 운동권이라 다르더군."

"학생들이야 뭐 특별히 나쁜 데가 있겠습니까? 정치하는 사람들이 더 나쁜 거 아닙니까?"

종태가 그런 말을 하자 담당이 툭 쏘아본다. 니가 뭘 안다고 그러냐는 투였다.

"사실 학생들이야 뭐 공부만 하면 그만이지만 정치하는 놈들이 너무 못하니까 선량한 뜻을 가지고 목소릴 높이는 거겠지요."

"그래도 그렇지, 여기가 뭐 지들 안방이야? 고래고래 고함을 지르고 선동을 하니 어떻게 그냥 두겠어. 전부 묶어서 지하실에다 처박아두는 거지. 지들이 아무리 발악을 해봐야 이 안에서는 아무 소용이 없어."

종태는 정치엔 아무 지식이 없었지만 주먹세계에 살면서 사회의 어느 한 부분이 심하게 뒤틀려 있다는 것은 알 수 있었다. 검은 돈이 만들어 내는 세계란 역시 구린내가 나기 마련이었다. 자신도 역시 그 구린내가 나는 지하에 암약하며 돈 때문에 남의 목에 칼날을 꽂았던 것이다. 주먹은 사회가 어수선하고 어두울수록 활동하기가 편리했다. 모든 것이 밝아지면 밝아질수록 그들이 존재할 수가 없는 것이다. 그들은 어쩌면 어둠의 곰팡이에서 기생을 하며 푸른 독을 내는 그런 박테리아였다.

이제 열흘 정도의 시간이 경과하자 구치소 측에서 먹방에 갇힌 학생들을 한 사람씩 불러내서 협상을 개시하고 있었다. 일단 불려 나간 학생은 손목과 발목에서 수갑이 풀려졌고 보안과장의 집무실에서 푹신한 소파에 앉아 나긋한 차를 마시며 보안과장의 설득을 듣고 있었다. 한참만에 누려보는 자유에 대해 잠시 어리둥절해 하는 동안 고삐를 바짝 죄며 협상의 물꼬를 트는 것은 인간의 나약함을 미리 꿰뚫어보는 그런 음흉한 보안과장의 얕은 머리였다.

"이창희, 뭐가 그리 불만인가? 자네들이 요구하는 건 너무 터무니없어."

"뭐가 터무니없다는 말입니까? 구체적으로 말씀하십시오."

"왜 이 안에서 파쇼정권 운운하며 구호를 외치지? 여기는 엄연히 교정시설이야. 너희들이 그런다고 정권이 물러나는 건 아냐, 알아들어? 너희들은 이미 밖에서 죄를 짓고 들어왔잖아?"

"아니, 과장님. 우리들이 무슨 죄인입니까? 아직 우리는 죄인이 아닙니다. 설사 판사의 판결이 있다손 치더라도 우리는 정권에 아부해서 판결을 하는 그런 판사들에게 굴복하지는 않습니다. 그리고 어디서건 우리는 우리의 억울함을 알릴 권리가 있습니다. 이 구치소에서 주는 밥에는 썩은 지푸라기가 수없이 들어 있고 반찬은 우리가 알건대 하루 부식비에도 전혀 못 미치는 부실한 것입니다. 우리는 그러한 부조리를 시정하려는 것뿐입니다. 그리고 왜 우리들이 보는 책을 금서라고 못을 박아 못 들어오게 합니까? 밖에서는 엄연히 사서 볼 수 있는 책인데도 이곳에서는 금서라고 못을 박습니까?"

"여기는 특수시설이 아닌가? 그래서 제한을 하는 것이지 뭐 별다른 뜻은 없어. 책은 나가서 보면 되잖아?"

"그럼 여기서는 왜 안 된다는 겁니까? 그게 법에라도 나와 있는 겁니까?"

보안과장은 약간 당황하기 시작했다. 분명히 법에는 그러한 명문 조항이 없었다. 단지 내부조항일 따름이었다.

입씨름은 계속되었다. 그러나 결국 불리한 쪽은 학생들이었다. 이미 열흘이나 금식을 하고 있었던 터라 학생들 중에는 쇠약해져서 쓰러지는 학생도 있었고 의무과로 실려가 링거 주사를 맞는 친구도 생겨났다. 이러다가 학생들이 죽어나자빠져도 구치소 측은 자연사라고만 떠벌릴 것이 분명했다. 물론 사회적 인 문제가 되겠지만 그 시간만 지나면 곧 세인들의 관 심이 사라져 버릴 것을 계산한다면 무모한 투쟁이 아닐 수 없었다. 보안과장은 미리 소장과 타협점의 최전선을 숙의했던 것인지 창희에게 일종의 제안을 해왔다.

"창희, 너무 젊은 기분에 그러지 마라. 네 동료들이 저렇게 금식을 하는 것을 보고 그대로 버틴다는 것은 참으로 어리석은 짓이다. 우리가 뒤로 물러설 것은 물러설 것이니까 일단 금식하는 문제는 풀어라. 밥과 부식 문제는 최대한 신경을 써서 좋은 식사가 되도록 할 것이다. 그리고 금서 문제는 법무부에 보고를 해서 최대한 가짓수를 줄이도록 하겠다. 이것은 어디까지나 최대한 해본다는 것이지 확정적인 말은 아니다. 그리고 학생들이 주장하는 가족과 약혼자 외의 일반인들도 면회를 시켜달라는 것은 조금 어렵다. 행형법에도 원래는 가족으로 제한이 되어 있는 것이지만 일반 재소자들에겐 그래도 혜택을 베풀어서 아무나 면회를 시키고 있는 것이다. 그 문제는 일단 곤란하니까 책을 넣고 빼내가기가 쉽도록 약혼자라는 사실만 입증할 수 있는 간단한 서면만 제출하면 여기선 약혼자로 간주를 하고 면회나 영치물을 넣을 수 있도록 배려를 하겠다. 이건 어디까지나 학생들에게 배려를 하기 위해서 우리 구치소 측에서 편법을 쓰는 것이다. 이렇게까지 너희들의 요구를 최대한 수용을 하려고 하니 너희들도 이제 금식을 풀어라. 그리고 내가 말한 모든 것들이 이루어지지 않으면 다시 금식을 해도 좋다, 어떤가?"

"그럼, 좋습니다. 우리 학생들도 열흘 동안이나 금식을 했고 어느 정도 요구가 관철되었다고 봅니다. 한 가지 더 요구할 것은 우리들이 감방에서 책을 보는 데에 필요한 조그만 밥상을 하나씩 지급해 주십시오."

"알았다. 그럼 소장에게 보고를 해서 내가 책임지고 그렇게 해주도록 하겠다."

"됐습니다."

보안과장은 은근히 미소를 띠며 탁자에 놓인 차를 권했다. 그러나 창희는 그것을 마시지 않았다. 지금 먹방에 갇혀 있는 동료들에게 미안한 감을 느꼈기 때문이다.

일단 학생사건은 그렇게 싱겁게 끝이 나고 말았다. 대신에 몇몇 재소자들이 학생들의 구호에 따라 같이 동참해서 즉사하게 얻어터지고 독방에 갇혀 버렸다.

종태의 방에서 민재구가 결국 여자 쪽의 남편이 합의를 해주어 출소를 하고나자 새로운 신입이 하나 들어왔다. 얼굴이 예쁘장하게 생긴 갓 20세를 넘겼을까 말까한 말쑥한 놈이었다. 전방을 오면서 갖고 온 사물보따리가 조그마한 것으로 봐서 이곳에 입소한 지 얼마 되지 않은 것처럼 보였다.

"야, 임마. 너 죄명이 뭐냐?"

상호가 조금 거칠게 물었다.

"저어, 공갈 사깁니다."

"공갈 사기? 아직 어린놈이 무슨 공갈사기냐? 사건이 뭐야?"

그는 조금 쭈뼛거리다가 말을 했다.

"그게……."

"그게 뭐냐니깐? 너 어른들 놀리는 거냐? 빨랑 말해?"

"종로에 나갔다가 어떤 사람을 알았어요. 그래서 한 3년간 알고 지냈던 사람인데 내가 돈 좀 필요해서 달랬다가 그분의 마누라한테 고소를 당했어요."

"그게 다야? 넌 임마. 우릴 어떻게 보고 하는 말이야? 그런다고 그 사람의 마누라가 널 고소를 했어? 너 맛 좀 봐야 제대로 말을 하겠구만?"

"아닙니다, 그게 사실이에요. 사실은…… 저는 그분에게 당했어요. 종로에 있는 극장 안에서 은근히 접근하는 그 사람을 따라갔다가 한 번 경험을 하게 되었고 그 뒤로부턴 계속 일주일에 한 번은 여관으로 가서 그 짓을 했어요. 그 사람은 어느 고등학교의 선생이었는데 한 번 일이 끝나고 나면 저한테 용돈하라며 얼마의 돈을 쥐어주곤 했어요. 많으면 20만 원 정도가 되었고, 어떤 날은 5, 6만 원도 줬어요. 3년 전부터 알았으니까 꽤 많이 만났지요. 그러다가 내가 아프다고 나가지 않는 날은 어떻게 우리 집을 알아가지고 끝까지 전화질을 해대고 위협까지 했어요. 나중엔 죽여 버린다는 말까지 했고, 그러다가도 금방 풀어져서 나를 달래기도 했어요. 그래도 제가 애인이 하나 생겨서 만나주지 않자, 하루는 전화를 해서 한 번만 만나자고 해서 약속장소로 나갔어요. 그랬더니 그분은 온갖 말로 나를 설득했는데 여자와의 관계를 끊으라며 돈을 내어놓더라구요. 슬쩍 보니 백만 원짜리 수표 두 장이었어요. 저는 그동안 얼마나 괴로웠는지 몰라요. 죄책감이 들기 시작했고 나를 가장 괴롭히는 건 그분이 나의 몸에다 사정을 해서 닦아내는 것과 어떤 땐 그것을 먹게 해서 내가 먹는 것을 봐야만 희열을 느끼는 그 사람의 행동에 차츰 싫증을 느꼈으니까요. 하는 것까진 그래도 좋았는데 그것을 먹게 하는 것은 정말 못 참겠더라구요. 멋모르고 빠져들었다가 헤어나오기가 얼마나 힘들었는지 몰라요. 그분이 교직에 있어서 처음엔 점잖은 분으로 생각되었지만 차츰 행위를 가지면서부터 점점 더 변태로 변하더라구요. 말로는 다 못해요. 그때는 그러한 것도 미처 느끼지 못할 만큼 서로 기분이 좋았는데 한 번 싫어지니까 그 사람 얼굴을 보는 것도 싫어지더라구요. 그래서 내가 자꾸 슬슬 피했지요. 그러면 그분은 낮에도 학교에서 집으로 전화를 걸어 윽박지르기도 했구요, 또 밤늦게 집으로 전활 걸어서 나오라고 했는데 집에서 알까봐 두려워지는 거예요. 일단 만나기만 하면 그 사람의 손아귀에서 빠져나오지 못한다는 것을 알았기 때문에 자꾸 이리저리 핑계를 대고 만나주지 않았어요. 마지막으로 한 번만 만나자고 하길래 나갔죠. 그 사람은 수표를 내어 놓으며 여자와의 관계를 끊어 버리라는 주문을 했어요. 안 그러면 자기가 그 여자에게 전화를 해서 이때까지의 모든 일을 다 일러바친다고 했어요. 그래서 저도 돈이 싫진 않아서 그러마고 약속을 하곤 어김없이 우리는 싸구려 여관으로 들어가 또 그짓을 했지요. 그리고나서 독한 마음을 먹고 관계를 끊기로 작정을 하고 그분의 마누라에게 전화를 걸어서 자초지종을 이야기하려다가 그만둬버렸어요. 혹시나 나 때문에 가정에까지 문제가 생길 것 같아서요. 그분은 누가 보더라도 겉모습이 정상처럼 보였고 선생이었는데 마누라되는 부인도 까맣게 그러한 것을 모르고 있는 거예요. 우리는 3년이나 그렇게 만났어요. 극장 구경을 갔다가, 다방에도 갔다가 먹을 것을 사 들고 여관으로 가는 게 우리의 코스였으니까요. 한 번은 그분의 생일날 초청을 받아 집으로 간 적이 있었는데 그 분의 부인은 굉장히 미인이었어요. 그리고 몸매도 아주 뛰어났구요, 아이들도 남자애와 여자 애가 있었고 남부러울 것이 없는 그런 집안이었어요. 그러니 내가 생각해도 이상하다는 생각밖에 들지 않았어요. 그분은 부인에게 나를 자신의 제자라고 소갤 했는데 부인은 나한테 얼마나 친절하게 구는지 내가 오히려 얼굴이 빨개질 정도였어요. 거실에서 우리는 이야기를 나누다가 그분이 따로 쓰는 방을 구경시켜 주겠다며 말을 했는데 난 그분이 무얼 뜻하는지 알았기 때문에 얼른 일어나지 않고 있었어요. 그랬더니 그 방으로 들어가서 큰소리로 자꾸 나를 부르는 거예요. 나중엔 부인을 보기가 민망해서 억지로 일어나서 그 방으로 들어갔어요. 내가 방으로 들어서자 그는 얼른 방문을 눌러 잠그고는 다시 나에게 옷을 벗으라는 거예요. 난 그 방에서는 죽었으면 죽었지 도저히 못하겠다고 말을 했는데 마구 멱살을 잡고 벽에다 밀어붙이면서 행패를 부리는 거였어요. 나는 소리도 지르지 못한 채 할 수 없이 당했어요. 아마 그 부인은 상상도 하지 못했을 거예요. 그런데 그날 이후 내가 만나주지 않자 집으로 전화를 하기 시작했어요. 내가 전화를 받지 않자 나중에는 다방 같은 데에서 레지를 시켜 전화를 걸고는 내가 받으면 그때 그분이 다시 전화를 받는 거였어요. 얼마나 끔찍했던지 진절머리가 났어요. 그러다가 나는 또 걸려들고 말았어요. 내가 집으로 돌아오는 시간에 집 앞에서 나를 기다리다가 나를 나꿔챈 거예요. 그래서 할 수 없이 동네에 있는 다방으로 들어갔는데 거의 애원을 하다시피 나를 설득하다가 끝내는 울기까지 했어요. 우리는 그날 일단 헤어졌다가 다음날 다시 만나기로 약속을 했어요. 그리고 다음날 만났을 적엔 또 수표를 꺼내더라구요. 그런데 그 부인이 그때서야 남편의 행동을 눈치챈 거죠. 자꾸만 통장에서 돈이 빠져나가는 것을 이상하게 생각을 해서 남자에게 추궁을 했는데 궁지에 몰린 그분이 오히려 내가 그분을 공갈하고 협박을 한 것처럼 말을 해서 부인이 나를 고소한 겁니다. 공갈, 사기 혐의로요. 돈을 가져갔다는 것으로요."

방 안의 사람들은 서로 심각한 표정을 짓고 있다. 뭐가 뭔지 모를 정도로 우스운 이야기였지만 그들은 웃지도 못하고 그저 남주의 얼굴만 쳐다보거나 상호의 얼굴을 바라보거나 하면서 얼른 해답이 나지 않는 눈치만 보였다.

"그럼, 부인이 고소를 한 거야?"

"네. 자기 남편에게 내가 돈을 갈취했다는 내용으로……." 남주의 말꼬리가 약간 흐려졌다.

"너, 그럼 호모 아냐?"

"……."

남주의 얼굴이 조금 붉어졌다가 어색하게 풀어졌다. 방 안의 사람들은 상호가 물었던 질문을 상기하면서 이상하다는 눈초리로 다시 남주를 바라보았다.

"야아, 너 이제 보니 꼭 기집애같이 생겼다. 너 혹시 중성 아냐? 밑에 두 가지 다 달린 거 말야."

"아니예요. 전 남자예요. 신입으로 들어올 때 신입실에서 검사를 했습니다."

사실 그렇다. 처음에 이곳으로 들어올 때, 신입실에서 철두철미하게 검사를 하는데 중성이 이곳으로 들어올 리가 없을 것이다. 만일 중성이 혼방으로 배치된다면 성에 굶주린 이리들에 의해 뼈도 안 남을 것이다.

"너, 방에서 이상한 짓하면 죽인다, 알았냐?"

"네."

"얼마 전에 말이야. 여사에 들어간 신입 이야긴데. 여직원이 신체검사를 하다가 보니까 밑에 뭐가 시커멓게 덜렁거리는 게 달렸더라나. 그래서 얼떨결에 밑으로 눈을 갖다대고 보았다가 그게 남자의 그것이라는 것을 알고 발랑 기절할 뻔했다는 여직원이 있었어. 그 여직원은 미처 신입이 게이인 줄 모르고서 무심코 옷을 벗겼다가 놀란 것인데 처녀였으니 얼마나 놀랐겠어. 그걸 보고나서는 사무실로 뛰어 들어가서 마구 울었다는 거야. 그래서 놀란 직원들이 달려갔더니 그 신입은 다름아닌 게이였어. 그래서 여직원들이 보안과로 연락을 해서 부랴부랴 데려갔다는데 아마 그놈도 그날 요행히 사방으로 들어갔더라면 아마 뼈도 못 추렸을 거야. 거기에 환장한 년들이 밤마다 돌림방을 놓을 게 뻔하잖아? 그 이야기를 듣고 얼마나 우스웠는지 몰라."

정말 거짓말 같은 이야기다. 그러나 그건 사실이었다. 그 소문은 온 구치소 내에 쫙 퍼져서 모르는 이가 없을 정도였다. 그 다음부터는 새로 들어오는 신입들의 검신에 한층 철두철미해진 게 사실이었으니까.

구치소에서는 가끔 그러한 해프닝이 일어나곤 했다. 어떤 경우엔 이름이 같은 다른 재소자를 출소시켜 부랴부랴 직원들이 총출동을 해서 다시 잡아들였고 어쩌다 못 잡아들이는 때도 생겼다. 사람이 하는 일이란 늘 어디엔가 허점이 있게 마련인 모양이었다.

"너, 한 번 벗어 봐."

비스듬히 누워 있던 종태가 명령했다. 남주가 보니 얼굴이 남자답게 생겨먹은 것과 웃통을 벗은 몸 위로 굵은 문신자국이 있는 걸로 봐서 이 방의 감방장 같기도 해서 얼른 일어나서 옷을 내렸다. 옷을 끌러내리자 그것이 나타났다. 그런데 그것이란 게 마치 국민학생의 고추처럼 작았다. 마치 생기다가 만 것처럼 겨우 달려 있었다.

"와하하하. 그게 자지냐? 어떻게 무슨 혹처럼 생겼냐? 그것 가지고 여자 따먹으려면 좀 힘들겠다, 너."

남주의 얼굴이 시뻘게졌다. 얼른 옷으로 가리려다가 상호의 재빠른 발길질로 인해 옷이 툭 방바닥으로 떨어졌다.

"너 남자하긴 글렀겠다. 아예 여자 쪽으로 나서는 게 백 번 낫겠다."

또 한 번 웃음이 터져 나왔다.

담당이 뭔가하고 기웃거리다가 창살 밖에서 히죽 웃고 있는 모습이 보였다.

"뭐냐?"

"아, 글쎄 담당님. 이놈이 가만히 들어보니까 호모 아뇨. 그래서 바지를 내려보라니까 자지가 생기다가 말았는지 혹만 붙어 있잖아요. 이게 좆입니까, 그래."

상호의 입담도 거칠었다. 담당은 웃다가 말고 더욱 자세히 살피는 눈치였다.

"너, 이리 나와 봐."

담당이 문을 열었다. 밖으로 나간 남주가 난로 옆에 쪼그리고 앉아 담당의 신문을 받는 소리가 들렸다.

"너, 호모냐?"

"……아뇨. 전에 그런 짓 좀 했습니다."

"진짜 호모라면 넌 독방으로 가야 돼. 이곳의 규정이 그렇거든."

"아뇨, 전 호모가 아닙니다. 그냥 혼방에 있을 겁니다."

남주는 그래도 독방으로 가기는 싫은 모양이었던지 호모가 아니라고 우기고 있었다.

상호가 재판을 받으러 나갔다가 1년을 선고받고 들어왔다. 아침에 상호가 재판을 받으러 나설 때는, 방 안의 사람들이 모두 잘 나가라는 인사를 했고 상호는 말 그대로 나갈 줄로만 알고 일일이 방 사람들과 악수를 하고 나갔는데 점심때가 조금 지나자 그는 풀죽은 모습으로 들어왔던 것이다. 상호가 다시 방으로 들어오자 방 안은 일시에 정적이 감돌았다.

그것은 이미 재판에서 깨지고 들어온 사람은 신경이 극도로 날카롭다는 것을 알고 있었기 때문이다. 누가 섣불리 말을 걸지도 못하고 서로 눈치만 보고 있었다.

상호는 방으로 들어오자마자 곧장 종태와 몇 마디 얘기를 나누더니 곧장 뺑끼통으로 들어가 담배를 피우며 나오질 않았다. 그동안 방 사람들은 서로 하던 이야기도 톤을 낮춘 채 말소리를 낮추고 있었고 필요한 이야기만 겨우 했을 뿐 서로 말을 자제하고 있는 모습이었다.

갑자기 방 안이 냉각되는 분위기였다.

한참만에 뺑끼통을 나온 상호는 종태의 양해를 구하고는 관물대의 밑으로 가 드러누웠다. 재판에서 실형을 선고받고 왔으니 무지 열을 받았을 것이다. 매일 눈만 뜨면 떠들어대던 천식이나 성군이도 말을 삼간 채 서로 눈짓으로 말을 하고 있었다.

"야, 상호!"

담당이 부르는 소리였다. 그러나 상호는 잠이 들었는지 눈을 뜨지 않는다.

"담당님, 상호 형이 자는가 본데요? 왜 그러십니까?"

"응, 아니. 항소를 할 건가 해서 그저 물어보는 거야."
"그럼 이따 일어나면 담당님에게 말씀을 드릴게요."
"알았어. 아마 기분이 나쁘겠지."

담당은 이미 재판을 받고 온 상호의 기분을 아는지 그대로 책상으로 가서 앉는 모양이었다.

재소자들은 재판에서 실형을 선고받고 돌아왔을 때가 가장 예민한 법이다. 또 그럴 때 사고가 일어나는 경우가 많았다. 이제 이판사판이라는 생각에서 사고를 저지르는 수가 많았다.

특히 사형수들의 경우는 더했다. 벌써 눈빛부터 달랐고 어딘지 모르게 초롱초롱한 살기를 띄는 허연 눈자위를 보노라면 보는 이가 더 마음이 오싹할 정도였다. 그래서 사형수가 있는 방에서는 평소에도 방 안 사람들이 잘 대해 주었는데 만일 눈에 가시 같은 놈이 있으면 밤에 자다가도 사형수가 일어나서 잠을 자는 재소자의 눈을 대나무 젓가락으로 후벼파서 병신을 만들어 버리는 일이 종종 있었다. 그런데도 사형수를 미리부터 독방에 수용 않는 이유는 혹시 자살을 기도할지 모른다는 우려 때문에 많은 사람들이 있는 혼거방에 집어넣는 것이다. 그러므로 사형수들은 누구도 건드릴 수 없는 존재였다. 다만 그 방의 감방장쯤이나 되는 폭력배가 있으면 서로 통하는 무엇이 있어서 장난도 치고 심한 말도 주고받겠지만 일반 재소자들은 어림도 없는 일이었다.

상호의 지금 심정이 그랬다. 칵 죽어버릴 것. 같은 울화통이 치밀었다. 하루종일 누워만 있다가 저녁밥이 떴을 때에야 겨우 일어났다.

"형님, 아직 항소심이 남았으니까 너무 걱정마십쇼, 형님."

"……."

상호는 말이 없었다. 그저 묵묵히 참기름과 김치를 넣어 비빈 밥만 입에 떠넣고 있었다. 오늘은 상호의 기분을 고려해서 바깥의 난로에서 끓인 찌개에는 다른 날보다 더 많은 치킨과 돼지고기 훈육을 넣었고 오징어를 일곱 마리나 넣어 끓였다. 그것은 특별한 배려였다. 소지들도 상호에게 아부를 하는 것인지 몇 번이나 방으로 다가와서 상호에게 위로를 하고 갔다. 동병상련이랄까.

"형님, 전 정말 나갈 줄로만 알았어요. 1심에서 변호사한테 거금을 줬는데 못 나가다니 이게 말이나 됩니까? 생각 같아서는 지금이라도 당장 탈옥을 해서 변호사의 목에다 칼을 꽂아버리고 싶은 심정입니다."

상호의 말이 섬뜩하다.

"됐어, 할 수 없어. 다음번에 나가는 수밖에 없어. 변호사 새끼들은 돈만 받아먹고 뭘 했는지 모르겠어. 내일 면회를 오면 당장 변호사한테 달려가서 돈을 내놓으라고 그래. 양심이 있으면 돈을 내놓겠지. 어쩌면 돈을 내놓기 싫어서 2심에서 다시 보잔다고 하면 그땐 변호사를 갈아치워 버려."

"알았습니다, 형님. 아, 미치겠습니다, 형님. 변호사도 분명히 걱정말라고 했거든요. 동생들이 내가 나오는 줄 알고 기대했었는데 이게 무슨 꼴입니까?"

"변호사들의 말을 다 믿어? 그것의 반만 믿으면 돼. 아마 그 돈의 반만 판사한테 건네줬어도 나갔을 거다. 변호사가 돈을 혼자 꿀꺽 했겠지, 뭐."

"미치겠습니다, 형님. 또 2심이 붙으려면 두 달을 기다려야 될 텐데 말이유."

"몇 년도 사는데 두 달이야 못 기다리겠냐? 2심에서는 변호사를 잘 사야 돼."

"알았습니다, 형님."

재판이란 것도 돈 놓고 돈 먹기인 것이다. 돈만 제대로 판사에게 들어갔다면 나가는 것은 뻔했다. 썩고 썩은 게 법조계의 비리 아닌가. 변호사와 판사의 돈거래는 탄로도 나지 않았다. 워낙 막강한 권위에 있는지라 누가 감히 그들의 뒤를 파헤치겠는가 말이다. 섣불리 잘못 파헤쳤다간 법에 정통한 그들에 의해 역공을 당하거나 창피를 당하기 일쑤일 것이다. 법의 신성함. 그 신성함을 무기로 서민의 피를 빨아대는 그들은 성역의 보호를 받는 무리들이다. 재판에서 이기고 지는 것은 단지 돈의 힘겨루기에 불과하다는 것을 모르는 이가 얼마나 될까. 무전유죄 유전무죄. 그것은 비단 이곳에서만 쓰여지는 말이 아니다.

저번의 81년도에 대도 조세형이 탈옥을 해서 사회적 물의를 일으키면서 붙여진 말이지만 사회에서 일어나는 민사 사건에서도 그 법칙은 적용된다. 지위고하를 막론하고 돈의 위력에 굴복하지 않는 사람은 별로 없다. 가장 신성한 집단에 들어가는 법복을 입은 사람들이거나 하얀 가운을 걸치고 히포크라테스의 선서를 했던 의사들도 법과 인술의 신성함을 무기로 돈 사냥을 하지 않는가.

조직은 돈 많은 자들의 호주머니에서 돈을 빼앗고 그 대신 칼의 피 부림으로 보답을 했으며, 다시 그 돈으로 변호사를 사서 판사에게 돈을 건네줬던 것이다. 조직이 돈 많은 자들의 편에서 일을 한다는 것은 그들이 어떤 이권에 깊이 개입을 해서 칼과 주먹으로 어려운 문제를 해결해준 대가로 받은 것이 돈이다. 그 돈은 여러 단계를 거치는 동안 또 다른 검은 세력들을 구축해 나간다는 것을 의미한다. 그게 돈의 아부성, 돈의 절대성, 돈의 정직성, 돈의 확장성이다.

돈은 우리들이 전혀 모르는 곳에까지 파고드는 것이다. 감히 상상할 수도 없는 신성시되는 곳에까지. 돈만 있으면 웬만한 사건은 그냥 나갈 수 있다는 게 이곳의 철칙이다. 다른 사람들은 방청석에 앉아 심사숙고한 듯한 판사의 최종 판결문을 들으면서 판사의 고심의 흔적을 높이 찬양을 하지만 그 뒤엔 시커먼 돈의 도사림이 있었다는 것을 실감하기란 원래 어렵다. 혹시 구치소에 들어가 있어 본 사람이라면 또 모를까. 재소자들이 검사실에 불려가 하루종일 조사를 받는 동안 하루에 몇 번이나 검사실를 들락거리는 변호사를 본 적이 있을 것이다. "아이쿠, 뭘 또 이런 걸", "그저 떡값입니다, 받아두십시오."하고 주고받는 그들의 대화. 검찰계장은 얼른 아가씨를 시켜 두툼한 돈 봉투를 선사한 변호사에게 드링크를 선물하라고 다그친다. 마시는 둥 마는 둥 덜 마신 병을 내려놓기가 무섭게 검사의 방을 빠져나가는 변호사의 등을 돌아보며 비애에 젖는 재소자들. 돈이 없어서 변호사를 사지 못한 재소자들은 그때 자포자기의 심정으로 빠져든다.

빌어먹을 세상. 돈이 없으면 돈이 많은 자의 죄값을 고스란히 걸머져야 한다는 데서 오는 비통함. 재소자는 입 속으로 '유전무죄 무전유죄'라는 단어를 뇌까린다.

돈이라도 있어 보이면 조사를 하던 검찰계장도 닥달을 하던 표정을 누그러뜨리면서 "너, 변호사 한 분 소개해 줄 테니까 잘해서 나가 봐." 하고 은근히 유도를 할 텐데 돈의 쥐뿔도 없어 보이면, "너 이새끼, 불어. 좋은 말할 때 부는 게 네 신상에 좋아. 괜히 최고형을 때리기 전에." 하고 윽박질러댄다. 모두가 남자고 하는 짓임에 틀림없다.

열 번 스무 번, 소매치기를 하다가 잡혀온 재소자들도 전부 다들 잘도 나갔다. 이유는 변호사의 법을 악용한, 증거가 없다는 거였다. 증거 불충분이라는 표현이 얼마나 고상한가. 말은 만들기 따라서 달라질 수 있었다. 미리 변호사가 그렇게 대답을 하라고 시켜 놓으면 그대로 답변만 하면 되는 거였다. 누군가 달려와서 자신의 앞에 툭, 지갑을 던지며 달아났는데 열어보니 거액이 들어 있어 마침 신고를 하려고 마음을 먹던 중이었습니다, 막히지 않고 말을 한다면 그 다음은 변호사가 알아서 할 터였다. 그게 돈을 먹은 변호사의 할 일이었다. 판사는 괜히 심각하게 받아들은 척하면서 어젯밤 만나 으리으리한 초밥집에서 돈을 건네받은 것을 상기하다가 2주 후에 선고를 내리겠다고 다시 한 번 심사숙고의 여지를 알린다. 멍청한 방청객들. 돈은 뒤로 오가고 있다는 것을 모르고 그걸 믿다니.

11

가장 가슴 아픈 배신

종태는 상호의 일로 다시금 기분이 착잡해졌다. 은영에게서 분명히 변호사에게 거금의 돈을 건넸다는 말을 들었지만, 그 돈이 제대로 약발을 발휘할지는 의문이었다. 변호사가 일단 믿어보라는 말은 했지만 믿을 수 없는 게 지금 심정이었다. 상호가 그렇게 돈을 들이고도 1년이라는 형을 받고 들어오자 그로서는 불안하지 않을 수가 없었다. 변호사가 말만 그렇게 하는 것인지 실지로 판사와의 작업이 잘 되어서 그렇게 말을 하는 것인지 도무지 종잡을 수 없는 거였다. 바깥이라면 본인이 직접 변호사를 만나 그러한 것을 따져 물을 수도 있었으나 이 안에서는 그럴 수도 없는 노릇이었다. 변호사에게 한 번 재소자 접견을 오라고 할까. 그런다고 재소자인 위치에서 따져 물은들 그가 제대로 속 시원히 말을 해줄지도 의문이었다. 그냥 염려 말라는 상투적인 대답이 나올 것은 뻔한 이치였기 때문이다.

은영과 기식이 밖에서 일은 하고 있지만 무슨 일을 어떻게 하고 있는지 도무지 알 수가 없었다. 그들은 모든 게 다 잘 되어가고 있다는 말만 되풀이했다. 그들도 이미 변호사의 농간에 빠졌는지 모른다고 생각되어졌다. 자신이 생각하기로는 그저 막연히 잘 되어간다고만 말할 수 없는 사건이 아닌가 말이다. 좀 더 구체적으로 진지하게 이야기를 해야 할 터인데도 그저 막무가내로 믿고만 있으라는 말에는 조금도 믿음이 가지 않았다. 돈을 많이 줬다고는 하나 결과가 시원찮게 나와 버리면 그걸로 끝인 것이다. 물론 변호사야 받았던 돈 중에서 얼마의 돈만 되돌려주면서 불가항력이었다는 말만 되풀이하면 그만이겠지만 안에 갇혀 있는 자신으로서는 당장 몸으로 때워야 하는 지경인 것이다. 변호사의 말만 백 프로 믿었다가 그야말로 낭패를 본 자들이 얼마나 많았던가.

밤이 깊었지만 잠이 오질 않았다. 낮에 낮잠을 자서일까. 종태는 이리뒤척 저리뒤척 몸을 틀다가 새로 옆에 눕힌 남주의 얼굴을 바라보았다.

상호는 지금, 두 줄로 머리를 맞대고 누운 반대줄의 벽 쪽에서 자고 있었다. 그것은 자신의 괴로움을 종태의 옆자리에 누워서 종태와 나란히 부대끼기가 싫어서 스스로 자청한 잠자리의 이동이었다. 종태로서도 그게 편했다. 대신에 갓 들어온 남주를 옆에 눕게 했다. 그것은 파격적인 배려였다. 신입인 남주를 옆에 누인다는 것은 어느모로 보나 파격적인 대우였다.

그의 얼굴을 물끄러미 들여다보면서 종태는 은영의 얼굴을 떠올렸다. 자신과 몸을 합칠 때마다 환희에 들떠 꿈틀거리던 그 숨 가쁨의 허스키한 목소리. 그리고 관계 중 꼭 몇 번은 "그만 그만!"이라는 단어를 쓰던 그녀의 애절한 절규가 뇌리에서 떠나질 않았다. 그녀는 성적으로 잘 발달된 암말이었다. 손이 가면 그대로 굳어지거나 나긋하게 풀어져서 요술을 부리던 그녀였다. 어떤 남자라도 일단 그녀와 같이 자본 남자라면 그녀의 테크닉에 놀랐을 것이다. 종태가 하고많은 여자들 중에서 특별히 그녀에게 마음이 끌렸던 것은 그러한 이유에서였다. 그것은 어쩌면 이미 타고난 것이었다.

종태는 자신이 이런 깊은 곳에까지 갇혀 있으면서 참지 못하는 성욕에 비해 은영이는 과연 어떻게 참을 수 있을까. 그게 궁금해졌다. 그렇다고 면회실에서 그러한 말을 물어볼 수는 없는 노릇이었다. 그렇게 한가한 시간이 주어지지 않았다. 만일 그렇게 물었다고 한들 무슨 소용이 있겠는가. 그녀의 대답이 전부일 수는 없다. 얼마만큼 믿어야 할지는 자신의 판단에 맡겨진 일이었을 것이다.

종태는 손을 이불 밑으로 쑥 집어넣어 남주의 팬티 속으로 밀어 넣었다. 그것이 만져지자 약간 꿈틀하는 듯하다가 빳빳해지는 거였다. 이놈도 남자긴 남자군. 계속 주무르자 그가 눈을 떴다가 종태임을 알고는 그대로 가만히 있었다. 몸도 움직이지 않고 그를 빤히 쳐다보았다. 언뜻 스치는 희열 같은 것이 보였다. 종태가 보기로는 그는 이미 남자가 아니었다. 건드려주기만을 기다리는 여자의 표정과 흡사했다. 작고 조그마한 물건을 슬슬 문지르자 그의 입술이 굳게 다물어졌다. 마치 고깃덩이를 들고 개에게 줄까말까를 궁리하고 있는 것처럼 그의 표정이 시시각각으로 달라지고 있었다. 주인이 고깃덩어리를 던져주기만을 기다리는 개처럼.

종태와 남주만 같은 이불을 덮고 있었으므로 다른 재소자들과는 전혀 상관이 없었다. 남주의 항문에 꼿꼿하게 들어가 박힌 종태의 그것은 조금만 움직여도 강렬한 조임의 반응이 전달되어져 왔다. 들고나는 빡빡함이 쉽게 절정에 도달할 것만 같았다. 종태는 눈을 감고 은영일 떠올렸다. 작고 조그마한 입술. 몸매에 비해 상대적으로 큰 젖가슴. 쭉 뻗은 흰 다리. 가냘픈 허리의 유연함이 육중한 자신의 체구를 들어올리고 있었다. 그리고 그러한 동작을 손쉽게 해주는 침대의 탄력성. 종태는 그것들을 생각하자, 모든 게 그대로 재현되어 나타나고 있었다. 아까 뽕이 묻은 런닝을 몇 번 빨았던가. 히로뽕의 환각작용이 극치를 달리고 있었다. 모든 세포들이 잘디잘게 부서져 버리고 터질 듯이 부풀어 오르는 팽만감만이 몸의 한 끝으로 전달되고 있었다. 뽕이 아니었더라면 벌써 쉽게 사정을 했을 것이다. 히로뽕이 주는 엄청난 것은 아무리 섹스를 해도 기분만 하늘로 둥둥 떠갈 뿐 절대 사정하지 않는다는 거였다. 며칠을 밤새워 노름을 하거나 밥을 먹지 않아도 배고픔이나 졸리움이 없다는 말은 거짓말이 아니었다. 그리고 섹스를 하면 완전히 절정에는 오르더라도 사정을 않다는 말도 거짓이 아니었다. 은영이와 그것을 할 때마다 콜라에 타서 마시면 둘 다 황천길에 도달할 정도로 격렬한 섹스를 했지만 절대 지치지를 않았다. 그리고 계속되어지는 몽롱함. 그것은 인간을 철저하게 파괴시키기 위해 만든 악마의 주술로 만들어진 장난감이었다.

구치소나 교도소에서 일어나는 남자들 간의 비색을 계간이라고 불렀다. 여자가 없는 이곳에서는 억제할 수 없는 성욕을 자위로 풀거나, 힘있는 자가 힘없는 자의 항문에다 대고 푸는 수밖엔 별도리가 없었다.

남자들은 고환에 꽉 찬 정액들을 배출하지 않으면 오히려 스트레스가 쌓이고 난폭해지는 경우가 있다. 신은 인간에게 배설의 기쁨을 주었다. 아침이면 허옇게 쌓이는 남자들의 배설물들이 비릿한 냄새를 풍겨와도 그들은 이제 누구를 탓하거나 나무라지 않고 뼁끼통을 청소하는 당번인 막내가 묵묵히 그것들을 치울 뿐이다. 그들은 어차피 공동체적인 운명에 의해 끈끈한 끈으로 묶여 있었으므로 서로의 감정들을 이해하고 있었다. 그러한 것은 오히려 신사적이었다.

얼마나 시간이 흘렀을까. 종태만 이마에 땀방울이 맺힌 게 아니라 등을 돌리고 있는 남주의 이마에도 번지르한 물기가 배어 있었다. 한 시간이나 족히 되었을 법하다. 둘은 이불 속에서 거친 숨을 고르고 있는 것인지 모른다. 옆으로 모로 누워 몰래 하는 짓이었던 지라 유난히 힘이 들었을 것이다. 방 안의 불빛이 취침중이라 5촉짜리도 안 되게 어두워져 있었고 그랬으므로 더욱 실감나는 섹스분위기를 연출했는지 모른다.

종태가 그것을 뽑자 단단하게 박혀 있던 무엇이 빠진 듯 남주가 꿈에서 깨어났다. 그의 엉덩이에서 벌건 핏물이 조금씩 배어나왔다. 종태는 벵끼통으로 들어가 가벼운 물소리를 내며 몽롱함을 씻어내고 있었다.

언제부턴가 남주는 이름 대신 애마라고 불려지고 있었다. 처음에 종태가 그를 그렇게 불렀는데 이제 방 안의 사람들도 모두 그렇게 부르고 있다.

애마. 사랑하는 말이라는 뜻인가. 종태가 푹신한 담요 위에 드러누울 때는 곧장 애마가 달려와서 그의 등이며 어깨며 팔을 주물렀고 문신이 새겨진 다리를 마사지하고 있었다. 그럴수록 애마는 보스의 총애를 받아 여왕의 자리에까지 오를 수 있었다. 잠자리뿐만 아니라 밥을 먹을 적에도 반찬이 유달리 많은 보스의 곁에서 먹었으며 담배를 피우는 순서에서도 종태와 상호의 바로 다음 순번이었다. 담배의 양도 혼자서 한 개비가 다 돌아갔다. 방에서 한 개비의 담배가 온전히 돌아가는 이는 종태와 상호, 그리고 애마뿐이었다. 나머지는 모두 한 개비에 세 명이 달라붙어 나눠 피웠다. 그것은 그 방의 철칙이었다. 그런 것에 이의를 제기하는 이는 한 명도 없었다. 다른 방에서는 없는 것을 누리고 있는데 몫이 조금밖에 돌아오지 않는다고 해서 굳이 불평할 멍청이는 없었다. 조금이라도 자신에게 혜택이 돌아왔기 때문에 그들은 가만있었다. 재소자들은 좁은 방 안에만 갇혀 있어서인지 조그만 것에도 내 몫을 챙기려는 아귀다툼이 자주 일어났지만 5방만은 예외였다.

그것은 이미 많은 조직을 거느려 본 종태의 사람을 다루는 기술에서도 연유하는 거였다. 사람을 혹사시키더라도 당근만 있으면 그 사람은 참을 수가 있는 것이다. 당근이 없이 혹사만 시킨다면 그 조직은 언제 무너질지 모른다. 종태는 항상 큰 건을 터뜨리고 나면 돌아온 몫에서 얼마를 떼고, 그 나머지는 전부 밑의 부하들에게 기분 좋게 나누어 주었으므로 부하들의 신뢰는 하늘을 찌를 듯했다. 이제는 종태가 다 가진다고 한들 그들은 배신하지 않을 만치 두터운 의리로 뭉쳐져 있었다. 그러나 지금은 어떤지 사정이 다르다. 종태가 영어의 몸이 되어 그들을 돌볼 수 있는 직접적인 사정거리에서 벗어나 있기 때문에, 대신에 기식이가 다 알아서 하고는 있지만 종태 만큼은 못 하리라는 것을 알고 있다.

조직의 습성이라는 것은 든든한 보스가 있어야만 비로소 큰 힘을 발휘하는 것이다. 보스의 힘을 믿고 죽을지도 모르는 칼날을 휘두르는 게 그들의 용감성이었다. 그들은 보스가 명령한다면 적지에 혼자 가는 일도 두려워하지 않는다. 뒤에서 자신을 든든히 지켜주고 있을 보스를 믿기 때문이다. 그리고 그러한 것을 영광으로 여기기 때문이다.

자신을 알아주고 그 힘을 믿어주는 보스에게 충성한다는 영웅심리에서 그 힘이 발원한다. 어떠한 거사를 했다가 윗대가리들이 잡히게 될 위험에 빠지면 밑의 졸개들이 스스로 자신이 했던 일이라고 경찰서에 자수를 해서 옥고를 치르기도 한다. 빵잽이의 관록을 쌓고 있는 동안 밖에서는 그 나름대로 교도소에 들어가 있는 기특한 후배를 위해 뒷수발을 다 해준다. 심지어 가족들과 시골에 있는 부모들까지 돌보는 것이 그들의 배려였다. 그리고 출소를 하게 되면 영웅대접을 받는 것이다. 그것이 조직의 생리였다.

종태는 조직원 중에 의리있고 충성심이 강한 놈은 씨알부터 알아봤고 또한 그를 키우는데 알게 모르게 애를 썼다. 처음에는 그러한 것이 표가 나지 않았지만 노력하면 할수록 어느덧 그러한 것이 조직의 생리처럼 받아들여졌으며, 전 조직원들이 종태의 생각을 따라주고 있었다. 나중에는 그것이 곧 법이었고 철칙이 된 셈이었는데 일단 한 번 그러한 규율이 서고 나면 절대 흔들리는 법이 없었다.

보스의 위치란 칼같이 냉철하고 판단이 빨라야 한다. 그리고 철칙에서 어긋나는 행동을 한 놈은 절대 가만두지 않았다. 일벌백계의 본때를 보임으로써 그것은 또한 조직의 강화를 위해서 한몫을 하는 것이다. 만일 조직을 배반해서 다른 조직의 끄나풀이 되는 것은 곧 죽음을 의미하는 것이다. 죽음까진 가지 않았더라도 조직생활을 할 수 없도록 발뒤꿈치의 아킬레스건을 잘라버리거나 팔과 다리 중 어느 한군데를 절단해 버렸다. 종태에게 있어서 배신이라는 단어는 일찍이 없었다. 배신을 함으로써 자신에게 어떠한 결과가 다가오리라는 것을 아는 놈은 절대 배신하지 않는다.

영등포에 있는 타 조직에서도 종태의 그러한 무서운 성격을 알고 있었다. 그가 없는 지금은 금방이라도 조직을 무너뜨리며 침입해 올 터였지만 쉽게 덤비지 못하는 것도 그러한 이유에서일 것이다. 어디까지나 눈치를 보고 있는 상태였다. 과연 종태가 형을 얼마나 많이 받을 것인가에 초점이 맞춰져 있다. 그러므로 그러한 것을 눈치 채지 못할 리가 없는 종태로서는 내심 불안을 감출 수가 없는 거였다. 자신이 이렇게 갇혀 있는 동안 서서히 조직이 와해될 것은 뻔한 이치다.

기식이 맡아 관리를 하고는 있지만 아직 기식은 전 조직원들에게 그렇게 두터운 신임을 골고루 얻고 있지는 못한 편이다. 그리고 기식의 한 가지 약점이라면 여자를 밝히는 습성이 있어 후배들이 그렇게 탐탁지 않게 생각하는 구석이 있다. 아직 기식의 위치라면 몸을 돌보지 않고 용맹을 보여야 할 터인데도 기식은 조금씩 여유를 부리고 있는 편이다. 그러니 자연 후배들의 귀감이 되진 못했던 것이다.

가장 두려운 존재는 영등포 시장파였다. 시장파를 이끌고 있는 문조는 지략이 뛰어나기로 유명하다. 일찍이 어려서부터 구두닦이 생활을 했고 꼬붕이 때부터 잔인하기로 이름이 나 있었다. 그리고 이익을 위해서라면 권모술수를 서슴지 않는 위인이었다. 인원으로 말하자면 종태가 거느리고 있는 정예 조직원보다도 50여 명이나 더 많은 200여 명이나 거느리고 있다. 시장파는 다른 어느 파보다도 시장 밑바닥의 잔챙이 장사치들까지 간섭을 해서 돈을 긁어모으는데 명수였다. 그래서 지저분하다는 평을 받고 있었지만 그런 것에는 아랑곳하지 않았다. 그리고 조직원이 되는 데에도 그리 까다롭지 않았고 전과만 있어도 조직원이 될 수 있는 실정이었다. 단지 여러 가지 이권에 개입하다보니 인원수가 크게 불어난 뿐이었지 그리 큰 힘을 가지고 있다고는 볼 수 없었다.

문조가 쉽사리 종태의 조직을 넘보지 못하는 이유도 거기 있었다. 종태가 피눈물나게 키워 놓은 조직원은 잘 단련되어 있었고, 전부가 주먹깨나 있는 놈들로만 충원되어 있었기 때문에 인원이 많다는 것으로 이긴다는 보장이 없었다. 그리고 새마을파의 일제는 영등포에 조직이 하나밖에 없던 시절부터 같이 커 온 사이여서 어느 정도 친밀한 관계였고 종태 밑에서나 같은 위치에서 있던 주먹들이 지금은 전부 영동 쪽으로 나가 있는 것도 무시할 수 없는 벽이었다. 종태가 그들에게 구원을 요청한다면 언제든지 달려올지도 모르는 것이다. 문조는 다만 종태가 얼마나 많은 실형을 받을 것인가가 궁금할 뿐이었다.

조직들은 자기 관할 내에 있는 업소에서 수시로 거둬들이는 돈만 해도 엄청났다. 그리고 간간이 원정을 뛰는 경우엔 한 번에 커다란 목돈이 만져졌던 것이다. 사소한 감정싸움에서 비롯된 복수라든가 이권에 개입했을 경우에는 그만한 이득을 챙김으로써 조직의 관리에 필요한 돈을 거머쥘 수 있었다. 업소에 들어가는 위스키용 얼음이나 안주까지 독점해서 공급을 해서 막대한 이익을 취하는 것도 그들만이 할 수 있는 것들이었다. 돈과 여자, 술은 그들이 어디를 가나 마음대로 휘두를 수 있었다.

종태는 자신이 처한 지금의 위치가 매우 애매해져 있었다. 자신의 의지대로 모든 것을 처리할 수 있는 그런 형편이 아니어서 타의에 의해 움직여질 뿐이었다, 재판이 그랬고 바깥의 일들이 또한 그랬다. 이러다가는 조직이고 뭐고, 자신은 영영 감방에서만 사는 게 아닌가 하고 생각이 들 적에는 아득한 감마저 들었다.

이제는 자신도 어쩔 수 없이 한 여자에게로 기울어지는 것인지 자꾸만 은영에 대한 생각으로 괴로워하고 있었다. 방 안에 있으면서 누워 있거나 뼁끼통으로 들어가서 담배를 피우면서도 생각의 끝은 늘 은영에 대한 생각으로 가득 차 있었는데 그건 일종의 알 수 없는 불안이었다. 누군가 그녀를 건드릴 것 같은 느낌이었다. 은영에게 그만한 자제력이 있을지도 의문이었다. 여자란 한순간에 무너지는 것이지 절대 방심할 수 없는 존재인 것이다.

이제 또 밤이 오는 모양인지 감시대 쪽에서 비추는 서치라이트가 담벼락이 있는 쪽으로 환한 불빛을 발하고 있었다. 창틀 위쪽의 바깥에 둥지를 튼 비둘기들의 꾹꾹거리는 소리가 들려왔다. 비둘기들은 창틀의 아무 곳에나 둥지를 틀었다. 그리고 밤새도록 꾹꾹거리는 소리를 냈다. 낮에 보면 그들은 얼마나 금슬이 좋았던지 하루에도 수십 번씩이나 암수 서로 입술을 부비거나 몸통 위에 올라타서 교미를 하곤 했는데 사람들이 보거나 말거나 옥상의 끄트머리에서 그짓을 했다. 그것도 아주 잠깐이었다.

낮에 배식반장이 심심하다며 비둘기 사냥을 하기 위해 양말의 털실을 풀어 덫을 놓았다. 창밖에 덫이 놓인 곳으로 밥덩이만 던져 놓으면, 옥상 위에서 재소자들의 일거수일투족을 살피던 비둘기들이 우루루 내려와 밥알을 물어뜯고 싸우기 시작했다. 그 틈에 풀어놓은 실을 잡아당겨 발목이 감긴 비둘기를 잡았다.

하얀 비둘기였다. 언젠가 옥상 위에서 암놈의 등에 올라타고 그짓을 하던 놈이 분명했다. 머리의 중간에 까만 점박이가 박혀 있는 놈이었다. 무엇을 그리도 잘 먹었는지 몸통이 토실토실했고 털깃은 윤기로 반들거렸다.

“이놈을 어떻게 할까?”

배식반장이 묻자,

“방에서 키울까요?”

천식이가 대꾸를 한다.

“야, 이걸 키우냐? 이걸 키우려면 맨날 창문을 닫아 놓고 살아야 돼. 아니면 털을 죄다 뽑아버리던지 해야 돼. 그래야 못 날아간다구. 그리구 얼마나 많은 똥을 싼다고.”

방에서 그런 말들을 나누고 있는 동안에도 순식간에 짝을 잃어버린 암놈은 건너편 옥상의 끝에 서서 방 안을 물끄러미 바라보고 있었다. 애절한 눈빛이었다. 동물이었지만 그만 놓아달라고 애원을 하는 눈빛이었는지 모른다. 어쩌면 남편을 빼앗겨버린 아낙의 표정일는지도 모른다. 비둘기는 내내 다른 곳으로 날아가지 않고 그곳에만 있었다.

"형, 그러지 말고 목에다 죄패를 하나 붙여 날려보내지, 뭐."

"죄패를 붙이면 뭐 하냐? 누가 그걸 알아준대?"

"그럼 어떻게 하려고?"

"이놈이 말이야, 항상 우리 방에서 바로 보이는 옥상에서 빠구리를 하거든. 그래서 말인데 이놈의 자지를 잘라버리는 거야. 그럼 다시는 그짓을 할 수 없겠지. 천식이, 너 소지한테 손톱깎이 좀 달란다고 그래."

"알았어요."

소지가 손톱깎이를 가져왔다. 창살 너머로 손톱깎이를 넣어주다가 방 안에서 비둘기를 잡아 놓고 있는 것을 보고는 재미있다는 표정으로 들여다보고 있었다.

"뭐 할건데."

소지가 물었다.

"아 요놈이 맨날 우리가 빤히 보는 데서 빠구리를 하길래 아예 이놈의 자지를 잘라내 버리는 거야."

소지가 픽픽 웃었다.

"아, 할일이 그렇게 없어? 죄없는 비둘기한테 그러면 뭣해?"

"눈에 거슬리는 짓을 하니까 그러제, 씨팔."

"그러면 죄 받어. 그냥 놔 주라구. 그걸 자르면 얼마나 아프겠어?"

소지는 가지 않고 계속 비아냥거리고 있었다.

"그럼, 아프라고 하는 건데 그게 무슨 상관이야."

비둘기가 배식반장의 손에 의해 방바닥에 눕혀지자 자꾸만 일어나려고 날개짓을 버둥거리고 있었다. 손등을 쪼기도 했지만 하나도 아프지 않았던지 배식반장은 하던 짓을 묵묵히 하고 있다. 비둘기의 뒷부분의 털이 헤쳐지고 두 손가락으로 살집을 누르자 바알간 것이 톡 튀어나왔는데 배식반장은 더욱 힘을 주어 최대한 튀어나오게 한 다음, 손톱깎이로 손톱을 깎듯 그것을 싹둑 잘라 버렸다. 비둘기는 깜짝 놀라 허둥대며 퍼득거리다가 배식반장의 손아귀에서 벗어났는데 금방 털빛이 불그스레하게 물들기 시작했다. 바닥을 뒤뚱거리다가 겨우 날다가 다시 툭 떨어졌다. 비둘기가 바둥거리던 바닥의 부분 부분에 피가 묻기 시작했다. 비둘기는 날지 못하고 날개만 퍼득거리며 방바닥을 휘젓고 다녔다. 비둘기가 지나간 자리에는 붉은 매직으로 꾸불꾸불한 선을 그리듯 붉은 선이 그려져 있었다.

"이놈의 자슥이, 방만 어지르고 다니네. 날아가란 말야."

배식반장은 발로 마룻바닥을 쿵쾅거렸지만 비둘기는 허둥대기만 할 뿐 날아가지는 못했다. 바닥은 점점 피빛으로 번져졌다.

"안 되겠어. 날지도 못하는 주제에…… 눈알을 뽑아버려야겠어."

배식반장이 다시 뒤뚱거리는 비둘기를 잡자 비둘기는 그윽 그윽 거리는 울음만 내뱉고 있었다. 마치 아파서 우는 사람의 눈빛을 하고 있었다. 배식반장이 비둘기를 들어 눈빛을 들여다 보았다. 그 눈은 이미 어떤 살의를 머금고 있어 눈빛에 광채가 났다.

"어이, 천식이. 아까 소지가 들여준 바늘을 줘."

"에이, 형님도. 비둘기한테 눈까지 뺄 게 뭐 있어요? 그냥 날려줘요. 눈까지 빼 버리면 안에 있는 고양이들의 밥이나 되고 말건데요."

"짜식, 이걸 즉결처형이라는 거다. 이놈은 즉결처형을 받아야 돼. 너무 색을 밝히는 놈이란 말야. 이곳에 잡혀 들어와 있는 것만 해도 억울한데 이놈까지 우릴 놀리니 화가 안 나냐? 잔말 말고 내놔."

배식반장은 숫제 고함을 쳤다. 천식이 마지못해 바늘을 주자 그는 비둘기의 머리를 잡고 바늘로 눈을 찔러 버렸다. 비둘기는 죽어라고 날개짓을 퍼득대다가 방바닥에 엎어졌다. 두 눈에 발간 핏물이 고였다. 배식반장은 이제 만족스러운 듯이 웃음을 흘리고 있었다. 정말 잔인했다. 천식은 눈을 돌리고 있었고 방안 사람들은 벽에 등을 기대고 앉아 재미있다는 듯이 히죽거리며 웃고 있었다.

"에이, 형님. 그만 놓아줘요. 너무 하잖아요."

"이제 됐어. 다시는 빠구리도 못할 거고 앞도 못 보겠지."

배식반장은 엉금엉금 기어다니는 비둘기를 들어 쇠창살 밖으로 멀리 던져 버렸다. 비둘기의 몸이 허공에 떴는가 싶더니 떨어지지 않으려고 안간힘을 쓰며 퍼득거리는 모습이 안쓰러웠다. 결국 비둘기는 날지 못하고 그대로 땅바닥에 떨어지는 거였다.

이 안에 있으면 결국 소심해지고 마음이 급해지는 것을 어쩔 수 없었다. 모든 것이 굴절되어 보이고 눈에 보이는 것까지도 온통 불만투성이였다. 아침에 기상을 하자마자 시작된 욕은 잠자리에 들 때까지도 멈추질 않았다. 그리고 여자에 대한 벗기기가 시작된다. 남자들이란 다 그랬다. 일단 여자 이야기만 나오면 뭐가 그리도 좋은지 모른다. 마치 신들린 사람처럼 이야기에 몰두하게 된다. 종태도 그랬다. 남들이 하는 여자 이야기에 정신을 쏟다가 보면 언제 한나절이 지나가 버렸는지 모를 지경이었다. 금방 눈이라도 올 것 같이 하늘이 우중충한 날이면 더욱더 은영에 대한 생각으로 가득차서 뻥끼통에 들어가 뽕가루를 흡입하며 여자 팬티를 문지르는 것으로 위안을 삼곤 했다. 여자란 남자에 있어서 본질이었다. 이곳에까지 들어와서 떨어지지 않는, 가장 곤혹스러운 문제였다. 은영에 대한 생각이 깊으면 깊을수록 뻥끼통을 찾는 횟수도 늘어갔다. 담배와 뽕과 여자 팬티. 가까이 하면 할수록 더욱 갈증만 일으키는 것들이었다. 그 중에서도 가장 소중한 것이 바로 여자 팬티였다. 아니, 여자였다. 은영이만 있으면 더 바랄 것이 없을 것 같았다. 바깥에 있는 은영에게 온통 신경이 집중되어 있을 때에는 만사가 다 귀찮을 정도로 종태는 짜증이 났다. 그리고 괜히 짜증스러움이 번지는 날엔 자신을 자제하기조차 어려웠다.

캄캄한 밤이었다. 은영이 어떤 남자의 뒤를 따라가는 것이 보였다. 그는 깜짝 놀라 가로수 뒤로 숨었다. 그리고 두근거리는 가슴을 억제하며 가만히 지켜보았다. 밤 12시가 넘은 이 시각에 어디로 가는 갈까. 지나가는 술 취한 사람들의 모습들이 보였고 그는 어렵게 그들의 뒤를 좇아갔다. 은영이는 술에 취한 듯 남자의 어깨를 붙잡고 휘청거렸다.

"아이, 어디로 자꾸 가요?

"응, 다 왔어."

"아무 데나 들어가지 뭘 그래요? 나 다리 아파 죽겠어."

남자가 어깨에 실린 은영의 볼을 내려다보고 있다. 문조였다. 종태는 다시 한 번 놀랐다. 저럴 수가. 자신도 모르게 두 주먹에 부르르 힘이 들어갔다. 둘의 말하는 태도로 봐선 이미 오래전부터 가까운 사이인 것 같았다. 문조가 은영의 어깨를 안아 자신의 몸 쪽으로 끌어당기고 있었다. 찰싹 달라붙는 나긋나긋한 은영의 몸이 순간 공중에 뜬 듯하다가 남자의 입술에

가 닿고 있었다. 어두컴컴한 나무 밑이었다. 순간 종태의 손이 자신도 모르게 종아리에 찬 사시미 칼로 갔다. 그가 칼을 뽑아 드는 순간, 그들은 바로 길 옆의 호텔로 들어가고 있었다. 은영의 까르르 웃는 웃음이 유난히 크게 들렸다. 저년이, 종태는 입속으로만 중얼거렸다. 그리고 혹시 문조의 뒤를 따르는 부하들이 있나없나를 살폈다. 아무도 없었다. 길거리에는 술에 취해 비틀거리는 행인들만 오갈 뿐이었다. 그는 그들이 들어간 호텔로 따라 들어갔다. 10여 미터 앞에 그들이 걸어가고 있는 모습이 보였다. 어느 방 앞에 가 서서 키를 비트는 순간, 종태는 달려가 문조의 등에 시퍼런 칼날을 꽂았다. 아악, 은영의 입에서 나는 외마디 소리에 놀라 종태는 눈을 떴다. 꿈이었다.

문조가 보이다니. 종태는 눈을 뜨고서도 낮잠을 자고난 후의 뜨악한 느낌처럼 기분이 좋질 않았다. 꿈이라고 하지만 별로 기분이 좋지 않았던 것이다. 하필 문조라니 말이다. 문조의 생각이 나자 종태는 저절로 고개가 가로저어졌다. 표시는 하지 않고 있었지만 속으로 진절머리가 나는 것을 느꼈다. 문조는 이미 여자가 둘이나 된다. 두 집 살림을 하고 있는 문조는 여자들이 많이 따랐다. 주먹에 혹해서 따라붙는 여자들은 물론 두 말할 것도 없이 모두 바걸이거나 호스티스들이었다. 몸매를 탐하는 문조는 일단 자신의 시야에 포착된 여자면 어떻게 해서든지 데리고 잤다. 가끔 종태는 호텔로 가다가 호텔 안에서 여자와 같이 들어오는 문조를 만난 적이 있었다. 아니, 여러 번 있었다. 그때마다 여자들은 바뀌어 있었다. 둘은 복도에서 만나더라도 눈웃음만 지을 뿐 더 이상의 대화도 없었다. 그냥 지나쳤던 것이다. 그때 본 문조의 얼굴에는 항상 거드름이 잔뜩 괴어 있었고 보란 듯이 여자를 품속으로 끌어당기고 있었다. 일종의 비아냥이었다. 종태가 보기엔 자신에게 일부러 나타내 보이는 그런 놀림이었지만 명색이 사나이끼리 그것 때문에 기분이 상할 건 없었다. 그냥 지나친 것이었지만 언제나 종태는 문조만 보면 위험스러운 인물처럼 느껴졌었다.

문조가 있는 한 영등포에서는 항상 적의가 감돌았다. 물론 문조도 종태를 두려워한 것은 틀림없는 사실이다. 질적으로 훨씬 우수한 조직력을 갖추고 있는 것도 종태 쪽이었다. 그리고 종태의 조직은 전국에서 알아주는 유명한 조직이었다. 그럴 리는 없겠지만 종태가 지원을 요청하면 전국 어디에서나 달려와 줄 만큼 그의 신용은 깊었다. 영등포 바닥에서도 문조의 조직 외에 나머지 조직들끼리는 서로 통하는 무엇이 있었다. 문조는 인원수가 많다는 것을 무기로, 그리고 잔인함을 무기로 해서 외톨박이로 자생해 나가는 처지였다. 그렇다고 이미 클 대로 커 버린 문조의 조직을 뭉개 버리는 것은 어려운 일이었다. 가끔 밑의 아이들끼리 사소한 일로 시비가 붙는 일이 있었지만 어디까지나 그 선에서 해결이 될 문제들이었다. 싸움이 크게 번지는 것은 서로가 피하고 있는 처지였기 때문이다.

종태는 간밤에 한숨도 자지 못했다. 눈을 감고 있어도 은영에 대한 생각으로 잠은 어디론가 달아나 버렸고 정신만 말똥했다. 잠을 청하려고 노력을 하면 할수록 정신은 맑아졌고 감시대의 경교대원이 두 시간마다 근무교대를 하는 복창소리를 서너 번 들었던 것 같다.

창밖으로 희뿌연하게 밝아 오는 아침을 느끼다가 얼핏 잠이 들었던가 보았다. 아침에 일어나니 입안이 깔깔했다. 마치 모래를 씹은 것처럼 입안이 꺼끌거려서 아침밥도 입에 대지 않았다. 뻥끼통에서 쓰디쓴 담배를 한 대 피우고는 다시 잠에 떨어졌다.

점심시간에 일어나 아침 겸 점심을 먹었다. 아직도 머릿속은 텅 빈 것 같았다. 상호가 그릇에 계란 노른자를 푼 것에다 참기름을 떨어뜨린 것을 가지고 왔다. 그것을 먹고나자 면회왔다는 소지의 접견표 쪽지를 받았고 그는 복도로 나갔다. 바깥의 바람은 몹시 차가웠다. 간밤에 기온이 영하 10도 가까이나 떨어졌다는 말을 들었다. 아침에 세면장으로 세면을 하러 나가는 재소자들의 어깨도 잔뜩 움츠려 있었다. 다른 날 같으면 담당의 눈을 피해 가려운 머리를 몰래 감는 재소자들이 있었으나 오늘같이 추운 날에는 찬물에 머리를 감는 것조차 하지 않았다. 담당들도 오늘같이 추운 날에는 아예 머릴 감는 것에 신경을 쓰지 않았고 대신 빨리 세면시간이 끝나기를 기다리는 눈치였다. 세면을 시키러 지원근무를 나온 담당들은 재소자들이 빨리 세면을 끝낼 것을 재촉하고 있었다. 조금이라도 늦게 나오는 재소자들이 있으면 워커발로 문짝을 쿵쿵 차거나 손으로 탕탕 치면서 빨리 나오라고 소리를 쳐댔다.

면회실로 들어서자 은영이 들어왔다.

종태는 얼른 은영의 옷차림새부터 살폈다.

"왔어?"

"예, 밖에는 굉장히 추워요. 어젯밤은 영하 15도였대요. 올해 들어서 젤 추운 날씨라나요. 안에는 안 추워요?"

"왜 안 추워, 이불만 덮고 자는데. 요즘 기식이가 안 오는데 무슨 일 있나?"

종태는 우선 궁금한 것부터 물었다.

"…… 모르겠어요. 얼마 전에 시골에 한 번 갔다가 온다고 내려갔는데 아직 안 올라왔어요."

"무슨 일로 내려갔는데?"

"몰라요. 저한텐 그 말밖엔 안 했어요. 금방 올라올 거라고 말은 했는데……."

"……."

종태는 말이 없었다. 그 대신 은영의 얼굴만 뚫어지게 쳐다보고 있었다.

"변호사한테 정확히 얼마나 갖다줬어?"

"충분히 갖다줬어요. 그걸 알아서 뭣해요? 밖에서 다……."

"나도 알아야 할 거 아냐? 말로만 자꾸 그러니까 내가 얼마나 답답해."

"당신, 왜 그렇게 화를 내고 그래요? 안에 있는 사람한테 신경 쓰이게 하고 싶지 않아서 말을 안 하는 거예요."

"그게 확실해? 내가 생각하기로는 1심에선 도저히 나가기가 힘들어. 그런데 변호사의 염려 말라는 말을 어떻게 믿을 수 있겠어?"

"당신, 오늘따라 왜 그렇게 나한테 화를 내요? 나도 밖에서 뛸 만큼 뛰어다니고 있다구요."

"그게 뛰어다니는 거야? 뭔가 숨기고 있는 거 아냐? 돈도 그만큼 다 갖다준 게 아니고 덜 갖다준 거 아냐? 그리고 기식이 이새끼, 나한테 면회를 왔을 때 지방에 내려간다는 말은 하지도 않더니, 왜 갑자기 시골은 갔지?"

"…… 그건 모르겠어요. 나는 애기한 줄로만 알았죠. 난들 밖에서 왜 답답하지 않겠어요. 최선을 다하고 있어요. 당신, 괜히 필요 없는 신경을 쓰고 있으니까, 그렇죠."

종태는 가슴이 답답해진 듯 눈알만 부라리며 은영일 노려보고 있었다. 은영은 그런 종태를 쳐다보다가 얼른 시선을 내렸다.

"너, 무슨 일이 있는 거 숨기는 거 아냐?"

"내가 뭘 숨겨요? 당신도 참……."

은영이 종태를 쳐다본다. 종태는 그 눈빛에서 무언가를 찾아내려는 듯이 똑바로 쏘아보고 있다. 둘의 눈싸움은 한참이나 계속되었다. 누가 이기나 오기로 다투는 듯한 눈싸움이었다. 결국 종태가 지고 만다. 종태는 손을 올려놓았던 시멘트 턱에 주먹을 들어 힘껏 내리찍었다. 그 바람에 옆에서 접견내용을 기록하고 있던 담당이 깜짝 놀랐다.

"내, 씨팔, 나가면 모두 죽여 버릴 거다. 내가 이 안에 있다고 곧 죽는 게 아냐. 내가 이 안에 있다고 니도 좀 삐딱하게 나가는데 잘못하면 죽어."

"내가 뭘 잘못했다는 거예요? 밖에서 고생을 하는 내게 위로는 못 해줄망정 이렇게 하는 법이 어딨어요?"

은영은 고개를 푹 숙였다. 그녀는 우는지 어깨가 들썩거렸다.

"고개 들어. 그리고 너, 탄원서 올렸어?"

"아직……."

"너, 말만 그렇게 해놓고 아직까지 그것도 안 올렸잖아? 그렇게 해 놓고도 나보고 믿고만 있으라고? 니들이 밖에서 날 놀리는 거야, 뭐야?"

"올릴게요."

"됐어. 안 올려도 돼. 니들 맘대로 해. 나가면 다 죽여 버릴 테니까."

"왜, 죄없는 기식 씨까지 그러고 그래요?"

"……."

종태는 눈을 크게 떠 보였다. 기식 씨라니? 종태가 처음 들어 보는 말이었다. 은영인 평소에 기식을 부를 때, 기식이라는 사람이라고 불렀다. 그런데 언제부터 그렇게 다정다감하게 불렀지. 그렇게 묻고 싶었으나 참았다. 대신 두 주먹에 불끈 힘을 주었다. 마음 같아서는 앞에 있는 유리를 깨어 버리고 싶었지만 참았다.

"알았어, 가봐."

종태는 아직 벨이 울리지 않았는데도 문을 쾅, 닫고 밖으로 나와 버렸다. 밖으로 나와 면회가 끝난 사람들의 대기실로 오자 속에서 끓어오르는 분노 같은 것이 치솟아 올랐다. 분명 은영은 변해 있었다. 적어도 그렇게 느껴졌다. 자신이 없는 사이에 그녀의 표정이 변해 있었고 마음이 변해 있었고 어딘가가 변해 있었다. 어젯밤 자신이 한숨도 자지 못하면서 골몰했던 문제가 그대로 눈앞에 드러나자 미쳐 버릴 것 같은 분노가 부글부글 끓어올랐다. 자신이 이때까지 믿고 키워 온 개가 주인을 몰라보고 물어 버린 것처럼 배신감으로 아찔하도록 혼미해지고 있었다. 대기실에 앉아 있는 동안 아는 담당이나 재소자들이 그 모습을 봤더라면 얼마나 창피한 일이겠는가. 그는 한복의 옷섶을 꽉 쥐었다가 놓는 것으로 자신의 감정을 풀어헤치고 있었다. 눈을 어디에다 두어야 할지 몰랐다. 자신이 면회하는 모습을 본 사람은 아무도 없었는데도 그는 괜히 불쾌한 감정이 들었고 마치 그것을 알고 있는 것처럼 앞에 앉아 있는 재소자의 웃는 얼굴에다 주먹세례라도 퍼부어 버리고 싶었다. 아직 사방으로 인솔하려는 기미는 보이지 않고 있었다. 재소자들을 인솔하는 경교대나 직원들은 한쪽에 모여 서로 히히덕거리며 농담을 주고받고 있었다. 마치 종태의 약이라도 올리려는 듯이 더욱 크게 웃고 떠드는 소리에 울화통이 치밀었다.

"이제 면회가 끝난 사람들이 꽉 찼으니 나갑시다아."

종태가 버럭 소리를 지르자 그때까지 떠들며 웃고 있던 담당과 경교대원들이 뚝 웃음을 멈췄다. 그리고 소리가 난 쪽을 돌아보았다.

"나요, 내가 그랬소, 빨리 방으로 들어갑시다."

"재소자가 뭔데 가자말자 소릴 치는 거요?"

경교대가 종태에게 다가왔다. 종태가 가만히 있자 경교대는 아니꼽다는 투로 워커발로 종태가 신은 검정고무신 코끝을 툭 찼다.

"……."

종태가 눈을 치켜떴다.

"눈을 치뜨면 어떡하겠다는 거요? 요즘은 재소자들이 너무 군기가 빠졌어?"

경교대가 비아냥거렸다. 종태가 벌떡 일어섰다.

"야, 너 도대체 몇 살이야? 한참 형님 보고 말을 함부로 하고 그래?"

종태도 만만치 않았다. 경교대는 약이 올랐는지 더욱 기를 썼다.

"이런 말 듣지 않으려면 여기 들어오지 않으면 될 거 아냐? 왜 이런 데 들어와서 나한테 그런 말 들어."

"이 새끼가."

종태가 주먹을 번쩍 들었으나 마침 달려온 담당에 의해 제지되고 말았다. 가만히 보니 아는 담당이었다. 그 담당은 저번에 2동 하에 교대담당으로 근무를 들어온 직원이었다.

"야! 경교대. 저리 가."

담당이 소릴 쳤으나 경교대는 물러서지 않았다. 오히려 씩씩대며 종태 쪽을 노려보고 있기만 했다. 감히 재소자인 주제에 하는 그런 눈초리였다.

"야, 넌 몇째 뻘되는 동생밖엔 안 돼. 한 번 붙어 봐?"

그 말을 듣자 다시 경교대가 달려들 기세를 보였으나 고참 경교대원이 그를 눈짓으로 말리고 있는 게 보였다. 그 고참은 종태가 이곳에서 어떠한 인물이라는 것을 아는 눈치였다. 고참이 그 경교대를 데리고 밖으로 나가는 것이 보였다.

“으이그, 저걸 그냥…… 정말 미치겠네.”

“종태 씨가 좀 참으쇼. 아직 나이가 어린 군인인데 뭘 그러쇼.”

“아니, 담당님. 지가 나이가 얼마나 먹었다고 나한테 막 반말을 하느냐 말요? 밖에서 같으면 한방에 끝내 버릴 텐데 참 징역이니까 좋은 거지. 정말 미치겠네.”

“됐어요, 아직 몰라서 그러니까 대신 참으쇼.”

담당은 종태에게 참으라는 충고를 하고 있었다. 종태는 그래도 담당이 참으라는 말에 어느 정도 진정이 되는 듯했다. 그러나 아직까지 완전히 화가 풀린 건 아니었다. 벗으려다가 그만둔 웃옷을 다시 껴입으며 도로 자리에 앉았다. 그러자 담당은 다시 종태에게 타이르고 있었다.

“아직 신참이라 아무것도 몰라서 그런 거요. 고참이 밖으로 데리고 나갔으니까 알아듣도록 교육을 시킬 거요. 안에서는 그럴 수도 있는 거 아뇨?”

“아무리 그래도 그렇죠? 나이도 몰라보는 그런 싸가지없는 놈이 어딨습니까? 지는 집에 형님도 없답니까? 생각 같아서는 한방 먹여 줘야 직성이 풀리는데.”

“아아, 됐어요. 징역을 살다보면 그런 일이야 왜 없겠소? 내가 방까지 데려다 줄 테니까 나갑시다."

직원이 밖으로 나가자 종태는 마지못해 일어섰다. 밖으로 나오자 아까 싸웠던 경교대가 고참에게 훈계를 듣느라 부동자세를 취하고 있는 것이 보였다. 종태는 지나가려다가 말고 그 경교대의 명찰이라도 보려는 듯이 멈춰서서 빤히 바라보고 있었다.

"야, 사람을 똑똑히 보고 이래라 저래라 해! 내가 여기 들어와 있으니까 사람처럼 보이지 않어? 사람을 잘 알아보고 말을 지껄이란 말야!"

"아니, 왜 그래요? 자, 갑시다."

종태는 억지로 끌리다시피 그 자리를 떠났다. 담당이 사방 안에까지 들어왔다. 종태는 방 가까이 가자 상호를 불러 먹을 것을 내놓으라고 소릴 쳤다.

"형님, 무슨 일이 있었습니까?"

상호가 얼른 물었다.

"아니, 개새끼 같은 놈들이 나보고 이래라 저래라 지시를 하잖아? 아직 머리에 피도 안 마른 경교대 새끼가 말이야."

상호는 얼른 먹을 것을 밖으로 내놓으며 말문을 열었다.

"어떤 놈입니까, 그 놈이."

"아냐, 아직 신참이라 잘 몰라서 그랬던 거야. 별 거 아니야."

종태를 인솔해 왔던 직원이 말했다.

"아니, 담당님. 경교대 애들은 하나같이 버릇이 없어요. 우리 형님한테 그런 말을 쓰다니 그걸 그냥 가만 둬요?"

"됐어. 그래서 내가 직접 데리고 왔잖아."

종태는 자신을 데리고 와 준 담당에게 먹을 것을 건네고 있었다. 담당도 그냥 가기가 뭐했던지 난로 옆에 서서 오징어를 구워 먹고 있었다.

"종태 씨, 경교대들은 아직 아무것도 몰라요. 우리들이야 재소자들 중에 누가 누군지를 알지만 그 애들이야 뭘 알겠어요. 모르고 한 말이니까 참아요."

"뭔데."

이번에는 2동 하 담당이 물었다.

"아닙니다."

종태는 굳이 사방 담당에게까지 알리고 싶진 않았다.

"왜 그래? 밖에서 싸웠냐?……."

담당은 이미 눈치를 긁고 있었지만 대충 말을 그렇게 끝내 버리고 말았다. 분명히 면회를 나갔다가 경교대원과 가벼운 시비라도 있었던 모양이라고 짐작을 하는 그였다. 이곳에 근무하는 직원들은 대충 눈치만 보고서도 알아차리는 것이다. 그게 고참 직원의 경륜이었다. 알면서도 짐짓 모른 체하는 거였다.

"별 거 아닙니다. 대기실에서 경교대가 모르고 실수를 한 것인데…… 서로 말다툼을 좀 했습니다."

종태를 데리고 온 직원이 그렇게 말했다.

"뭐, 경교대야 의무군인이니까 함부로 말을 하는 수가 더러 있지, 알겠어. 종태를 몰라 봤는가 보지?"

"예."

종태는 그냥 가만히 있는데도 자신을 데리고 온 직원이 모두 다 알아서 대답을 하고 있었다. 사실 그랬다. 군인의 신분인 경교대원들은 방에 검방을 와서도 나이 많은 재소자들에게 반말지거리를 찍찍 해댔으며 검신을 할 적에는 무슨 장난거리를 하듯이 팬티까지 홀랑 벗기고 물건을 감상하는 거였다. 재소자들이 검신을 받기 위해 복도의 바닥에다 깐 얇은 카펫 위에 맨발로 서 있는데도 먹을 것을 달래서 먹으면서 시간을 질질 끌곤 했던 것이다. 정말 안하무인격이었다. 심지어는 나이먹은 사람이 뭐 그리 대단한 물건도 아닌 것을 갖고 있다가 발각이라도 되면 구둣발로 툭툭 차가며 문제 삼곤 했다. 재소자와의 사소한 시비는 자주 일어났다. 그러나 끝에 가서 불리한 건 역시 재소자였다. 그들은 자기한테 덤빈다고 재소자들을 관구실로 끌고 갔으며 관구부장도 역시 직원의 편을 거들건 뻔한 이치였다. 일단 관구실로 불려 가면 어떤 트집을 잡아서라도 혼쭐이 나는 건 재소자임에 틀림이 없었다. 코에 걸면 코걸이가 되고 귀에 걸면 귀걸이가 되는 게 이곳 징역의 관규였고 또한 규범이었다. 강한 것도 풀면 약한 것이 되었고 약한 것도 일단 문제를 삼으면 커지는 사건이 되곤 했다.

종태는 하루종일 기분이 나빴다. 그는 은영이가 다녀간 후로 갑자기 침울해져 있었다. 아침밥도 먹는 동 마는 둥 몇 숟가락 뜨질 않았다. 방 안의 분위기가 보스에 의해 좌우되었으므로 사람들은 예전처럼 까불어대거나 함부로 장난을 치지 않았다. 그들은 모두 슬금슬금 눈치를 보고 있었다. 그러나 종태는 사람들이 자신의 눈치를 보는 것이 눈엣 가시처럼 보였다. 무슨 일을 하더라도 일단 종태의 눈치부터 살피는 데엔 울화가 치밀 정도로 신경이 날카로워졌다. 그는 이유없이 소릴 꽥 질렀다.

"야, 이새끼들아! 누가 느희덜더러 눈치를 보랬어? 왜 자꾸 흘끔거리고 눈치를 보느냔 말야!"

방 안은 일순 쥐죽은 듯이 고요해졌다. 전부 고개를 숙이고 방바닥만 보고 있었다.

"야, 정말 미치겠네. 내가 뭐란다고 또 방바닥에다 고갤 처박냐? 니들 정말 그럴래? 아우, 정말 못 참겠네."

종태는 가슴이 답답한지 주먹으로 자신의 가슴께를 쳐댔다. 그러나 사람들은 더 찔끔대기만 할 뿐, 눈만 껌뻑거리고 있었다.

"형님, 고정하십시오. 조금만 참으면 우리도 나갈 겁니다. 형수씨가 그런다고 형님까지 그러면 어쩝니까?……."

"……."

종태는 담요 위에 퍼질러앉아 아래를 내려다보고 있었다. 불끈 쥐어진 주먹은 아직 펴지질 않고 있었다. 무엇을 내려치기만 한다면 그대로 뼈가 으스러질 것처럼 단단히 쥐어진 주먹이었다. 주먹의 불쑥 튀어나온 손마디의 관절 있는 데가 굳은살이 단단하게 박혀 있었다. 종태는 한참을 그러고 있다가 눈을 치켜들었다. 창밖을 보려고 했지만 우중충한 비닐로 된 창문으로는 하늘을 볼 수가 없었다.

종태는 일어나 창문 곁으로 다가갔다. 창문을 홱 힘있게 밀어붙였다. 평소에는 틀이 제대로 맞지 않아 빡빡했는데 종태가 힘을 주자 갑자기 문틀 끝으로 달려가 쾅하고 부딪혔다. 허술한 창문이 부서질 것 같았다. 일순 차가운 바람이 얼굴로 확 들어왔다. 그나마 사람의 온기가 남아 있던 방 안엔 급랭하는 추위가 섞여 들어왔다.

하늘은 또 눈이 올 것처럼 잿빛 하늘이다. 우중충한 하늘. 옥상 위에는 비둘기들이 서서 방쪽을 내려다보고 있다. 오늘따라 비둘기들도 극성스럽지가 않다. 아마 눈이 오려는 모양이다. 비둘기들의 까만 눈빛이 보일 듯하다. 그 거리는 적어도 30미터 이상 되었지만 비둘기의 눈빛이 유난히 까맣다는 것을 볼 수 있었던 것은 왜일까.

미리 그렇게 생각을 해서인가. 아니면 정말 그렇게 느껴졌던 때문일까.

종태는 크게 가슴을 부풀려 심호흡을 한 번 하고도 모자라 다시 크게 숨을 들이쉬고 있었다. 눈알이 벌개지도록 무엇엔가에 대한 사무침이 눈으로 올라오고 있었다. 그것이 애정인지 아니면 원한인지 모른다. 이때까지 자신이 세상을 살아오면서 좌절이나 패배 같은 것을 맛 본 적은 없었다. 어떻게 해서든지 상대를 땅바닥에 눕히고서야 직성이 풀렸던 그였다. 조직생활에서는 2등이란 것도 패배를 의미하는 거나 다름없었다. 종태는 절대 2등은 하지 않았다. 자신의 몸집에 무수히 드러나 있는 칼집도 결국은 자신이 이때까지 목숨을 걸고 쌓아올린 훈장이었는지 모른다.

그가 정말 위험했던 때는 여수로 밀수를 하는 국제파를 도우러 내려갔다가 여수 황금파와의 싸움에서 가슴의 중앙 부분에서 조금 빗나간 부위에 30센티의 사시미를 맞았을 때였다. 요행히 심장을 조금 빗나갔기에 살아났던 것이다. 그 일을 한 대가로 종태는 일생에 가장 큰 돈을 만져볼 수 있었다. 시골의 산속 암자에 숨어서 혼자 치료를 하던 그때의 암울했던 기억보다도 더 가슴이 아파왔던 것은 순전히 은영에 대한 염려 때문인지도 모른다. 종태는 쇠창살을 노려보았다. 한 번 주먹으로 치면 엿가락처럼 휘어버릴 것 같은 적의가 번득거렸다. 아무리 생각을 해도 눈알의 쓰라림이 눈을 껌벅거리게 만들고 있었다.

남자가 여자 때문에 울진 않는다. 그는 뼁끼통으로 들어가 담배를 피워 물었다. 어둠 속에서 불꽃을 일으키며 타들어가는 것을 바라보며 온몸에 소름이 돋는 것을 느꼈다. 자신이 이때까지 쌓아올린 모든 것들이 허무하게 느껴졌다.

"형님, 기식이 하고 형수씨가 그렇다는 걸 아직은 확실히 모르니까 좀 더 두고 보죠."

"내 예감이 맞아. 틀림없어. 기식이가 시골로 내려갔다고 하면서 면회를 오지 않고 있는데 그놈은 시골로 내려가지 않았어. 그건 내가 알아. 그놈은 거짓말을 하고 있는 거야……."

"…… 형님. 일단 믿어 보자니까요? 그러다 그게 저엉 사실이라면 나도 나가면 그놈을 가만두지 않을 겁니다. 좀 더 기다려 보면 확실한 걸 알 수 있겠죠."

종태는 그러한 말을 하는 상호를 노려보고 있었다. 눈빛이 어딘지 모르게 살벌했다.

상호는 더 이상 말을 하지 않았다.

"……."

종태는 그저께 2동 하 담당을 은영의 술집으로 보내 은영에게서 어떠한 낌새를 알아오도록 부탁을 했었는데 은영과 기식이가 춘천을 갔다는 말을 들었다. 밤 10시쯤에 춘천을 갈 일이 있을 턱이 없었다. 담당은 은영이가 없는 술집에서 그 밑의 동생들이 마지못해 베푸는 듯한 술대접을 받고 떨떠름하게 돌아왔던 것이다. 기식이가 배신을 하다니. 물론 은영도 마찬가지였다. 자신은 지금 재판에 앞서 중차대한 시점에 놓여 있는데 둘이서 밤에 춘천을 갔다는 것은 도저히 용서할 수 없는 일이었다. 그들은 지금 종태가 중형을 받으리라는 것을 머릿속으로 계산을 하고 있는 모양이었다. 그리고 그 밑의 동생들을 포섭하여 자연스레 자신이 보스가 된 것처럼 행동하고 있다. 종태가 없을 때부터 줄곧 기식이가 조직을 맡아 왔었다. 은영이 모든 조직의 자금을 관리하고 있었다. 종태는 조직과 자금줄을 고스란히 빼앗겨 버린 것이다. 이제 자신은 절해고도에 팽개쳐진 것처럼 날개 잃은 독수리에 불과한 존재였다. 지금 변호사를 산 것은 형식에 지나지 않았다. 재판은 이제 지금부터 시작일 텐데 기식과 은영이 그렇게 자신을 배신해 버리자 이젠 도무지 기댈 데라곤 없었다. 종태는 뺨이 얼얼하도록 바람을 맞고 서 있었다.

새마을파의 보스인 일제를 불러 이 문제를 해결하라고 부탁을 해볼까하고 생각을 했다가도 그만 생각에서 지워 버렸다. 그렇게 되면 자신의 비참함만 드러내 보이는 꼴이 되어서, 그는 얼른 다른 곳으로 생각의 말머리를 돌리고 말았다. 일제와는 강종만 형님이 있을 때부터 그 밑에서 칼쓰는 법을 배웠다. 종만이 형님이 부산에 내려갔다가 무참하게 살해를 당하고 나서 일제가 그 뒤를 이었고 종태는 역전을 중심으로 한 새로운 조직을 만들었던 것이다. 그때 종태가 조직을 만드는 데에 일제가 음으로 양으로 도와줬던 것은 잊을 수 없는 일이다. 그래서 종태도 일제가 궁지에 처했을 때마다 도와준 일도 있다. 그러나 지금 이 순간 자신이 처한 곤경은 사뭇 다른 것이다. 뭐라고 말로 할 수 없는 여자와의 관계도 끼어 있었으며, 더구나 기식이는 일제의 밑에서 일을 하다가 밑의 동생을 허무하게 죽게 만든 불상사로 인해 조직에서 방출된 놈이었다.

일제가 강원도로 원정을 갔을 적에 기식은 동생들을 데리고 인천으로 술을 먹으러 갔다가 어이없는 싸움으로 인해 동생을 잃고 돌아왔다. 그는 그 책임을 지고 조직에서 물러난 것이었다. 그러나 그것은 기식을 아끼는 일제의 배려였다. 분명히 그에 마땅한 책임 추궁이 있어야 했으나 일제는 다만 그를 조직에서 떠나는 것만으로 문제를 더 이상 삼지 않았다. 그러니 기식과 일제가 미리 어떠한 언질이 없었다고는 장담할 수 없는 일이다. 아니, 정확히 말하자면 기식은 미리 일제에게 그러한 양해를 구해 놓고 일을 밀어붙이고 있는 중인지도 모른다.

종태는 거기에까지 생각이 미치자 갑자기 속에서 치미는 무엇으로 인해 얼굴까지 화끈거렸다. 자신이 이제 받게 될 형량은 적지 않을 것이다. 요즘 사회 분위기로 봐서도 조직폭력배의 살인에 대해 판사가 곱게 볼 리는 없었다. 어쩌면 법정최고형이 내려질지도 모른다는 생각이 들 때마다 종태는 저절로 가슴이 섬뜩했다. 사형까지는 가지 않더라도 무기나 15년 형이 될지도 모른다. 자신의 나이에 그만큼의 세월을 얹는다는 건 차마 생각하기도 싫었다. 구치소 안에서 늙어버린다는 말이 전에는 장난처럼 들렸는데 지금은 그렇지 않았다. 자신이 언제 그러한 처지가 되어 버릴지 모르는 일이다.

이 구치소에도 우발적인 살인으로 인해 11년째 출역을 하고 있는 재소자가 있다. 양재공장에 출역하는 양 씨는 원래 건달이었다. 젊었을 때의 젊은 혈기로 칼을 잘못 썼다가 사람을 죽이고 들어와 무기를 받았다가 몇 번의 정권이 바뀌면서 감형이 되어 15년이 되었지만 11년 째 징역을 살고 있으면서도 아직 나가질 못하고 있다. 들리는 말로는 올 겨울 크리스마스 특사로 나갈 거라고 하지만 이미 그이의 나이는 40대 중반을 넘어서고 있었고 오랜 징역살이 끝에 지금은 성한 이빨 하나 없이 잇몸으로 밥알을 씹고 있었다. 종태는 가끔 목욕을 하러 양재공장을 지날 때마다 배식반장에게 먹을 것을 들려 양재공장에다 던져 주도록 하곤 했다. 그이는 종태가 목욕을 하러 오는 날을 어떻게 알고는 매번 밖에 바람을 쐬러 나와 서 있다가 고맙다는 인사와 함께 씨익 웃었다. 그럴 때마다 이빨 없는 그의 웃음을 보면 얼마나 우스웠는지 모른다. 그이는 그런 종태를 보면서 하나도 부끄러움 같은 것을 가지질 않았고 어떤 날은 가까이에서 종태의 손을 덥석 잡을 때도 있었다.

"종태 씨, 나가면 내가 한 번 찾아가리다. 나가 봐야 나는 이미 늙었고, 그렇다고 마누라 하고 자식새끼들은 전부 다 도망을 가버리고 없는 마당에 어디 마땅히 갈 데라곤 없는 몸이 아니겠어? 세상도 많이 변했을 거고…… 나가면 술이나 한 잔 사 주시구려."

"아, 예. 그러지요. 술이라면 뭐 마음껏 못 사 주겠어요?"

"그래도 내가 옛날에 주먹을 쓰던 놈이라는 걸 알고 일부러 이렇게 마음을 써 주니 참말로 고맙소."

그는 진정으로 고마워했다. 종태는 단지 의리감에서 한 것뿐이었는데 그는 정말로 고마워하고 있었던 것이다.

사람이란 자신이 살아가는 동안에 어떻게 변할지 모르는 존재인 것이다. 우연한 기회에 감정에 치우쳐 사람을 죽이는 경우도 있었다. 특히 치정에 얽힌 살인이 그런 류이다. 벌건 대낮에 요조숙녀인 줄로만 알았던 자기 부인이 여관에서 다른 남자와 알몸으로 뒹굴고 있는 것을 보고 칼을 뽑아들지 않을 남자란 없을 것이다. 살인이라고 해서 특별히 악한 마음을 먹고 의도적으로 하는 것은 그리 많지 않았다. 이곳에서 보면 전부 자신의 감정을 이기지 못해서 저지른 살인이 더 많았다.

지금 여사의 독방에 있다는 한 재소자는 남편이 하도 바람을 피우고, 술을 먹고 들어와서는 마치 개 패듯이 자신을 패대는 것을 이기지 못해서 남편이 잠든 틈을 타서 목에다 칼을 꽂아

버렸다. 그 뒤부터 미쳐 버려서 재판정에 나가서도 판사에게 오빠라고 불렀다. 또한 비가 오는 날이면 창살을 붙잡고 우는 소리가 이곳 남사에까지 들려왔다. 그 여자는 조금만 달빛이 밝아도 울었고 비나 눈이 와도 울었으며 저번에 남사에서 서로 방 안에서 싸우다가 사람이 죽어버리는 전날 밤에도 그렇게 슬피 울었다. 보안과에서는 그녀가 울면 그리 달가워하지 않았다. 판사가 신문을 할 때마다 그녀는 자꾸 개를 죽였다고 항변했고 국선변호인이 아무리 알아듣도록 설명을 해도 그녀는 막무가내로 개를 죽였다고 우겨대고 있었다. 재판은 자꾸 연기대다가 결국 그녀는 정신감정을 받았고 치료감호 처분을 받았다.

살인을 저지른 사람들의 사연은 가지각색이었다. 남자들보다 여자들의 경우가 더 그랬다. 여사에 있는 젊은 여자는 남편이 바람을 피우며 집안을 아예 거들떠보지도 않자, 혼자 살아가려고 애를 쓰다가 정신이 돌아버린 여자였다. 그래서 아직 어린애들을 데리고 한강으로 나가 강물에 한 놈씩 빠뜨려 죽였는데 재판을 받을 때에도 그녀는 전혀 죄책감이 없었다. 판사가 물으면, 자꾸 먹을 것을 사 달라고 졸라서, 자꾸 칭얼대고 울어서 라는 말을 했다가 나중에는 보따리가 무거워서 강물에 던져 버렸다는 등 그야말로 횡설수설하고 있었다. 사람은 무엇으로 사는가. 근본적으로 그러한 물음을 제기시키는 곳이 이곳 구치소였고 교도소였던 것이다.

종태는 이렇게까지 자신이 비참해져 보기는 처음이었다. 그동안 몇 번이나 교도소를 들락날락거렸지만 그것들은 전부 1년 아니면 2년, 3년이었다. 그러한 것은 오히려 훈장감이었고 정신수양을 하는 그런 거였다. 어떤 때는 큰 사건을 저지르고 일부러 교도소엘 들어와 피신해 있는 경우도 있었다. 사소한 폭력 사건이나 음주에다 남의 차를 박아 교통법으로 들어와서는 큰 사건이 잠잠해질 때까지 이곳에 들어와 피신해 있기도 했던 것이다. 그러면 경찰들의 눈을 따돌릴 수가 있었다.

그러나 지금은 그렇지 않았다. 만일 자신이 바깥에 있었더라면 절대 이러한 일이 일어나지 않았을 뿐만 아니라 자신이 수습할 여력이 있었지만 지금의 상태는 전혀 손을 쓸 수 없는 상태가 돼버린 것이다. 자신이 가장 신임했던 두 사람에 의해 배신을 당하고 보니 어떻게 손을 쓸 도리가 없었다.

"야, 상호. 내청의 박 씨가 오면 나한테 일러."

"왜요? 뭐 부탁할 거 있습니까?"

"아니, 그냥."

박 씨는 매일 방 앞에 나타나서 먹을 것을 가지고 갔고 또 담배를 몰래 넘겨주고 있었다. 그것은 이때까지 한 번도 들키지 않고 잘 이루어지고 있었다. 사방에서 부탁하는 것은 뭐든지 가지고 왔다. 없는 것도 만들어 갖고 나타났다. 그러면 그들이 원하는 것만 주면 그들은 더 이상 바랄 것이 없었다. 그들이 원

하는 것은 주로 먹는 것과 영양제와 내의였다. 그것들은 지금 종태의 방 안에 넘칠 정도로 많았다.

"상호, 너 이번에 나갈 거 같냐?"

종태의 느닷없는 질문에 상호는 약간 당혹해 하고 있다. 눈만 멀뚱거리고 있었다.

"이번에 재판을 받으면 나갈 거 같으냐 말이다."

"글쎄요, 잘 하면 나갈 것도 같고…… 어쩌면 못 나갈 것도 같습니다."

"왜?"

"아무래도 피해자가 검사한테 나쁘게 진술을 해놔서요. 전에 검사실에서 조사를 받을 때 미리 동생들한테 피해자가 검찰청으로 못나오도록 막으라고 지시를 해왔는데 나왔더라구요. 그래서 조사를 받다가 그놈한테 막 욕을 했더니 검사가 아주 밉게 보더라구요. 아마 1년 정도는 살 각오를 하고 있어요."

아마 조사를 받다가 검사한테 대드는 건 조직폭력배나 사기꾼들밖엔 없을 것이다. 조직폭력배들은 남아 있는 조직의 힘을 믿고 대들었고 사기꾼들은 사기친 돈의 액수를 줄이려고 일부러 검사하고 붙어 입씨름을 벌리는 것이었다. 실랑이를 하다가 기한에 쫓긴 검사들은 흔히 액수를 낮춰 사건을 종결짓고 말았다. 일단 조사가 끝나도 판사 앞에서 재소자가 먼저 불었던 액수를 더 이상 번복하지 않도록 미리 일침을 놓기도 했는데 그것은 웬만한 액수에서 합의를 하는 수밖에 별도리가 없었다. 검사가 일부러 액수를 낮춰 주면서 빨리 사건을 해결하기 위한 방법 중의 하나였다.

상호는 내청에 청소를 하러 오자 박 씨를 불렀다. 상호가 창문에 서 있기만 해도 천천히 다가올 그였다. 오늘은 상호가 무엇을 부탁하려는 것일까. 그는 미리 호기심이 잔뜩 어린 얼굴을 창살 곁으로 디밀었다. 종태가 일어나 창문으로 다가갔다.

"박 형, 요즘 어떠시우?"

"뭐, 그저 그렇지 뭐. 나야 아직 형기가 많이 남아 있어서 가출옥이나 바랄 처지도 아니구, 그저 맨날 밥이나 먹고 똥이나 싸는 거지 뭐. 뭐 필요한 거 있나?"

박 씨의 눈치는 빨랐다. 미리 종태의 의도를 알아차린 것이다.

"박 형, 쇠톱 하나 구해 주시겠수? 방에서 과일을 깎아 먹으려고 하니 여간 불편하지 않아서 말이우."

박 씨의 눈이 둥그래졌다. 쇠톱날이라니까 놀란 것이다.

"아니, 그건 좀 어려운데. 뭐 과일을 깎아 먹으려면 플라스틱도 있잖아? 굳이 쇠톱일 필요가 있나?"

맞다. 방에서는 과일을 깎아 먹기 위해 흔히 플라스틱으로 된 스푼을 잘라 버리고 시멘트 바닥에 날이 서도록 갈아서 칼 대용으로 쓰고 있었다.

"에이, 형님도. 그게 어디 칼이오? 날이 좀 서야 과일이 잘 들 거 아뉴? 우리 방은 담당한테 수발을 하는 방이잖소? 그런데 숟가락으로 만든 칼로 과일을 썰면 그게 잘 썰리겠소?"

그 말도 일리는 있었다. 이곳 구치소에서는 재소자들에게 칼이 허용되지 않았으므로 우선 급한 대로 숟가락을 잘라 칼을 대신해서 쓰고는 있었지만 과일을 썰어보면 매끄럽게 잘려지질 않았다. 더구나 5방 같으면 담당에게 수발을 하는 방이라는 것을 모르는 그가 아니었다. 사동 중에서 제일 먹을 것이 많고 잘 나가는 방에서 사방 담당의 수발을 들고 있었다. 그러나 박 씨는 쇠톱이라는 말에 조금은 꺼림칙했다. 만일 그러한 것이 발각이라도 되는 날엔 자신에게까지 그 책임 추궁이 오는 건 당연한 일이었다.

"그거 위험한데……."

박 씨는 여전히 굳어진 표정을 풀지 않고 있었다.

"아, 형님. 우리가 뭐 어린앱니까? 그리고 징역을 어디 한두 번 살아봅니까? 잘 꼬불쳐두고 쓸 테니까 그건 염려말고 하나만 구해주쇼."

"……."

박 씨는 여전히 머뭇거리는 눈치다. 왠지 마음이 내키지 않는 눈치였다.

"앗따, 형님도. 저엉 어렵거든 관두고……."

"아니, 어려운 건 아닌데……."

"그럼 됐지, 뭘 망설이는 거요, 어이, 상호. 여기 형님한테 뭣 좀 내다드려라."

종태가 그렇게 말을 하자 이미 그 계약은 종태의 쪽으로 기울어진 거나 진배 없었다. 종태의 밀어부치기 식이 제대로 먹혀들어 갔다. 박 씨가 일단 먹을 것을 받으면 승낙한 것으로 봐도 무방했다. 그도 징역을 많이 살아봐서 닳고 닳아서 눈치가 여간 아니었다. 그리고 5방을 무시할 수 없다는 것도 아는 그였다. 그가 먹을 것을 받고 돌아가자 종태는 방으로 들어와 자리에 누웠다. 그리고 지그시 눈을 감았다. 마음이 조금은 홀가분해지기 시작했다.

구치소의 아침은 기상나팔 소리에 의해 일어나고 재소자들이 입에 수건을 잘라 만든 마스크를 쓰고 이불을 개는 동안 고참들은 미리 양치질을 하고 있었다. 천식은 칫솔에다 치약을 듬뿍 묻혀 종태와 상호에게 내밀었다. 몇 10년 동안 재소자들이 덮었는진 모르지만 케케묵은 이불에선 조금만 움직여도 우수수 비듬 같은 먼지가 일어났고 마스크를 하지 않으면 목이 따가울 정도였다. 아홉 자 열 자 되는 방 안에 열 두세 명이나 되는 장정들이 생활하고 있으니 몸에서 나는 먼지, 옷에서 나는 먼지로 인해 잠시도 먼지와는 떨어질 수 없는 그런 관계였다. 일요일 날이면 두세 개의 방을 따서 밖으로 나가 이불의 먼지를 터는 그런 시간이 있었는데 30분간 먼지를 털고 들어오면 눈썹까지 하얗게 먼지가 덕지덕지 달라붙어 있었고 몸에선 먼지로 인해 온몸이 근지러울 지경이었다. 그런데도 담당들은 30분이라는 먼지터는 시간을 조금이라도 줄여서 자신들의 휴식시간을 많이 가지려고 하는 통에 바쁘게 먼지를 털고 들어왔다 터는 둥 마는 둥 하고 들어와도 그 모양이니 제대로 턴다면 먼지가 한 소쿠리나 나올 게 뻔했다. 일요일 날 이불을 다 털고 난 길바닥은 마치 눈이 온 것처럼 하얗게 먼지로 뒤덮여 있었다. 그것들은 가는 바람에 떠밀리면서 조금씩 뭉쳐져서 나중에는 커다란 뭉치가 되어 굴러다니기도 했는데 내청은 그걸 치우느라 다시 한 번 청소를 해야 했다.

12

둥지를 벗어나다

박 씨가 갖고 온 톱날은 새 것이었다. 아마 내청 옆에 있는 영선공장에 가서 무엇인가를 내주고 몰래 바꿔온 모양이었다. 출역수들끼리는 어떻게든 통하는 구석이 있었으므로 서로 물물교환을 하는 것은 어렵지 않았다. 그러한 것은 징역을 살아본 종태로서는 훤히 아는 일이었다. 범치기를 잘하는 사람이 징역을 잘 사는 사람 축에 들었다. 그것은 아무나 하는 게 아니라 징역을 많이 살아본 자만이 할 수 있는 일이었다. 이곳은 어쩌면 사회의 축소판이었다.

사회에서 온갖 잡다한 분야에 있던 사람들이 다 모였고 그들이 겪은 경험과 인생철학은 입에서 입으로 전달되어지다가, 마침내 모든 사람이 그것을 알게 되었으며 징역을 살다가 보면 별별 희한한 일을 다 겪게 되었다. 그러나 서로 통하는 것은 역시 물건이었다. 현금은 이 안에서는 아무짝에도 쓸모없는 종이에 불과했고 오직 징역을 사는 데 필요한 물건만이 관심의 대상이 되었다. 대개 출역수들은 가난했으므로 미결수인 사동을 있는 재소자들에게서 무언가를 얻으려 애를 썼고 미결수들은 그러한 출역수들을 이용해 사건에 대한 비둘기를 띄우는 일이나 여러 가지 편법을 동원해 방에서 필요한 것들을 조달받고 있었다.

종태는 상호를 시켜 톱날을 뼁끼통에 깊숙이 숨겨두라고 지시했다.

"형님, 이건 뭣에 쓰려고 그래요?"

"쉬잇, 좀 있으면 알게 돼."

종태가 요즘 들어 이상한 기미를 보이자 물어본 말이었다. 종태의 말마따나 과일을 깎으려고 어렵게 구한 톱날은 아니었다. 물론 톱날은 방에서 필요한 여러 가지 물건을 만드는 데에 다양한 용도로 쓰일 수 있었지만 종태가 구한 톱날은 아주 특별한 일에 쓰려는 것 같았기 때문이다. 요즘, 종태는 점점 활기를 띠는 기색이 역력했다. 낮에도 담요 위에 누워 무언가 골똘히 생각에 잠기질 않나 갑자기 일어나 뼁끼통으로 들어가 담배를 피우질 않나 하여간 상호가 보기에도 종태는 예전과 달라 보였다.

"상호, 너 나하고 밖에 나갔다 오지 않을래?"

"밖에라니요?"

"쉬잇, 가만히 얘기해. 바깥에 말이야."

종태는 방 안 사람들이 모두 운동을 나간 사이에 그렇게 말했다. 상호는 처음에 깜짝 놀랐다. 밖에라는 말에 처음엔 어리둥절하다가 종태가 재차 바깥이라는 말을 했을 때에야 겨우 그 말의 뜻을 알아차렸다.

"어떻게 나간다는 겁니까? 그냥요?"

"그래, 그러니까 내가 톱날을 구한 것 아냐? 밤에 몰래 나갔다가 다시 돌아오는 거야. 안 돌아올 수도 있고……."

상호는 그제서야 퍼뜩 정신을 차렸다. 가만히 보니 종태의 눈빛에서 이상하게 광채가 나고 있었다. 예전에는 볼 수 없었던 눈빛이었다.

"내가 하는 대로 따라하기만 하면 돼. 내가 다 알아서 할 테니까."

"알았습니다, 형님."

그날부터 그들은 화장실에 들어가 있는 시간이 차츰 길어졌다. 종태가 들어갔다가 나오면 상호가 들어가서 오래도록 있다가 밖으로 나왔다. 그런 때에는 다른 날보다 더 바깥 감시를 철두철미하게 세웠는데 천식과 희봉이 이쪽과 저쪽에서 복도의 동정을 살피고 있었고 특히 담당의 눈치를 살피느라 꽤나 신경을 썼다.

상호는 뼁끼통의 사람 키보다 높은 곳에 있는 쇠창살을 왼손으로 붙잡고 오른손으로 그것을 썰고 있었다. 그것은 은밀히 행해지고 있었다. 소리가 나지 않도록 헝겊을 쇠창살에 감아서 헝겊과 같이 썰었고 톱날을 최대한 밀어붙여서 밀고 당길 때마다 있는 힘껏 힘을 주고 있었다. 누가 보더라도 그것은 뼁끼통의 시멘트로 된 턱 위에 올라가서 바깥을 내다보는 것처럼 보여졌다. 하루에 조금씩 행해졌고 톱질이 끝나면 만일을 생각해서 밥풀에다 연탄가루를 이긴 것으로 쇠창살의 잘린 부분을 교묘하게 위장해 놓고 내려왔다. 방 사람들이 그곳으로 올라가는 일은 없었지만 상호는 항상 감시의 눈으로 뼁끼통을 지키고 있었고 담배를 배분하는 일도 조금 더 양을 늘렸다. 전에 같으면 세 사람에 한 개비씩 주던 담배를 두 사람에 한 개비씩 나눠 주었다. 설사 그들이 하는 작업을 방 사람들이 알았다손 치더라도 담당에게 알리거나 밀고를 하는 이는 없을 것이다. 오히려 탈주를 하는 것을 돕거나 마음속으로 성공하기를 빌 뿐, 방해하지 않는다는 것은 징역을 살아본 사람만이 아는 것이다. 그들은 어디까지나 끈끈한 동료의식이 먼저 앞섰다.

작업은 주로 담당이 한창 바쁜 시간대인 세면시간이나 배식시간에 이루어졌고 밤에는 담당이 제일 피곤한 시간대인 12시에서 1시까지, 그리고 기상을 하기 바로 전인 새벽 4시쯤에 이루어졌다. 종태가 밤중에 일어나서 어느 정도 썰고 들어오면 상호가 일어나서 또 썰었다. 담당들은 선번 근무, 후번 근무로 나뉘어서 새벽 한 시를 기준으로 해서 선번 근무자와 후번 근무자가 서로 근무교대를 했다. 대개 담당들은 근무가 끝나가는 시간대에 가장 많이 졸았으며, 어떤 이는 아예 책상에 엎드려 잠을 자는 이들도 있었다. 그런 시간이면 소리 없이 조금씩 갉아 내는 작업도 큰 무리없이 할 수 있었다. 그리고 밤에는 취침을 시키느라 전구의 불빛을 최대한으로 낮추고 있었으므로 밖에서 보면 어두컴컴한 뺑끼통 속은 잘 보이지 않는 이점도 있었다.

종태와 상호가 달라붙어 쇠창살을 썰기 시작해서 일주일쯤 되었을 때 창살 다섯 개를 모두 잘라내었다. 그리고 그들은 밥풀로 서로 연결해 놓아 그대로 창살이 붙어 있는 것처럼 위장해 놓고 있었다. 모든 게 감쪽같았다.

"자, 오늘밤 여기를 빠져 나가는 거다. 한 시쯤에 나갔다가 아침에 기상을 하기 전까진 돌아와야 돼. 돈은 미리 준비를 해놨어."

상호는 놀랐다. 언제 돈까지 준비를 해 놨는지 몰랐다. 종태는 미리 양재에 출역하고 있는 살인수 양 씨를 통해서 돈을 구했는데 양재공장에 관복을 맞추거나 사복을 수선하러 오는 직원들의 호주머니를 뒤져 돈을 꺼낸 것이라고 말했다. 돈은 새벽에 영등포까지 갈 택시비였다. 빨리 일을 끝내지 않으면 기상을 하는 시간까지 올 수 없는 것이다.

"형님, 그런데 일단 방을 빠져 나가면 저 담은 어떻게 넘어가지요?"

상호는 그게 제일 궁금했다. 그것이 제일 어려운 일이었기 때문이다. 얼핏 상호의 예감에 스치는 것으로는 양재에 있는 양 씨를 통해 수선을 하러 맡겨 놓은 직원들의 관복을 바꿔입고 정문을 통해 당당히 나가는 것도 생각은 했지만 정문을 지키는 담당에게 낯선 얼굴로 들킬 염려가 컸다. 그런데 종태의 말은 그게 아니었다.

"임마, 정문은 아무래도 위험해. 아무리 직원이 많다고는 하지만 정문을 지키는 직원들은 대충 서로 얼굴들을 알아. 거기로 말고, 너 왜 운동 나갔다가 1동 옆에 있는 여사 담을 보았지? 남사와 여사를 가로막고 있는 담은 아주 낮아. 내가 유심히 보니까 그 담 위에 굵은 전깃줄들이 여러 가닥 뭉쳐서 바깥의 청사쪽으로 나가던 데 그걸 이용하자는 거야."

종태의 머리는 역시 비상했다. 언제 그걸 눈여겨 봐 뒀는지 알 수 없었다. 상호는 지금 종태가 그렇게 설명을 하자 그쪽 담위로 걸쳐져 있는 전깃줄이 생각에 떠올랐다. 그런데 문제는 있었다.

"그럼, 여사 쪽에 있는 4감시대가 그 옆에 있어서 문제잖습니까?"

"그게 좀 문제긴 한데. 일단 나가서 동정을 살펴보고 난 다음 줄을 타는데 일단 줄만 타면 순식간이야. 거리가 짧거든."

"알았습니다, 형님."

밤에 자고 있는 재소자들의 머릿수를 세는 것은 새벽 1시에 근무교대를 한 직원이 한 번 하게 되고 아침에 기상을 해서 점검을 할 것이므로 기상 전까지만 돌아오면 되는 거였다. 그리고 빠져나가기 전에 이불 속에다 재소자들이 벗어놓은 옷가지들을 뭉쳐놓아 마치 사람이 이불 속에 들어가 누워 자는 것처럼 해 놓으면 순시를 하는 직원들도 감쪽같이 모를 것이다. 지금은 마침 겨울이라 이불 바깥으로 머리를 드러내놓고 자는 이도 있었지만 이불 속에 머리를 파묻고 자는 이들도 많았다. 그런 것쯤은 별로 문제가 되지 않았다. 일단 바깥으로 빠져 나가는 것이 제일 급선무였다.

저녁이 되자 눈이라도 올 것처럼 눅눅한 하늘은 끝내 가느다란 겨울비로 변해 내리고 있었다. 취침을 할 때 종태는 희봉을 상호의 자리로 보내고 대신에 상호를 자신의 옆자리로 오게 했다. 그래야만 밤에 둘이 같이 행동하기에 지장이 없을 것 같았다. 저녁에는 방 사람끼리 회식도 했다. 뭐 특별한 이유는 없었지만 가끔 이유가 없이도 회식을 하곤 했다. 먹을 것들을 푸짐하게 내놓고 재미있게 놀았고 종태나 상호도 다른 때와 전혀 다름없이 같이 어울려 먹었다. 가끔 창밖을 내다보는 일 외엔 아무런 의심도 사지 않았다. 방 사람들은 그저 먹는 일이라면 그것에만 온 신경을 쏟아붓고 있었다. 그리고 계속 이어지는 음담패설에 귀를 쫑긋 세우는 거였다. 가짜 중인 천말복의 제3탄이 전개되고 있었다.

"나도 말이야, 좋은 일을 많이 했다구. 어떤 젊은 여자가 결혼을 했는데도 애가 없었어. 그래서 쫓겨나기 일보 직전이야. 요즘도 그런 집안이 있대? 애를 못 낳는다고 구박을 하는 시어머니가 있고 말이야. 남편은 아예 바깥에서 들어오지도 않고 거의 별거 상태나 다름없는 그런 여자였어. 그래서 내가 몸보시를 좀 했지. 처음 그 여자는 점을 치러 와서 남편의 바람기를 잡아 달라고 부탁했어. 나는 그 여자의 사정을 다 듣고나서 남편의 바람기를 재울 수 있는 방패도 하면서 아예 본인이 이참에 애를 가지는 게 어떠냐고 물었지. 그랬더니 그 여잔 눈빛이 환해지면서 그런 방법도 있느냐고 물었어. 그래서 나는 정성이 지극하면 다 된다고 애기했지. 내가 그려준 부적을 남편의 베개 속에 넣으라고 말을 하고는 매일 불상이 있는 내 방으로 와서 불공을 드리라고 했어. 그리고 불공을 드리다가 잠이 오거든 혹시 신령님이 어떤 계시를 내려줄지 모르니까 그냥 누워 자라고 일렀지. 신령의 계시를 받으면 당신은 아이를 가질 수 있다고 했더니 그 여자는 그날부터 아예 방에서 불공을 드리기 시작하는 거야. 며칠을 그렇게 했는데 지도 사람인데 낮잠이 안 오겠어? 낮에 자다가 또 일어나서 불공을 드리다가 또 자고 그러는데 목욕도 자주 하는 게 좋겠다고 했더니 하루에도 여러번 목욕탕엘 갔다가 오는 거야. 그러던 어느 날, 내가 방으로 들어갔더니 그대로 누워 자고 있더라구. 한참 맛있게 자는 그녀를 덮쳤지. 처음엔 옷을 벗겨도 모르더니 나중에 아랫도리를 벗기니까 깨어나더라고. 그래서 일어나려는 것을 얼른 뒤로 밀쳐 버리고 박았는데 말야. 그것 참, 정말 희한하대. 여잔 처음에는 조금 반항을 하는 것 같더니만 일단 들어가니까 잠잠해지더라구. 얼마나 굶었겠어? 남편은 맨날 바깥에서 들어오지 않지, 그러니 자연 궁했던 모양이야. 그런 다음부턴 자연히 일이 이루어지는 거야. 그 여잔 불공을 드리다가도 내가 들어가면 미리 마음의 준비를 하는 거였어."

"야야, 이 영감탱이. 그것 하난 정말 센 모양이네?"

"그건 그렇고, 그래서?"

"뭐가 말여?"

"애새낀 어떻게 됐냐 말여."

"그야, 물론 임신을 시켰지 뭐. 아, 사람이 그렇게 하는데 임신이 안 되겠어? 맨날 그렇게 하는데 임신이 안 돼?"

"그럼 왜 그 여잔 남편하고는 임신이 안 된 거지?"

누군가 물었다.

"그야 그쪽 사정이지. 아마 남편에게 문제가 있었던 모양이지 뭐."

말복은 태연스럽게 말하고 있었다.

"참말로 가짜 중도 괜찮구먼. 돈 벌고 오입 맘대로 하고……."

"와하하, 그렇게 좋으면 너도 그렇게 해라. 여기 있을 때 어떻게 하는 건가 잘 배워서 말야."

요즘은 말복의 얘기가 인기를 끌고 있었다. 그의 주위에는 여자들만 들끓었는지 입만 열면 여자들 이야기뿐이었다. 성직을 이용해 서민이나 여자들을 등쳐먹는 것은 불교나 기독교나 마찬가지였다. 그리고 요즘은 그만큼 가짜들이 많다는 증거였다. 천식이가 말복의 얘기에 혹해서 정말로 그러한 것을 배우기라도 할 것처럼 말복의 역성을 잘 들어주고 있는 것을 보면 그도 마음에 없지는 않는 모양이었다.

"천식이, 너 가짜 중 되려고 말복 씨한테 잘 하는 거 아냐?"

일철이 그렇게 꼬집자,

"아이, 형님도. 내가 기독교 집회에 나가는 거 몰라요?"

"임마, 넌 떡신자 아냐? 네가 뭐 정말로 믿으려고 교회당엘 가냐?"

"형님, 무슨 섭한 말씀을 그렇게 해요? 나도 어렸을 적엔 주일학교까지 다녔다구요. 너무 그렇게 보지 말아요."

“야, 임마. 누군 왕년에 교회당에 안 가본 놈 있냐? 나도 중학교에 다닐 때 계집애들 꼬시려고 교회엘 나가 본 경험이 있어. 내가 주기도문 한 번 외워 볼까?”

“외워 봐요.”

천식이 그렇게 말하자 일철은 정말로 주기도문을 외우고 있었다.

“하늘에 계신 우리 아버지여, 이름이 거룩히 여김을 받으시오며, 나라에 임하시오며 뜻이 하늘에서 이루어진 것같이 땅에서도 이루어지이다. 오늘날 우리에게 일용할 양식을 주옵시며 우리가 우리에게 죄지은 자를 사하여 주신 것같이 우리의 죄를 사하여 주옵시고 시험에 들지 말게 하옵시며 다만 악에서 구하옵소서. 대개 나라와 권세와 영광이 영원히 있사옵나이다. 아멘. 어때?”

와아, 짝짝짝, 박수소리가 터졌다. 주기도문을 다 외운다는 것은 정말 보통이 아닌 것이다.

“나도 한때는 아주 열심이었다구.”

그런데 형님은 왜 교회를 안 나가요? 주기도문을 좔좔 외울 정도면 보통은 아닌 것 같은데.”

“그것도 다 사정이 있는 거야. 교회엘 나가 보니까 돈 많은 놈들만 우대를 하더라 이거야. 목사는 말야, 돈 있는 자들한테나 아부를 하고 우리같이 돈이 없는 사람들은 거들떠도 안 봐.

그리고…… 돈 없는 사람들은 몸으로 봉사를 해야 돼. 몸으로 때우는 게 기독교야. 가난뱅이 교인들이 있는데 목사는 으리으리한 집에 살거나 아파트에서 살고 있고. 목사를 한 번 만나러 가려면 큰맘 먹어야 한다구. 목사를 만나러 가는데 빈손으로 갈 수가 있어? 뭐라도 손에 들고 가야 마음속으로 좋아하는 거야. 물론 겉으로야 그런 내색을 않지만 우리같이 눈치가 빠른 사람들은 대번에 그런 걸 알 수 있어. 요즘은 목사들도 목사가 아니야. 똑같이 먹고 똑같이 똥을 싸는 인간일 뿐이야. 그런데 어떻게 하는 줄 알아? 마치 자신은 신의 아들인 양 행세를 하려든단 말이야. 자신을 높이려는 속셈이 질질 흘러. 교인들이야 뒈지건 말건 헌금만 갖고 오면 되고 자신은 편하게 살려는 치들이 그들이야. 거기다가 욕심은 얼마나 많은지 몰라. 교회는 가난해도 컴퓨터며 자가용이며 첨단을 걸으려고 하니 교인들이 가랭이가 안 찢어지겠어? 그리고 우리같이 전과가 있는 사람들이 찾아가면 대번에 싫어해. 뭐 교인들이 놀랜다나 어쩬다나? 내가 전번에 큰맘 먹고 교회에 등록을 하러 갔더니 목사새끼가 뭐라는 줄 알아? 내가 뭐 거진 줄 알았는지 돈 몇 푼 쥐어 주면서 다른 교회에 등록을 하라는 거야. 한 번 생각해 봐. 성경에는 돈 없고 빽 없는 그런 불쌍한 사람들을 돌보라고 해놓곤 막상 찾아가면 오리발을 내미는 게 요즘 목사새끼들이야. 겉으로 하는 말이 다르고 속으로 하는 말이 다른 게 그들이라구. 어떤 목사는 교인들 몰래 부인이 나가서 땅투기를 하는 목사도 있어. 그것도 벌집 같은 방을 공순이들에게 월세를 놔서 월세나 받아 처먹고 말이야. 내가 한 번 착하게 살아 보려고 부흥회를 찾아다닌 적도 있었는데 부흥회를 가보면 부흥사가 뭐라는 줄 알아? 실컷 좋은 말만 골라 해 놓고 나중엔 헌금을 강요하는데 아예 반장, 부반장 선거하듯이 '헌금 1,000만 원 작정하실 분 손 드시오, 헌금 5백만 원 작정하실 분 손 드시오.' 하고 이 작당들이야. 그게 하느님의 방법이라는 거야. 애가 들어도 코웃음 칠 일이지 뭐야? 또 어떤 골빈 놈은 자기가 입고 있는 양복의 윗도리를 벗어 던지면 그걸 받는 사람은 복을 받는다면서 옷을 벗어 던졌는데 그 옷을 받은 사람은 목사한테 새 옷을 한 벌 사줘야 돼. 그래서 그 강사는 맨날 집회를 하면서 옷이 한 벌씩 생기는 거야. 부흥회 기간 동안 옷이 다섯 벌은 생겨. 그리고 부흥회를 하고나면 헌금이 많이 들어오겠지? 그럼 그 헌금이 많이 들어오면 들어올수록 부흥강사에게 더 많은 액수의 보너스를 주는 거야. 완전히 돈 놓고 돈 먹는 식이야. 그리고 내가 나가서 조금 다녔던 교회는 목사가 새로 왔는데 전에 있던 목사가 뭐 다른 나라로 선교를 하러 간다면서 서로 교인들 몰래 프리미엄을 주고받고 했던 모양이야. 결국 목사들도 교회를 사고파는 데에도 머리를 써. 어떻게 하느냐 하면 어디 외국으로 선교를 하러 떠난다고 하면서 교회를 팔고는 다른 곳에다 교회를 새로 개척하는 거야. 그게 목사들이야.

그런데 새로 들어온 목사는 자신이 권리금을 주고 들어왔으니까 교회의 재정을 전부 자기 통장에다 넣어 놓고 은행카드로 혼자만 뽑아 쓰는 거였어. 교인들이 그걸 문제 삼으니까 자신은 친척들의 돈을 빌려서 교회를 인수한 거라며 자신의 권리를 주장하는 그런 못된 목사도 있어. 나중에 집사들이 그러는데 교회의 재정이 천만 원가량 있었는데 5백만 원씩 쪼개서 자신의 이름으로 투자신탁에 넣어 두고 있었던 거야. 그리고 그걸 따지자 투자신탁에 넣어 두면 이자가 많을 뿐더러 집사들한테 통장을 줬더니 돈의 액수가 차이가 나서 영 못 믿겠다는 데야 무슨 할 말이 필요해? 그리고 뭐라는 줄 알아? 목사한테 대들면 지옥 가거나 복을 받지 못한다고 지껄여대는 거야. 그런 식으로 공갈 협박을 치는 거야. 결국 그 교회의 기둥집사들이 다 떠났지 뭐. 그러면 그 목사는 교회하고 헌금이 고스란히 떨어지는 거라구. 거기다 무슨 감투 쓰는 건 얼마나 좋아하는지. 두세 명만 모이면 무슨 선교회다, 무슨 복음회다 해서 단체를 만들고는 서로 회장, 부회장, 간사라는 직책을 맡아. 일은 하나도 하지 않으면서 이름만 번지르르하게 달고 다니는 거야. 교회 얘기라면 내가 밤새도록 해도 다 못할 거야."

"에이, 형님도. 목사들이 아무렴 그렇기야 하겠어요? 그래도 교인들의 눈도 있는데."

"야, 임마. 너도 교회에 한 번 나가 봐라. 여기서 그냥 교회당에 나가 청산유수 같은 설교만 듣고 들어오니까 그렇지. 나가 보면 또 틀려. 목사라는 놈들을 주둥아리만 살아서 겉과 속이 다르다니깐…… 너, 옆 방에 간통으로 들어온 목사 봐라. 누가 목사더러 간통을 하라고 했냐? 성경 어디에 그렇게 씌어 있냐? 전에도 내가 여기서 살 때 목사하고 한 방에 있었어. 정통신학을 했다는 사람이 간통을 하고 들어왔어. 그것도 여자 전도사하고 말야. 내가 알아보니까 그 여자전도사는 목사의 밥이라고 하더구만. 목사 앞에서는 꼼짝도 못하는 게 전도사야. 교인들 앞에서는 서로 예예, 하고 존칭을 쓰지만 단둘이 있으면 뺨도 때리고 욕도 하고 그래. 그리고 목사는 월급이 많잖아? 그런데 전도사들은 목사 월급의 삼분의 일밖에 안 돼. 그걸로 전도사를 꽉 잡는 거야. 그리고 조금만 수틀리면 어느 날 갑자기 전도사를 내쫓아 버리는 거야. 인정사정도 없어. 목사 자신은 온갖 혜택과 영화를 누리면서도 전도사는 쥐꼬리만한 월급으로 부려먹는 거라구. 그리고 너, 신앙생활을 하면 할수록 더 어려운 건데 목사는 맨날 편하게 지내려고 하면서 교인들에게만 바르게살기를 강요해. 그게 무슨 말인고 하니, 목사는 주의 종이니까 설교 준비나 하고 교인들의 집만 심방한다는 핑계를 대고 생활의 모범을 보이려고 하지를 않아. 그러면서 입만 살아서 자기는 말씀만 전하는 사람이라는 거야. 마치 신처럼 되겠다는 거야. 성경에 봐라, 너. 예수님도 직접 모범을 보이셨잖니? 가난한 자들을 찾아다니고, 병을 고쳐 주고, 소경을 눈뜨게 해주고 말야. 그런데 요즘 목사들, 정말 개차반이야. 제멋대로 해석하고 자신이 편한 대로 해석을 하는 거야. 아무리 불황기라고 해도 매년 월급이 올라갔으면 갔지 절대 내려가는 법이 없어. 거기다가 요샌 퇴직금이라고 해서 희한한 게 다 생겼더구만. 완전히 똥개 냄새가 풀풀 나는 거야. 돈에 똥이 묻은 똥개 말이야. 그리구 교인들도 미친놈들이라구. 남들이 뼈가 빠지게 모아서 헌금을 해 놓으면 꼭 한두 놈이 앞장서서 목사한테 잘 보이려고 교회의 헌금으로 목사에게 대형차를 사주고 아파트를 더 크게 넓혀 주고 월급을 넉넉하게 올려줘야 한다고 핏대를 세우는 놈이 있어. 그런 놈들은 자기 주머니에서 돈을 꺼내 쓰지는 않으면서 꼭 교회의 헌금으로 그짓들을 하는 거라구. 자기 돈은 아까워서 한 푼도 안 쓰면서 남의 돈으로만 생색을 내는 거야. 목사들이 바른 말 하는 사람은 절대로 장로로 안 세워. 항상 자기한테 알랑방구나 뀌는 놈만 장로로 세우는데 그게 어디 하나님 뜻이냐구? 예수님은 원수까지도 사랑하라고 가르치셨는데 자기한테 반대하는 놈은 속으로 미워하는 거야. 툭하면 그런 사람한테 뭐라는 줄 알아? 마귀 사탄이 끼었다고 매도해. 그걸로 사람을 죽이는 거라구. 그리고 목사들은 입도 고급이야. 교인들이 시래기국을 끓여 먹으면서 헌금을 하지? 그런데 목사들은 맨날 고깃국이야. 너, 천식이. 너는 맨날 시래기국을 먹으면서 목사한텐 맨날 고깃국을 갖다 바쳐. 그러면 돼. 자세히 알고나면 인정이라곤 쥐꼬리도 없는 것들이야. 우리 같으면 그래도 먹을 것이 있으면 서로 나눠 먹지? 그런데 목사는 그런 염치도 없어. 자기 자슥이 더 귀하고 자기 마누라가 더 귀해. 교인들이야 안중에도 없어. 지 입밖엔 몰라. 그래 놓고선 거룩한 하나님의 양을 잘 섬겨야 복을 받는다고 주장하는 게 그들이야. 부흥사들이 부흥회를 하러 오면 미리 그러한 말을 해 달라고 부탁을 한다니깐. 미친놈들이지 뭐야. 누가 그걸 모를 까봐. 그리고 말이야, 목사들이 평소에 서로 사랑하라고 해 놓곤 지들은 어쩌는지 알아? 서로 똘똘 뭉쳐서 지역색을 밝히는 거야. 영남이다, 호남이다 이 작당들이야. 월급 외에 부흥회를 한 번 나가면 최소한 몇 십만 원의 보수를 받어. 너 같으면 그걸 어디다 쓰겠어? 목사들은 말로는 어려운 신학생들을 도운다고 떠벌리지만 안 그러는 목사가 더 많아. 왜냐하면 그런 땐 성경에 나오는, 오른손이 하는 일을 왼손이 모르게 하라는 말 있지? 그걸 인용을 해서 안 가르쳐 주는 거야. 아주 교묘해. 성경을 자기가 유리하게 이용해 먹는 거라구. 물론 실제로 어려운 고학생들을 도우는 목사도 있지만 대개는 인마이포켓이야. 너, 차라리 어영부영 신학교나 들어가서 목사나 되라. 그러면 너, 팔자 핀다? 하루종일 놀면서도 매년 월급이 착착 올라가지, 교회가 커지면 커질수록 대우 좋지, 자가용 나오지. 혹시 벼락에 맞아 뒈질까봐 퇴직금이다, 적금 들어 주지 정말 수지맞는 장사다아?"

"치워요. 그런 썩은 목사 되느니 빵잽이가 낫지."

"우하하하, 내가 그런다고 그러는 거구나?"

"난 조용한 게 절이 더 낫겠어요."

"임마, 중도 마찬가지야. 저번에 신흥사 주지들끼리 칼부림 난 거 알지? 그거 다 돈 때문에 일어난 사건이다, 왜 중들이 칼을 들고 싸우겠냐? 재산이 많은 절일수록 더 잡음이 많은 거야. 그러니 넌 니 주먹이나 믿는 게 백 번 나아. 아니면 나중에 장가를 가서 니 여자를 믿든지."

방 안은 모처럼만에 폭소가 터졌다. 모두 배를 잡고 웃어제꼈다. 나중에는 종태도 상호도 따라 웃었다. 여자, 여자라는 말에 그들도 웃어버린 것이다.

창밖을 내다보니 비는 더도 뿌리지 않고 줄지도 않고 아까처럼 그대로 내리고 있었다. 종태는 일어나 4감시대 쪽을 바라봤다. 4감시대의 경교대는 안에 들어가 있는지 어둠 속에 윤곽이 보이지 않았고 안에도 불을 꺼 버려서 사람이 있는지조차 모를 정도로 캄캄했다. 경교대들은 두 시간마다 근무교대를 했다. 그러니까 처음 한 시간 정도는 그런대로 똑바로 근무를 설 터이지만 나머지 한 시간은 거의 졸거나 잠을 자는 경교대가 많다는 것은 검방을 나온 경교대들을 통해 주워들은 기억이 있었다. 그들은 아직 나이도 어렸고 검방을 나오면 저희들끼리 어젯밤에 근무를 서면서 잠이 들어서 순시가 지나가는 것조차 몰랐다고 실토를 하는 것을 들었던 것이다.

종태는 지금 잠자리에 누워서도 눈만 말똥거려질 뿐 잠이 오질 않았다.

이번 거사는 결코 쉽지만은 않을 것이다. 몇 번의 장애가 있었고 까딱 잘못했다간 감시대에서 쏘는 총에 맞아 죽을지도 모르기 때문이다. 그리고 자신은 탈주만 하는 게 아니라 밖으로 나갔다가 다시 돌아올 계획까지 갖고 있기 때문에 더 어려운 일이었다. 어떤 땐 탈주를 해서 그대로 일본으로 밀항을 해버릴 생각도 들긴 했지만, 결코 그러고는 싶지 않았다. 자신의 뼈가 굵은 조국에서 사는 게 무엇보다도 더 좋게 느껴졌기 때문이다. 그리고 시골에 계신 부모님을 생각하면 그럴 수는 없는 거였다. 종태는 어려서부터 서울로 올라와서 잔뼈가 굵었지만, 큰일을 치를 때마다 긴장감이 감도는 그런 살벌한 상황에서도 어머니만 생각하면 왠지 모르게 꾸지람을 들은 것처럼 쭈뼛거릴 정도였다. 그런 어머니를 두고 한평생 외국으로 도피해서 살아간다는 것은 도저히 상상하기도 싫었다.

어머니는 일찍부터 혼자가 되어서 종태와 누나만 데리고서 수절하며 살아왔다. 지금은 종태의 누나도 시집을 가서 잘 살고 있지만 종태가 하나밖에 없는 누나를 위해 도와준 것만도 여러 번이었다. 종태가 어렸을 적엔 누나가 너무 예뻐서 많은 남자들이 뒤를 따라 다녔고 조그마한 말썽이 계속 끊이질 않았는데 그럴 때마다 종태는 어린 나이임에도 불구하고 나이가 많은 형들에게 덤벼들기도 했다. 완전히 악으로 싸울 정도였다. 그것은 어머니뿐인 가정의 어린 가장이 되어야 했던 의무감에서 비롯된 것이었지만 자신이 누나를 지켜야겠다는 생각에서 물불을 가리지 않았던 것이다. 어머니는 항상 누나나 자신에게 그리 별로 간섭을 하거나 야단치는 법이 없었고 자녀들의 의견을 거의 들어주는 편이었기 때문에 지금 종태가 하는 일도 어머니는 다만 모른 척만 하고 있을 뿐, 별로 나무람이 없었다.

종태는 그러한 것을 알고 있었다. 그랬으므로 어머니만 생각하면 더욱 가슴이 아파왔다. 어머니의 생일날만 되면 종태의 부하들도 서둘러 시골로 내려가서 성대한 잔치가 이루어졌다. 동생들이 몰고 내려간 삐까번쩍한 자가용들이 동네의 골목과 공터를 가득 메웠고 온 동네가 시끄럽도록 며칠 동안 잔치를 베풀면서 종태는 어머니에 대한 효성을 내어 보이기도 했다. 동생들도 종태의 어머니를 극진히 섬겼고 나름대로 준비한 선물들로 방 안이 가득 찰 정도였다. 시골에서 어머니 혼자만 살고 있었지만 누구라도 감히 얕잡아 보거나 함부로 대한 적이 없었다. 그것은 서울에서 커다란 조직을 가지고 있는 종태의 막강한 주먹이 시골에서도 그 힘을 발휘하고 있다는 증거이기도 했다. 은영이를 만나고부턴 은영이가 직접 어머니에게 송금을 하고 있었고, 그런 은영에게 종태는 자신이 관리하고 있던 모든 조직의 자금까지도 맡기고 있었다. 그런데 지금 은영인 자신을 배신하고 있었다. 종태가 많은 형을 받아 교도소에서 썩어버릴 것을 계산에 둔 것인지는 모르지만 종태로서는 그게 참을 수 없는 분노로 이어지고 있었다. 자신이 가장 중요하고 어려운 때에 그러한 일이 일어났다는 사실만으로 그는 살의를 느끼고 있는 것이다.

막상 거사를 위해 기다리노라니 밤은 더욱 더디게 다가왔다. 다른 때 같으면 저녁을 먹자마자 밤이 성큼 다가왔고 방 안의 식구들이 하는 음담패설을 듣다가 보면 어느새 담당의 빨리 자라는 성화를 듣기가 일쑤였는데 오늘따라 시간은 꾸물거리며 늦게 지나가는 것처럼 느껴졌다. 그래도 겉으로 초조한 빛을 보이지 않으려고 애를 썼지만 가슴 저편 한구석으로 밀려오는 불안감을 떨치지는 못하고 있었다. 만일 성공하지 못하면 죽는다는 것까지 머릿속에 계산하고 있었다. 그러한 것은 감시대의 총에 맞아 죽든 아니면 실패했을 경우에 스스로 목숨을 끊든간에 위험하기는 마찬가지였다. 그리고 자신이 굳이 이 구치소로 다시 돌아와야 한다는 것은 모든 일을 치루고나서 완벽하게 알리바이를 만들기 위한 생각에서였다.

얼마의 시간이 흘렀을까. 벌써 코를 골며 자는 재소자들도 있었고 옆 방에서도 이야기를 그친 것으로 보아 밤이 꽤 깊어졌던 모양이다. 종태는 슬그머니 일어나 뺑끼통에 가는 척하면서 바깥의 복도에 앉아 있는 담당을 보았다. 담당은 모자를 책상 위에 벗어놓고 의자를 5방 쪽의 벽에 기대놓고, 벽에 머리를 기대고 자고 있었다.

어쩌면 그저 눈만 감고 있는지 모른다. 종태는 일부러 화장실의 문을 세게 닫았으나 비닐 창문을 통해 밖을 내다보아도 담당이 일어나 방 안을 들여다보지는 않고 있었다. 종태가 벵끼통에서 나오자 이번에는 상호가 뺑끼통으로 들어갔다. 상호도 한숨도 자지 못했는 가보다. 눈알이 조금 풀어져 있다. 긴장의 눈빛이 역력했다. 얼핏 보기에도 그는 피로한 기색과 긴장된 빛이 함께 어우러져 있었다. 옷은 한복보다 퍼런 관복을 입는 게 더 나을 것 같았다. 밤에 눈에 띄지 않는 색깔이었고 일단 밖으로 나가면 목이 없는 티를 입으면 지나가는 택시를 세워도 별로 의심을 사지는 않을 것이다.

종태는 가만히 누워 눈을 감았다. 단숨에 달려갈 가까운 거리였지만 멀리만 느껴졌다. 자신에게 주어진 시간은 불과 네 시간이었다. 5시까지는 돌아와야 아침 점검을 받을 수 있다. 과연 그 시간까지 돌아올 수 있을 것인지 너무 빠듯하다는 생각이 들어 자꾸 초조하기만 했다. 종태는 가는 시간 오는 시간을 머릿속으로 계산하고 있었다. 새벽이었으므로 영등포까지는 15분이면 갈 수 있을 것이다. 문제는 거기에서 머무르는 시간이 얼마나 되느냐였는데 지금 자신으로서는 알 수 없는 일이다. 잘못하면 허탕을 칠 수도 있는 일이다. 종태는 지금 마음속으로 제발 허탕을 치지 않기를 기원하고 있었다. 모든 일이 잘되어서 무사히 돌아온다면 더 이상 바랄 것이 없으리라는 생각을 하자 흥분되기 시작했다. 그는 애써 모든 게 잘되리라는 생각만 계속 되풀이하고 있었다. 그것은 일종의 자기 확신이었다.

담당이 근무교대를 하는지 철문을 여는 소리가 났고 서로 수근대는 담당의 말소리들이 쥐죽은 듯 조용한 복도를 조용히 타고 귓속으로 들어왔다.

"인원이 몇 명이지?"

"오늘은 신입이 없었어. 그냥 그대로야. 한 번 헤아려 봐. 그리고 별다른 사항은 없고……."

"알았어, 가봐."

담당들은 그렇게 근무교대를 하는 모양이었다. 새로 온 담당은 칠판을 한 번 힐끗 보고는 거기에 적힌 2동 하 총원 135명이란 숫자를 보고는 곧장 난로 옆의 책상으로 와서 의자에 앉았다. 금방 자다가 일어난 숙취가 덜 깬 모양이었다. 그는 잠시 정신을 차리려고 부시럭대는 것 같더니만 이내 잠잠해졌다.

의자의 등받이에 등을 바짝 기대고 팔걸이에 손으로 턱을 기고 잠이 드는 것을 보고 종태는 슬며시 일어났다. 지금은 새벽 1시였다. 빨리 움직이지 않으면 안 되었다. 종태가 일어나 뺑끼통으로 들어가자 곧 뒤이어 상호가 일어나 들어왔다. 방 안을 내다보니 희미한 불빛에 잠을 자고 있는 방 안 식구들의 모습들이 보였다.

"자, 이제 나가자구. 내가 먼저 나갈게."

종태가 먼저 창살이 있는 턱을 손으로 잡자 상호가 종태의 엉덩이를 떠받치고 있었다. 종태는 우선 풀로 붙여둔 쇠창살을 조심스럽게 떼어 한쪽의 귀퉁이에 놓았다. 그리고 팔의 힘을 끌어당겨 몸을 위로 끌어 올렸다. 그가 날렵하게 위로 올라갔다. 잠시 후, 저편으로 내려앉는 것인지 착지하는 소리가 얄팍하게 들리자 상호도 턱을 잡고 몸을 끌어올렸다. 그들은 운동으로 단련된 몸인지라 손이 닿지 바람처럼 가볍게 뛰어넘었다.

밖은 어둠이었다. 비가 조금씩 부슬부슬 내리는 것이 춥게 느껴졌다. 상호가 뺑끼통을 뛰어넘자 저쪽 옆 사동의 그늘에 숨어 있던 종태가 손을 들어 신호를 보내는 것이 보였다. 상호는 얼른 그리로 뛰어갔다.

그들이 4감시대가 있는 곳으로 다가가 여사가 있는 낮은 담 밑에서 감시대를 노려보았다. 감시대는 밖의 탐조등만 켜져 있었고 안에는 사람이 있는지 없는지 모를 정도로 캄캄했다. 아마 비가 오니까 경교대가 안에 들어가 있는 모양이다. 종태가 조그마한 돌을 집어 담 밖으로 던졌다. 돌멩이가 떨어지는 소리가 가볍게 났지만 안에서는 아무런 인기척도 나지 않았다. 종태가 움직이려 하자 이번에는 상호가 종태의 옷깃을 잡아 세우고는 다시 조그마한 돌을 집어 담 밖으로 던졌다. 이번에는 좀 더 큰 소리가 났는데도 역시 안에서는 아무런 인기척이 없었다. 경교대가 분명히 자고 있는 것이 확실했다. 그들은 담 밑의 그늘에 몸을 붙이고는 직원식당이 있는 쪽으로 다가갔다. 직원식당은 불이 꺼져 있었다. 아마 4시쯤에 여사에서 여자 재소자들이 나와서 직원들이 먹을 아침밥을 지을 것이다. 종태는 가능하면 직원식당의 불이 켜지지 않을 때까지 돌아와야겠다는 생각을 하고 있었다. 그래야만 더 안전할 것 같았다. 식당 옆에 나 있는 철문이 굳게 잠겨 있었는데 철판을 지지하는 틀의 쇠가 발을 올리도록 좋게 되어 있었다. 종태는 발을 그 쇠틀에 얹고 담벼락이 손끝에 잡힐 때까지 올라갔다. 담은 바깥에 있는 벽보다도 낮았다. 그 담은 단지 남사와 여사를 구분하는 야트막한 담에 불과했다. 종태는 그 담을 짚고 올라가서 아슬아슬하게 걸어갔다. 조금 걸어가자 여사의 정문이 나왔다. 여사의 정문은 아예 직원이 없었으므로 널찍한 옥상을 지나서 다시 아슬아슬한 담을 짚고 나갔다. 그리고 전깃줄 뭉치가 있는 곳에 이르자 그는 전깃줄 뭉치를 잡고 유격을 하듯이 팔을 움직여 몇 걸음 앞으로 나가다가 높은 담에서 그 밑으로 뛰어내렸다. 이제는 밖이나 마찬가지였다. 종태는 얼른 청사의 깊은 어둠에 묻혀 버렸고 조금 있으니까 상호가 담벼락 위에 나타났다. 상호가 뛰어내리는 소리가 쿵하고 났으나 그리 큰 소리는 아니었다. 그들은 어둠 속에서 만나 쏜살같이 청사 앞으로 나갔다. 청사에는 숙직하는 직원이 잠을 자고 있는지 문만 굳게 닫혀 있었다. 별로 들킬 염려도 없었다. 다시 얕은 담을 뛰어넘자 곧바로 큰길이었다. 그 길은 고척동에서 영등포와 인천을 잇는 도로와 연결되고 있었다. 그들은 신속히 큰길 쪽으로 달렸다.

13

계간

그들이 큰길가로 나오자 인천에서부터 달려오는 총알택시들이 수없이 많았다. 새벽의 한길에는 빈 차들만 오갈 뿐 겨울의 추운 날씨에 거리를 얼쩡거리는 이들도 거의 없었다. 횡단보도를 건너 부산파이프 회사가 있는 인도로 올라서자 저 멀리 구치소가 있는 근처의 아파트가 보였다. 종태가 사방의 복도에서 볼 때나 운동을 하러 나가서 보던 아파트에는 자유스러운 사람들의 생경한 삶의 모습들이 있었다. 그들은 오히려 구치소 안에서 일어나고 있는 재소자들의 움직임에 대해 관심을 가지고 있는 듯했다. 남편이 출근하고 난 뒤 여자들이 난간에 붙어 서서 구치소의 마당을 내려다보고 있기도 했다. 불과 얼마 떨어지지 않은 거리였지만 자유와 구속의 거리는 너무나 멀게만 느껴졌던 것이다.

자유스러운 자는 얼마나 행복한가. 그러한 자유에의 열망은 자유를 억압당해 보지 않은 사람들은 절대 모른다. 사람들은 흔히 피상적인 책에서 얻은 것으로 자유에 대해 넉넉히 글을 쓰기도 하고 떠벌리기도 하지만 막상 자유를 박탈당해 보지 않고서는 진정한 자유에 대한 간절한 열망을 논할 자격이 없는 사람이다.

지금 전국 교도소에는 통틀어서 약 5만 명의 자유를 잃은 사람들이 법무부에 등록된 채 어둡고 컴컴한 방에서 하루하루를 살아가고 있는 것이다. 그들에게는 우선 먹는 것보다도 더욱 자유가 그리운 것이다. 보고 싶은 이들에게 곧바로 갈 수 없고 자신이 가보고 싶은 곳으로 갈 수도 없는 것이다. 오로지 한 평 반 되는 마룻바닥에 서로 궁둥이를 맞대고 앉아 시시껄렁한 이야기로 시간을 죽이고 있는 것이다. 좆빼이를 쳐도 법무부 시계는 흘러가고 있다면서 말이다. 악과 선의 차이는 무엇일까.

사람은 환경에 따라 악과 선의 비율이 달라진다고 한다. 인간은 처음부터 악하다는 말은 시정되어야 한다. 처음 태어났을 때에는 순진무구한 눈망울을 가지고 태어났지만 세상을 사는 동안 우리는 눈빛이 탁해지고 핏발이 서기도 하면서 마음의 거울에 때가 끼이기도 하는 것이다.

구치소에 들어와 있는 재소자들도 이 사회에서 버림받은 사람들임에는 틀림이 없을 것이다. 누구도 따스하게 받아주지 않는 환경에 대해 그 자신들이 스스로의 길을 헤쳐 나가며 살아가기란 정말 어려운 일이다. 그래서 그들은 살아남기 위해서 범죄를 저지른다. 세상은 그들에게 아무것도 베풀어 주질 않는다. 오로지 그들만의 몫인 삶을 살아가기 위해선 그들은 무엇이든지 훔치지 않으면 안 되었고 칼을 들지 않으면 안 되었다.

당신은 '사흘만 굶으면 어떻게 하겠는가' 라는 질문에 어떻게 답을 하겠는가. 생각보다 앞서는 욕구에 의해 우리들은 행동을 하는 때가 많다. 인간의 본능인 욕구는 때로 우리 인간들을 추하게 만들기도 하는 것이다. 바깥과 철저히 차단된 그런 음지에서 사는 사람들은 지금 무엇을 꿈꾸며 살아가는지 우리들이 알아야 할 때가 온 것이다.

택시 한 대가 부슬거리는 빗속에서 타이어가 미끄러지듯이 브레이크를 밟으며 그들 앞에 섰다. 비를 맞은 그들의 모습은 흡사 술을 마시다가 늦어버린 귀가를 서두르는 사람들처럼 보였다.

"어디로 갈까요?"

택시 운전수는 어디서 많이 본 듯한 눈으로 묻고 있다. 그 눈길은 이 밤중에 비를 맞고 어디를 가느냐는 물음처럼 들렸다.

"영등포로 갑시다."

차는 총알처럼 쌩쌩 날았다. 횡단보도의 노란불빛을 뚫고 무차별하게 달렸는데 간혹 노란불이 빨간불빛으로 바뀌더라도 차는 냅다 달렸다. 차 안의 히터가 굳었던 몸을 녹게 하자 갑자기 졸음이 몰려왔다. 그들은 애써 졸음을 쫓아내고 있었다.

"에이, 오늘은 이상하게 기분이 안 좋은 비가 이렇게 부슬거리며 내리지."

운전수는 약간 투덜거렸다. 종태는 운전수의 말을 듣고 다시 밖을 내다보았다. 헤드라이트에 비치는 불빛에 의해 내리는 빗물 줄기가 반짝거렸다.

비가 오면 내일은 추울 것이다. 영하로 내려간다는 말을 스피커를 통해 들은 기억이 있다. 재소자들은 영하로 내려간다는 말만 들어도 체감온도의 조절이 자동으로 되는지 곧바로 춥게 느껴지곤 했다. 지금쯤 방에는 여러 사람들의 몸에서 나는 온기로 따뜻이 잠을 자고 있을 것이다. 온기라곤 사람의 몸에서 나는 것밖엔 아무것도 없었다. 택시가 문래동의 고가다리를 휘익 바람소리를 내며 넘자 불빛이 휘황한 영등포역 쪽의 시내가 눈에 들어왔다. 종태는 자신이 주름잡던 그 일대를 지나면서 잠시 밖을 휘둥거리며 바라보았다. 비가 오는 날인데도 여전히 발을 동동거리며 손님을 잡으려는 창녀들이 색색의 우산을 들고 나와 서 있었고 군데군데 모닥불을 피운 호객꾼 아줌마들도 눈에 띄었다.

"어디로 가요?"

운전수가 다시 묻는다.

"김안과 쪽으로 갑시다. 그 뒷골목에 세워줘요."

차는 영등포역 앞에서 좌회전을 받아 로터리 쪽으로 달리고 있었다. 한겨울인데도 거리를 배회하는 사람들이 꽤나 많았다. 길가에 쓰러져 자고 있는 사람도 있었다. 저들은 돌아갈 집이 없어서 길거리에서 잠을 자는 건지도 모른다. 영등포에는 전에도 길가에 쓰러져 자는 취객들이 많았다. 그러나 흠뻑 비에 젖어 잠이 들었다가는 밤새 얼어 죽어 버릴지도 모른다는 생각이 퍼뜩 들었다.

구치소에는 겨울을 나기 위해 일부러 물건을 훔치고 들어오는 이들도 있었다. 바깥에 있어 봐야 먹을 것, 입을 것 걱정에 머리를 앓던 이들은 구치소로 들어와 잔반을 먹으며 겨울을 나는 수도 있었다. 그게 오히려 편할지도 모른다.

택시가 김안과의, 들어간 골목길에서 차를 세우려 하자 종태는 다시 운전수에게 손가락으로 가리키며 어두컴컴한 공터를 가리켰다.

"아저씨, 저기 저쪽에다 세워 주세요."

지금 이곳에서 내린다는 것은 불빛이 밝아서 얼굴이 드러날 것만 같았다. 차는 그곳에서 좀 더 올라가서 섰다. 어둠 속에 내린 그들은 차가 뒤로 빠져나갈 때까지 움직이지 않고 있었다. 차가 뒤로 물렀다가 방향을 틀어 골목을 빠져 나가자 그들은 서서히 움직이기 시작했다. 종태의 뒤를 상호가 바짝 따라 붙었다.

둘은 걸으면서 아무런 말이 없었다. 간간이 불빛에 드러나는 종태의 얼굴은 심각하기만 했다. 굳게 다물어진 입술은 아예 말을 하지 않기로 작정을 한 듯 한일자로 그어져 있었다.

종태가 선 곳은 약국 앞이었다. 그 옆에 지하로 내려가는 통로가 보였는데 그 통로의 입구 위에는 〈마부〉라는 네온사인의 간판이 붙어 있었다. 종태는 잠깐 그 통로의 입구를 내려다보다가 다시 발걸음을 옮겨 놓기 시작했다. 골목으로 나 있는 그 건물의 철대문을 밀자 문이 힘없이 열렸고 그들은 어둠 속으로 순식간에 사라지고 말았다.

얼마나 기다렸을까. 조그만 보일러실에서 그들은 담배를 피우며 연신 서로의 얼굴만 쳐다볼 뿐이었다. 답답한 마음을 쫓기 위해 무표정한 얼굴을 하고 담배를 피우는 일에만 몰두했다. 다 피운 꽁초까지도 땅바닥에 버리질 않고 호주머니에 집어넣는 종태의 주도면밀한 행동에 상호도 그렇게 하고 있었다. 가만히 있자니 지하에서 나는 음악소리가 그들이 있는 곳까지 들려오고 있었다. 시계가 없는 그들로서는 지금이 몇 시나 되었는지 알 수 없었다. 자신들이 그곳으로 들어와 얼마의 시간이 흘렀는지도 몰랐다. 담배를 서너 개비 피웠을까. 목 안이 깔깔해 왔다. 종태가 라이터를 켜서 무언가를 찾기 시작했을 때

불빛에 비친 보일러의 기계 틈새에서 일자 드라이버를 하나 발견했다. 종태는 그것을 집어 드라이버의 끝을 노려보다가 호주머니에 집어넣었다. 상호가 녹슨 망치를 집어들었다.

가끔 술에 취해 비틀거리며 지나가는 취객의 발자국 소리가 들렸다. 어느 순간에 지하에서 들려오던 음악소리마저도 그쳤다. 종태는 더욱 긴장하는 눈치였다. 그들이 앉아 있던 자리에서 벌떡 일어선 것은 철문이 열리면서 사람의 인기척을 느꼈을 때였다. 그 소리는 지금 마악 영업을 끝낸 은영이 방이 있는 곳으로 가기 위해서 지하의 문을 열었고 지금은 집으로 들어가는 입구의 문에다 키를 넣고 달그락거리는 소리였다.

거실에 불을 켜는지 종태와 상호가 있는 보일러실의 밖이 환해졌다. 종태가 문을 조금 열려다가 다시 문을 닫아 버렸다. 누군가 밑에서 올라오는 것을 봤기 때문이다. 또다시 은영의 집으로 들어가는 입구의 문이 열렸고 문이 닫히는 소리가 났다. 그리고 두런거리는 소리가 들렸지만 말소리를 알아들을 수는 없었다. 그들은 다시 어둠 속에서 담배를 빼물었다. 담뱃불이 어둠 속에서 빠알갛게 타올랐다가 다시 어두워지고 있었다. 그것은 마치 죽음을 눈앞에 둔 임종자의 마지막 호흡처럼 빨아들일 적에만 불꽃이 피었다가 이내 사그라졌다. 종태의 빨아들이는 속도가 점점 느려지고 있다. 지금 이 시간 그는 무엇을 생각하고 있는 걸까. 상호도 종태의 속도를 맞추려 일부러 천천히 담배를 빨아들이고 있었다. 바닥을 통해 들려오는 물소리를 들으며 그들은 은영이 지금 샤워를 하고 있을 게 틀림없다는 생각을 하고 있었다. 그 소리는 땅 밑으로 들려오는 것인지 아니면 보일러실의 벽을 타고 들려오는 소리인지는 모르겠지만 요란한 물소리임에는 틀림없었다.

아까부터 종태는 일절 말이 없었다. 그것은 그의 불안을 의미하는 것인지 아니면 단호한 결심인지는 모르지만 상호에게는 비장한 결심처럼 보였다. 바깥의 불이 꺼지는 걸로 봐서 목욕이 끝난 모양이다. 그러나 아직 종태는 움직이지 않고 있었다. 이번에는 상호가 먼저 담배를 뽑아 물었다. 그리고 라이터를 켜면서 흘낏 본 종태의 얼굴은 여전히 입이 굳게 다물어진 그대로였다. 상호는 깊게 한 모금 빨았다. 목에서 컥 하고 연기가 막혀 버리는 듯한 답답함을 느끼며 그는 서둘러 담배연기를 뱉어 버렸다. 종태가 상호를 바라보는가 싶더니 그가 일어섰다. 상호는 서둘러 담뱃불을 비벼끄고는 같이 일어섰다.

종태가 살그머니 문을 밀고 밖으로 나갔다. 밖은 여전히 비가 내리고 있었다. 둘은 문 앞으로 다가가 섰고 종태가 한손으로 문을 밀었다가 잠겼음을 확인하고는 라이터를 한 번 켰고 그 다음부터는 종태가 알아서 문을 땄다. 그 작업은 아주 느리게 손바닥으로 알루미늄을 덮은 채 진행되고 있었다. 평소 같으면 딱딱거리는 소리를 쉽게 내는 알루미늄 문이었으나 지금 종태의 손에서는 전혀 소리가 나지 않고 있었다.

상호는 절도로 들어온 태식이가 했던 말이 머리에 떠올랐다. 아무리 잘 잠겨진 문도 드라이버만 있으면 다 딸 수 있다고. 그리고 알루미늄 문도 소리나지 않게 딴다고. 종태는 언제 그러한 말들을 들었을까. 마치 전문 절도범처럼 아무 소리도 내지 않고 문을 만지고 있는 거였다. 결국 문이 열리고 말았다. 거기서 문을 여느라 지체했던 것이 한 시간이나 지난 것 같았다.

문을 열고 안으로 들어서자 온통 비누냄새가 코를 찔러왔다. 그리고 비릿한 물고기 냄새도 났다. 수족관이 있었다. 수족관의 얕은 불빛에 의해 조금씩 시야가 밝아져 왔다. 거실이었다. 소파가 놓여 있었고 탁자 위에는 마시다가 만 양주병이 하나 있었다. 그리고 그 옆에는 먹다남은 과일과 포크와 과도가 하나 놓여 있었다. '종태가 다가가 그 과도를 집어든 것은 순식간이었다. 마치 고양이의 몸놀림처럼 빨랐다. 칼끝을 만져보는 종태의 입에 언뜻 웃음이 흐르는 것 같았다. 그들은 그냥 거실에 선 채로 귀를 기울였다. 안에서 나는 소리를 듣고 있었다. 예상했던 대로 부스럭대는 소리, 침대의 울림이 전해져 왔다.

"아이, 너무 아파. 좀 살살해."

"……."

"……."

간드러지는 목소리였다. 그리고는 그들은 전희를 하는 모양인지 한참동안 아무 소리도 나지 않고 있었다. 간간이 무언가를 빠는 듯한 소리가 새어나오고 있었다. 그러다가 갑자기 부스럭대는 소리가 났고,

"아아, 됐어, 됐어……."

요란한 소리가 들리기 시작했다. 좀 전의 조용했던 소리와는 전혀 딴판이었다. 그런데도 종태는 다시 담배를 빼무는 거였다. 종태는 손바닥을 모아쥐고 단번에 라이터의 불을 켜서 불을 붙였다. 순간적으로 했기 때문에 롤러가 한 번 구르는 소리가 났을 뿐 쉽게 라이터의 불이 붙었다. 그리고 그는 묵묵히 담배연기를 뿜어냈다. 그 연기의 냄새가 상호에게로 전달되어 왔다.

상호가 거실에 붙어 있는 벽시계의 시간을 보니 2시가 조금 넘어 있었다. 빨리 해치워야 할 텐데. 그는 문 앞으로 다가가 손잡이를 잡고 종태를 돌아봤다. 종태는 그저 묵묵히 서 있을 뿐 마치 굳어 있는 동상처럼 그렇게 서 있었다. 상호가 종태의 눈빛을 읽자 살며시 손잡이를 비틀었다. 문이 조금 열리자 안의 더운 열기가 확 얼굴로 덤벼들었다. 눅눅하고 끈끈한 냄새가 코로 맡아졌다. 그는 약간 벌어진 문 틈 사이로 방 안을 들여다보았다. 침대의 머리맡에 켜져 있는 5촉짜리 취침등에 의해 침대 위의 뒹구는 나신들이 보였다. 남자의 누워 있는 그 위를 타고 은영이 격렬하게 몸을 흔드는 것이 보였다. 침대의 탄

력성 때문에 마치 그녀가 남자의 몸 위에서 춤을 추는 듯이 보였다. 은영의 긴 머리칼이 자꾸 앞으로 쏟아지자 그녀는 머리를 뒤로 젖히면서 고개를 쳐들고 있었다. 남자의 두 손이 그녀의 허리를 감싸쥐고 같이 흔들렸다. 방문을 조금 열어 놓았던 관계로 그들이 환희에 들떠 내어지르는 신음소리들이 어렵지 않게 밖으로 새어나왔다. 이번에는 남자가 일어나서 여자를 쓰러뜨렸다. 남자의 몸놀림이 한 번씩 전진할 때마다 여자는 거의 죽는 시늉의 신음을 뱉아내고 있었다.

그때 갑자기 종태가 상호의 몸을 옆으로 떠밀었다. 상호가 옆으로 비켜나자 종태는 문을 열고 안으로 들어섰다. 그러나 아직 침대 위의 두 남녀는 아무것도 모르고 있었다. 종태와 상호가 그들 곁으로 다가갔다. 점점 확연해 보이는 그들의 율동은 멈추질 않았다.

종태의 손에서 빛나던 과도가 번쩍 치켜져 남자의 등을 내리찍었는데도 은영은 아직 눈을 감고 있었다. 헐떡거리던 벌어진 입이 채 다물어지기도 전에 피묻은 칼이 다시 한 번 그녀의 가슴에 가 꽂혔다. 그제서야 침대의 출렁거림이 잔잔해졌다. 종태는 그대로 가만히 서 있었고 그의 눈이 알 수 없는 반짝거림으로 빛나고 있다는 것을 알았다. 종태는 넋이 나간 사람처럼 한참을 서 있었다.

상호가 시계를 본 것은 마악 3시를 가리키고 있을 때였다.

종태는 다가가 여자의 벌어진 입을 다물게 하는 것뿐, 그리고는 가슴에 꽂힌 칼의 지문을 없애기 위해 시트 자락을 당겨 손잡이 부분을 문지르다가 그대로 놓아둔 채 밖으로 나왔다. 거실로 나오자 거기까지 이상야릇한 냄새가 번져나오고 있었다.

그들은 무사히 감방으로 돌아와 자는 척했다. 정말 어떻게 그곳을 다녀왔는지 모른다. 눈을 감고 있었지만 뇌리에 떠오르는 건 정말 꿈같은 탈출이었다. 그들이 구치소에까지 와서 다시 전깃줄을 타고 담벼락을 타고 하는 동안에 세상에서는 어떠한 일이 일어났는지도 모르는 채 서서히 어둠이 옅어지고 있는 중이었다. 상호는 종태의 뒤를 따라오면서 뒤로 돌아서서 발자국을 문지르고 오느라 등짝에는 황소 같은 땀방울이 맺혔다.

모든 것이 감쪽같았다. 그리고 최종적으로 뼁끼통의 쇠창살을 밥풀로 붙여 놓았던 게 마지막이었다. 그들이 "뼁끼통에서 담배를 피우며 가슴을 진정시키는 동안 4감시대에서 근무교대를 하는 복창소리가 들려왔다. 경교대가 잠에서 깨어나 새로 근무를 나온 새 근무자와 서로 근무교대를 하는 모양이었다. 썩어빠질 놈. 그들은 뼁끼통에서 하얗게 웃으며 쪼그리고 앉아 있었다.

그저 말똥거리다가 기상나팔이 울리는 소릴 들었다. 모두들 부스스한 얼굴로 일어나 잠자리를 개는 동안 종태와 상호는 창문 쪽으로 가서 밖을 내다보았다. 밖엔 아직 비가 내리고 있었다. 오늘 같은 날엔 비둘기들도 난감해할 것이다. 먹이를 얻어먹으러 방 곁으로 와야 할 덴데 비가 오니 말이다. 비둘기들은 재소자들의 기상에 맞춰 같이 일어났다. 그 이유는 재소자들이 기상을 하면 곧바로 세면이 시작되었고 불과 몇 분 사이에 세면이 끝나면 곧이어 배식이 떴다. 배식이 시작되면 이 방 저 방에서 밥덩이를 뚝 떠서 창틀 바깥으로 내던졌는데 그것은 비둘기의 밥이었다. 그러면 비둘기들은 우루루 옥상에서 내려와서 허겁지겁 밥알을 집어먹느라 야단들이었다. 그럴 때 재소자들은 나일론 끈으로 틀을 놓아 비둘기들을 잡기도 했다. 방심하는 사이에 발목을 잡히는 비둘기들은 맨날 밥만 보면 또 그렇게 허둥댔다. 종태와 상호는 세면을 하고나자 조금은 개운해졌다. 방에서는 어제 저녁에 만들어 놓은 찌갯거리를 난로 위에 올려놓고 있었다. 구수한 냄새가 온 사동을 진동시키고 있었다. 종태는 갑자기 왕성한 식욕을 느끼고 빨리 배식이 되기를 기다렸다. 배식을 하느라 사방문을 열었을 때야 난로 위의 찌개를 갖고 들어왔다. 주전자의 주둥이로 하얀 김을 내어뿜으면서 시큰한 김치찌개의 냄새를 풍기고 있었다.

"나 국물 좀 많이 부어. 건더기는 말고."

배식반장이 멀건 국물만 가득 담아 내놓았다. 종태는 밥은 저의 먹지 않고 밥보다 국물을 더 떠먹었다. 얼큰한 국물이 시린 가슴에서 술술 풀려지는 듯이 속을 싸아하게 만들었다.

"형님, 간밤에 잠을 못잔 거 같습니다?"

천식이었다.

"그으래? 잠이 안 와서 이리저리 뒤척거리다가 날샜지."

"식사를 하고 나서 좀 주무시죠?"

"그래야겠다. 나중에 이발면도를 갈 때 깨워."

그렇다. 오늘은 이발 면도를 하는 날이다. 일주일에 한 번 면도를 하고 이발을 했으며 목욕도 마찬가지였다. 면도래봐야 겨우 털만 깎는 것이지 면도날 하나로 수십 명을 밀어대는 면도라는 것은 따갑기가 그지 없었다. 무딘 날로 우악스런 털을 밀어대니 털이 뽑혀 달아나는 것처럼 매우 아팠다. 종태는 예외였다. 종태가 가면 출역수들도 새 날로 갈아 끼워서 면도를 해주었다. 그것은 보스를 존중하는 이곳의 예의였고 인사였다. 종태는 식사를 마치자마자 담요 위에 누워 나른한 잠에 떨어졌다. 그날만큼 깊이 잔 적은 없었다.

종태는 점심때 일어나서 혼자 이발소를 다녀왔다. 오전 중에 이발면도가 있었으나 워낙 깊이 잠든 것을 보고 그냥 그대로 놔뒀었는데 다른 사람들은 다 면도를 했기 때문에 담당이 종태만 따로 데리고 가서 면도를 시켜줬다. 종태는 면도를 다녀와서 희봉과 장기를 두고 있었다. 구경꾼들이 달라붙어 제각기 훈수를 두고 있었다.

"형님, 포로 희봉이 마를 잡아먹어요."

"……."

희봉이 난처한 표정을 짓고 있었다. 자신에게는 훈수를 주는 사람이 없었고 전부 종태에게만 훈수를 주고 있었다. 종태가 씨익 웃어 주었다.

"난, 됐어. 이제 막내에게 훈수를 가르쳐 줘."

희봉의 표정이 밝아졌다. 얼마의 시간이 지나자 종태가 오히려 지고 있었다. 종태는 이판사판이라는 식으로 마구 쳐들어가고 있었다. 가는 족족 희봉에게 잡아먹히면서도 불도저처럼 밀고 나갔다. 결국 어이없게 지고 말았다. 그래도 종태는 웃고만 있었다. 종태가 장기판에서 물러나 창문으로 다가갔다.

아직도 비가 계속 내리고 있었다. 옥상의 끄트머리에서 비를 맞으며 서 있는 비둘기들이 보였다. 비둘기들을 올려다보자 그들은 종태를 뚫어지게 내려다보고 있었는데 그저 맥없이 바라보기만 하던 종태는 불쑥 이상한 기분을 느꼈다. 그것은 어젯밤의 일을 다 아는 것처럼 자신을 내려다보고 있는 비둘기들의 눈빛 때문이었다. 자꾸 보면 볼수록 불안해졌다. 종태는 마치 눈싸움이라도 하듯 비둘기의 눈빛을 쏘아보았다. 비둘기들은 나중에 종태의 이상한 행동에 적의를 느꼈던지 고개를 갸웃거리며 슬금슬금 물러가고 있었다.

종태는 괜히 불안한 기분이 되어 창문을 닫고 말았다. 저녁이 되자 석간신문이 들어왔다. 종태는 상호를 눈짓으로 가까이 오게 한 후 신문을 펼쳤다. 사회면의 맨 오른쪽 첫머리에 굵은 글씨로 '치정에 의한 살인 사건'이라는 제목이 얼른 눈에 들어왔다. 상호가 바짝 눈을 갖다 대었다. 종태는 천천히, 또박또박하게 글자를 읽어내려 갔다. 어젯밤 술집영업을 끝낸 대형술집 〈마부〉의 주인마담이 잠자리에서 범인을 알 수 없는 자에게 무참하게 살해되었다. 사건이 일어난 시각은 새벽 2시에서 3시 사이인 것으로 추정되는데 현장에서 정부인 박기식이라는 조직폭력배도 같이 살해되었다. 죽은 자세로 보아 둘은 성관계를 하다가 침입한 괴한에 의해 남자는 등에 예리한 과도로 깊이 20센티의 칼을 맞았고 여자는 누워 있는 상태에서 왼쪽 가슴에 과도가 꽂혀 있었다. 그들은 영업이 끝난 1시반쯤에 잠자리에 들었다가 끔찍한 변을 당했는데 괴한은 그 집의 구조를 잘 아는 면식범의 소행으로 추정된다. 경찰은 죽은 여자가 조직폭력배의 두목 차종태의 내연의 처로서 타조직간의 알력에 의한 범행이거나 치정에 의한 살인으로 추정하고 있다. 그리고 범행에 사용한 칼의 지문을 없애기 위해 침대 시트로 지문을 지운 것으로 보아 치밀한 계획에 의한 계획적인 살인으로 추정하고 있다. 대충 이런 내용이었다.

종태는 뺑끼통으로 들어가 뺑끼통에 걸터앉았다. 자꾸만 흘러내릴 것 같은 눈물을 참느라 그는 어금니를 물었다. 바지를 내린 사타구니로 밑에서부터 차가운 바람이 몰려들었다. 그는 소리 없이 웃었다. 그가 칼로 은영의 가슴에 내리찍을 때 번뜩 치켜뜬 그녀의 커다란 눈망울이 떠올랐다. 반가움에 놀라 웃는 것 같기도 하고 놀란 눈 같기도 한 그런 눈이었다. 그녀와 관계를 가질 때마다 그녀의 눈은 이상하리만치 맑아졌던 것이 자꾸만 떠올랐다. 초점을 잃어버린 눈이 허공을 주시하던 그런 눈이었다. 종태는 이제 마음속 깊이 허탈감이 몰려왔다. 그것은 이유를 알 수 없는 것이었다. 죽여 버리고 싶도록 미웠지만 지금은 오히려 자신의 마음속이 뒤숭숭해지는 것은 도저히 알 수 없는 것이었다. 종태는 지금 참을 만큼 참았지만 자신도 모르게 한 방울 눈물이 뚝 떨어졌다. 그는 눈을 치켜뜨고 앉아 마음을 진정시키고 있었다. 눈가는 벌써 벌겋게 변해 있었다.

그 다음날 종태는 수사접견을 왔다는 연락을 받고 보안과로 불려갔다. 같이 가던 담당은 미리 형사들한데서 그런 소식을 들었던지 종태에게 고분고분하게 질문을 던지고 있었다.

"차종태 씨, 어제 신문을 봤어요?"

"…… 봤습니다……"

"부인이 죽었다는데…… 결혼했습니까?"

"아뇨, 아직은……."

종태는 대답을 하면서 어색해졌다. 어떠한 표정을 지어야 할지 몰랐다.

"대단히 안 됐습니다. 지금 형사들이 그것 때문에 수사를 하러 와 있는데."

"……."

"부인이 무척 예뻤다면서요?"

"…… 그게 뭐 문제가 되겠습니까?"

"여자란 얼굴이 너무 예뻐도……."

종태를 인솔하는 담당은 거기서 말을 그쳐 버렸다. 벌써 보안과 사무실에 다 와 있었다. 보안과로 들어서자 낯익은 영등포서의 형사 둘이 서 있다가 종태를 보고는 아는 체했다. 그들은 담당의 인솔로 수사접견실로 들어갔다.

종태의 앞에 형사 둘이 앉았고 그 옆에 수사접견 기록을 적는 담당이 앉았다. 종태는 책상 위에 불끈 쥔 주먹을 올려놓고 있었다. 형사들은 어디까지나 범인을 잡기 위해 종태에게 수사협조를 바라고 나왔기 때문에 종태를 바라보는 눈빛이 처연한 분위기를 연출하고 있었다.

"차종태 씨, 여기서도 신문을 볼 수 있죠?"

"예."

종태는 짧게 대답했다.

"먼저 섭섭하다는 말씀을 드립니다. 재판은 받았습니까?"

"아뇨, 아직……."

"어젯밤에 부인이 죽었는데, 기식이라는 친구와 같이 있었는데 누가 죽였다는 생각이 듭니까?"

"……."

종태는 그네들을 빤히 쳐다보았다. 그러자 그들은 너무 섣불리 본론부터 꺼냈다는 후회를 하고 있는지 당황하는 눈치였다.

"아, 혹시…… 짚이는 데가 있는가 하고 물어보는 겁니다. 미안합니다."

그들은 영등포의 주먹세계에서 보스인 종태에게 깍듯한 예의를 표하고 있는 중이었다. 그들이 던진 질문은 당연한 것이었지만 너무 섣불리 본론부터 던진 건 미안하다는 생각을 가지고 천천히 물어오기 시작했다.

"혹시, 차종태 씨가 짚이는 구석이 없을까 해서…… 우리들은 단지…… 기식이에게 문제가 있는 게 아닌가 하고 수사를 하고 있습니다만…… 다른 조직에서 차종태 씨의 조직을 넘보고 저지른 짓일 수도 있기 때문에……."

"……."

"수사에 참고가 될 만한 것이 있으면 좀 협조를 해주십시오. 혹시…… 시장파의 문조는 어떻습니까? 저희들은 그를 유력한 용의자로 보고 있는데……."

"그럴 리는 없을 겁니다."

"그럼?"

"저도 여기서 확실히는 알지 못합니다. 난 지금 재판에 대해서만 신경을 써 왔기 때문에 밖의 일은 모두다 기식이에게 일임을 하다시피 했습니다. 자금은 전부 은영이가 맡았고…….”

“그런데 은영이라는 여자의 돈에는 아무런 이상이 없었거든요? 우리들은 다만 조직을 넘보려는 어떤 계획이 있지 않을까 하는 그런 냄새를 맡고 있습니다.”

“…….”

“차종태 씨와는 시장파가 껄끄러운 관계인 걸로 아는데…… 그리고 문조는 능히 조직을 삼키려는 의도를 갖고 있을 있는 걸로 봅니다. 나머지 조직들이야 모두 차종태 씨와는 옛날부터 서로 아는 사이일 거고 말입니다. 혹시, 강남 쪽에서는 어떠한 기미가 보이진 않습니까?”

형사는 지금 얼토당토 않는 말을 하고 있었다. 강남 쪽에서 이곳을 치고 들어 올리는 없다는 것을 모르는 모양이었다.

“강남에서는 영등포를 넘보지 않을 겁니다.”

“왜요? 그럴 수도 있잖습니까?”

“…….”

“내부에서는 기식이가 차종태 씨의 자리를 차지하는 데에 불만을 품을 자가 없습니까?”

형사는 진지하게 묻고 있었다. 있을 수 있는 가정들은 다 동원하고 있었다.

“내가 알기로는 없다고 생각합니다. 기식이는 동생들한테 잘 해주고 있었으니까요."

"혹시 말입니다, 이건 어디까지나 가정인데요, 기식이하고 은영이라는 여자가 돈을 가지고 일본이나 필리핀으로 날아가려는 뜻이 있어서 그걸 눈치 챈 자가 배신하는 그들에게 칼을 꽂은 건 아닐까요?"

"기식이가 일본으로 가려 했다구요?"

"기식이하고 은영이라는 여자는 모두 여권을 만들어 놓고 있었습니다."

"……."

종태는 깜짝 놀랐다. 그러한 종태의 놀라는 모습을 보고 형사들은 질문을 그만두고 가지고 온 서류에다 뭔가를 바쁘게 적고 있었다.

"잘 알았습니다. 강 형사가 차종태 씨에게 안부나 물어달라는 말을 전하라고 했습니다."

형사들은 서류를 챙겨 수사접견실을 빠져 나갔다. 종태는 그저 멍하니 그 자리에 앉아 있었다. 앞에 앉은 담당이 접견기록을 마무리 하느라 부지런히 볼펜을 움직이고 있었다. 종태는 방으로 돌아오자, 기분이 매우 가라앉아 있었다. 기식이가 일본으로 튈 생각을 하고 있었다니. 그리고 은영이도 같이 말이다. 자신은 이때까지 그러한 것은 생각도 하지 못했던 일이었다. 자신이 조금만 늦었어도 그들은 모든 돈을 찾아 가지고 달아났을 것이다. 종태는 그러한 생각이 들자 더욱 기분이 침울해졌다. 자신은 이때까지 조직을 키워 오면서 그러한 생각을 가진 적은 한 번도 없었다. 기식은 종태의 말이라면 절대 순종을 했고 일단 명령이 떨어지기만 하면 물불을 가리지 않고 잘 수행해 내었다. 기식이가 그런 머릴 굴리다니.

그 뒤로 형사들은 오지 않았다. 그 사건도 얼른 해결될 기미가 보이지 않았던 것이다. 종태는 일단 신문이 들어오면 그 사건에 대한 기사가 났는가부터 살폈다. 그러나 그 사건은 영영 미궁으로 빠져버린 듯 아예 감감무소식이었다. 그 사건은 아주 완벽하게 처리했기 때문에 종태로서는 전혀 신경을 쓰지 않아도 될 문제였다. 누가 구치소에 갇혀 있는 종태가 저지른 일이라고 짐작이나 하겠는가 말이다. 그 삼엄하기로 유명한 겹겹이 둘러쳐진 구치소의 담을 뚫고 밖으로 나가 살인을 했으리라곤 아무도 의심하진 않았다. 만일 그렇게 했더라도 다시 구치소로 들어온다는 것은 상상도 되지 않았기 때문이다. 종태는 차츰 그 사건에 대해 잊어버리기로 했다. 그게 훨씬 마음이 편했다. 형사들이 돌아가고 나서 한 달쯤 되었을까. 영등포 경찰서에서 쪽지가 날아왔다. 은영이 가지고 있던 통장과 도장은 종태의 이름으로 되어 있어서 돌려주겠다는 거였다. 만일 필요하다면 영치시켜줄 것이고 아니면 경찰서에서 보관하고 있겠다는 추신을 달고 있었다. 금액은 모두 16억이었다.

구치소의 겨울은 지독히도 길었다. 운동을 나가면 양지 쪽으로 볕만 들 뿐 매서운 추위가 영 가실 기운이 들지 않았다. 발바닥이 얼얼하도록 운동을 하고 방으로 들어와 뻥끼통에서 찬물로 목욕을 하고나면 그렇게 기분이 좋을 수가 없었다.

이제 기식이 대신에 땅벌이 면회를 오고 있었지만 밖에서 들려오는 소식이란 이제 완전히 조직이 무너진 느낌만 들게 할 뿐이었다. 문조가 이끄는 시장파에서 거의 역전을 휩쓸고 있었고 이미 조직원 중의 몇몇은 조직을 떠나 독립하거나 다른 조직으로 들어가 있는 상태였다. 겨우 몇 명만이 남아서 〈마부〉의 술집을 운영하고 있었지만 이미 그들도 조직원의 생활을 떠나 단지 술집운영으로만 나서고 있는 중이었다. 문조의 패거리들은 그렇게 찌그러든 종태의 부하들에게 더 이상 손을 대진 않았고 그냥 가만히 방치해 두는 그런 상태였다. 땅벌은 술집에서 나오는 수입으로 동생들을 데리고 그냥 살아가는 것만으로 만족하고 있었다. 그리고 며칠에 한 번씩 종태에게 와서 그간의 일들을 보고하고는 돌아갔다. 종태는 자신이 그동안 뼈를 깎아가며 일궈온 것이 하루아침에 무너지는 것을 보고 주먹세계의 무상함을 맛보고 있었다. 그리고 그는 차츰 바깥의 일들에 대해 잊어가고 있었고 그 대신 안에서의 생활에 낙을 찾고 있었다.

사람들은 흔히 자신이 일궈온 것들이 한순간에 무너지고 나면 처음에는 안타까워하다가도 나중엔 자포자기하는 심정이 되어간다. 종태도 마찬가지였다. 이미 엎질러진 물. 안에서 아무리 안타까워한들 아무런 소용이 없었다. 일단 나가서 생각할 문제인 것이지 더 이상 마음을 쓸 일이 아니었던 것이다.

그가 지금 제일 궁금한 것은 자신의 재판이었다. 땅벌이 일단 밖에서 변호사와의 일을 추진하고는 있지만 그리 밝은 것만은 아니었다. 지금이라도 창호가 잡혀서 종태와는 무관하다는 것을 밝히기만 한다면 어느 정도 가능성이 있겠지만 이미 기식이가 죽어버린 지금, 그 사건에 대해 신문을 통해서 본 창호가 나타나리라곤 애초에 눈꼽만큼도 없는 기대였다. 오히려 더 나타나지 않을 것이 분명했다. 일단 종태가 나가기만 한다면 조직을 일으키는 건 쉬울 것이다. 얼마나 빨리 나가느냐가 문제인 것이다. 조직이란 든든한 보스만 있으면 살이 붙고 뼈가 붙게 마련이다. 그리고 옛날의 조직원들이 몰려들 것은 뻔한 이치였다. 종태를 떠난 그들도 마지못해 떠난 것이지 좋은 대우를 받고 다른 곳으로 들어간 것은 아니었다. 보스가 없는 역전파에 더 이상 남아 있다는 것은 다른 조직으로부터 참패만 당할 뿐 아무런 이득도 없다. 종태는 한편으로는 주먹세계의 무상을 느꼈지만 또 다른 한편으로는 조직원들의 장래를 위해서 자신을 떠난 그들을 탓하고만 있을 수는 없었다. 자신이 나가면 언제든 다시 그들을 만날 수가 있었다. 어디에서 무슨 일을 하건 간에 주먹의 세계에서 맴돌 것이기 때문이다.

종태는 1심구형에서 특정범죄가중처벌법과 범죄조직특별법이 적용되어 검사에게서 7년이 구형되었다. 검사는 논고에서 범죄를 일삼는 폭력조직의 대부로서 하부조직원인 최창호가 이권다툼을 하던 중 시장파의 조직원을 살해했으며, 그 사건에 직접 가담은 않았지만 조직의 괴수로서 묵시적으로 그러한 살인을 하도록 방조한 혐의를 들어 특정범죄가중처벌법과 범죄조직특별법을 들어 7년을 구형한다고 설명했다. 변호사는 종태의 이번 건은 창호가 저지른 개인범행이며 종태와는 아무런 연관이 없다는 점을 들어 강력히 변호를 했고 시골에 계신 노부모인 어머니를 부양하고 있다는 사실을 들어 내세웠다. 선고는 3주 뒤에 있다는 판사의 말을 듣고 구치소로 돌아왔다. 종태는 논고를 하는 검사를 노려보았지만 검사는 아예 시선을 판사 쪽으로만 하고 있었을 뿐 종태 쪽으로는 눈길 한 번 던지지 않았다. 종태는 검사에게 대든 대가를 톡톡히 받고 있었다.

상호가 1심에서 1년 6월을 선고받고 항소를 했다가 항소심에서 기각을 당한 것도 종태가 1심 구형을 받고 난 일주일 뒤였다. 그리고 며칠 있다가 의정부 교도소로 이송을 가게 되었다. 이곳 구치소에서는 일단 재판이 끝나면 다른 교도소로 이송을 보내는 것이었다.

상호가 이송을 가던 날은, 마악 기상나팔이 울리고 난 뒤에 아침 점검도 하기 전에 "김상호, 이송 준비!"라는 담당의 말이 떨어졌다.

이곳에서는 그렇게 불시에 이송을 시키는 것이었다. 그것은 미리 이송을 눈치 챈 재소자들이 혹시 탈주를 모의할까 염려해서 하는 극비의 조처였다. 만일 이송이 있다는 것을 미리 눈치를 챈다면 어떠한 방법을 동원해서라도 탈주할 것을 마음먹을 수도 있는 일이었다. 그리고 바깥에 있는 조직들과 공모를 해서 도중에서 사고를 칠 수도 있는 일이었다. 상호가 이송을 떠나던 날은 간밤에 눈이 내려 무척 추운 아침이었다.

"형님, 잘 계십시오."

상호가 깊숙이 머리를 숙였다.

"그래, 의정부로 가면 편지해라. 그리고 나도 재판이 끝나면 담당들한테 손을 써서 꼭 의정부로 갈 테니까, 니가 미리 자리를 잡아둬라. 그리고 땅벌이 오면 한 달에 한 번씩은 면회를 가도록 할 게. 그리고 가거든 싸움은 하지 말고."

"알았습니다, 형님."

상호는 다시 한 번 깊숙이 허리를 굽혀서 인사를 했다. 상호는 방 사람들과 일일이 악수를 나눈 다음 작별을 고하고 있었다. 천식이 눈물이 그렁해져서 눈물을 훔치는 것이 보였다.

"형님, 내가 나가거든 면회 한 번 갈게요."

"그래, 고맙다. 나갈 때까지 형님한테나 잘 하고."

"예."

천식이 눈물을 훔치고 하얀 고무신을 방문 앞에다 놓아 주었다. 상호는 방 사람들이 만들어준 이송보따리를 어깨에 둘러멘 채 복도로 내려서고 있었다. 종태의 눈에 눈물이 고였다. 그는 창틀에 서서 복도에서 인사를 하고 있는 상호를 보지 않으려고 외면을 하고 있었다.

"형니임, 나갑니다. 몸조심 하십시오."

상호는 또 한 번 몸을 숙였다. 정말 쓸 만한 놈이었다. 종태는 소지가 달려와서 상호의 어깨에 멘 이송보따리를 받아들고 그 뒤를 따라 걸어가는 상호의 뒷모습을 바라보았다. 종태는 담당에게 눈물을 보이지 않으려고 애써 눈을 껌벅이고 있었다. 소위 주먹이라는 자가 눈물을 보이다니. 그는 다시 바깥쪽으로 난 창문으로 가서 주복도를 걸어가고 있는 상호를 내다보려고 했다. 그때 상호도 마침 2동 쪽으로 눈길을 돌리고 있는 중이었다. 종태가 창살 밖으로 손을 내밀자 상호는 또 한 번 고개를 숙였다. 종태의 눈가에 멀건 것이 고였다.

상호가 떠나고 나자 방 안이 온통 텅 빈 것 같았다. 갑자기 징역을 사는 게 서글퍼졌다. 그동안 있을 적에는 몰랐던 적막감이 소용돌이쳤고 실어증세를 앓는 늙은이처럼 말을 하기도 싫어졌다. 한 사람이 빠졌는데도 방 전체 사람이 다 빠져나간

듯이 썰렁해졌다. 종태는 갑자기 허탈감에 빠졌다. 남녀 간의 사랑도 아니었는데도 이렇게 정이 들다니. 정이란 원래 무서운 거였다. 더구나 의리로 뭉쳐진 그들의 끈끈한 정은 아무도 모를 것이다. 죽음을 무릅쓰고 창살을 벗어나 구치소의 담벼락을 넘고, 그리고 사람을 죽이고 들어왔던 그때의 그 아슬아슬했던 것도 모두 다 상호가 척척 도와줘서 손발이 맞았던 결과였다. 종태는 그런 상호를 위해 우선 일억의 돈을 만들어서 상호의 시골집으로 부치도록 땅벌에게 지시했다. 그리고 자신이 나가면 보답을 할 거라는 약속을 했다. 이제 종태도 재판이 끝나 실형을 받으면 어떻게 손을 써서라도 서울에서 가까운 의정부 교도소로 가리라고 마음을 먹었다. 의정부로 가면 같은 공장에 출역하면서 함께 지낼 수 있게 될 것이다. 의정부 교도소는 농사를 주로 짓는 그런 교도소였다. 농사철만 되면 교도소의 밖으로 나가 일을 하다가 몰래 술도 한잔 마실 수 있었다. 그리고 담배가 제일 많이 들끓는 곳이었다. 재소자들이 들일을 나가면 미리 출소자들이 벼포기 속에다 무더기로 숨겨둔 담배를 갖고 들어와 정말 원없이 담배를 피웠다. 그곳은 들일을 나간 출역수들을 통제하기가 제일 어려운 곳 중에 하나인 교도소였다.

종태도 어차피 실형을 받게 되면 교도소로 가야 한다. 이곳에서는 출역을 할 수가 없었다. 이곳 구치소에서 남아 출역을 하는 데에는 사상범이나 마약범, 운동권, 조직폭력 등은 아예 제외되었다. 모든 이들은 될 수 있으면 가족들이 면회오기 쉽도록 이곳 구치소에서 잔형을 살기를 원하지만 그게 그렇게 뜻대로 되지는 않았다. 이곳에 남아 일을 하는 이들은 기껏해봐야 일이 년 형기를 남긴 자들이었다.

뇌물수수로 들어온 세무원이었던 김성철이도 1심에서 징역 1년에 집행유예 2년을 받아 나가고나자 더욱 방 안에 찬바람만 불어왔다. 대신에 새로 신입이 들어왔지만 이제 종태는 그들의 신입식도 정식으로 받지 않았고 배식반장이 종태를 대신해서 신입식을 하곤 했다.

모든 게 시들해졌다. 벌써 권태감이 오다니, 이러면 안 되는데 하면서도 그 자신도 어쩔 수 없었다. 낮엔 거의 하루종일 복도에 나가 살다시피 하고서 방으로 들어오면 괜히 짜증만 났고 밤에는 제대로 잠도 오지 않는 거였다. 모든 이들이 자신을 떠나가 버리고만 것처럼 우울한 나날이 계속되고 있었다.

종태는 지금 모든 재소자들이 잠든 시간에 희봉의 아랫도리를 더듬고 있었다. 희봉의 그것이 빳빳하게 솟아올랐다. 종태는 계속 만지기도 하다가 일부러 밀었다 당겼다 하면서 희봉의 표정을 살피고 있다. 시시각각으로 변하는 희봉의 얼굴을 보며 자신의 따분함을 달래고 있는 것인지도 몰랐다. 지금 희봉은 얼굴을 일그러뜨리며 엉덩이를 자꾸만 뒤로 뺐지만 종태는 그러는 희봉의 그것을 잡아당겨 앞으로 내밀도록 만들고 있다.

그리고 다시 그 동작이 되풀이 됐다. 희봉의 괴로운 표정이 자꾸만 일그러지다가 끝내 참지 못하고 사정을 하고 만다. 종태는 얼른 그것을 희봉의 몸쪽으로 구부려 희봉의 몸에다 사정하도록 만든다. 그것은 순식간의 일이었다. 그러나 종태의 손바닥에도 조금은 묻었는지 종태가 희봉을 나무라자 희봉은 미안해하는 눈치다. 이번에는 희봉을 뒤로 돌려 뉘였고 종태의 억센 뿌리가 희봉의 항문에 가 박힌다.

지금 밖에는 겨울바람이 세차게 부는지 낙엽들이 휩쓸려 다니는 소리와 잘 맞지 않는 창문들이 덜그럭거리는 소리가 어울려 한층 처량하게 들리고 있었다. 경교대원들이 근무를 나가는 발자국소리도 얼음에 부딪혀 쇳소리를 내고 있었다. 감시대에서 들려오는 '근무교대' 복창소리나 '근무중 이상무!'를 외치는 소리엔 왠지 모를 삭막감이 돌았다. 담당도 난로 옆에 웅크리고 앉아서 졸고 있을 시간이었다.

종태는 점점 눈이 가물거리면서 보이기 시작한 은영의 흰 나신에 치를 떨면서 잠깐 호흡을 멈추기도 했다. 그러나 다시 그것을 움직여 절정으로 치닫고 있는 중이었다. 종태는 요즘 들어 뽕을 마시는 양도 늘어 갔다. 안 그러면 제대로 환각이 되지 않았다. 양이 적은 날은 한참 기분이 좋아지다가 흥이 깨져버리는 때도 있었기 때문에 조금씩 양을 늘려나가야 비로소 제구실을 했다. 어렴풋이 들려오는 군인들의 발자국 소리도 마치 시골길의 눈길을 밟는 사각거리는 소리도 들려 왔으며, 비둘기들의 구룩거리는 소리는 어느 숲속에서 듣는 그런 소리였다. 희봉에게 항문을 더 조이라는 명령을 하고 얼마나 씨근덕거렸을까.

담당은 깊이 잠이 들었는지 보안과장이 순시를 도는 것도 모르고 두 무릎에 손을 모으고 벽에 머리를 기대고 자고 있었다. 보안과장은 처음에 순시를 수행하고 있는 주임이 사방출입구의 자물쇠를 열면 그 소리에 놀라 담당이 잠이 들었다가도 일어나는 것으로 알았는데 과장이 몇 방을 지나도록 담당은 일어나지 않고 있었다. 과장이 4방을 지나 5방에까지 다가왔는데도 담당은 곯아떨어져 있었다. 과장은 힐끗 담당의 입벌린 얼굴을 쳐다보고는 한심하다는 듯이 고개를 돌렸다. 과장의 뒤를 수행하던 주임이 얼른 담당의 구두를 차자 그때서야 담당이 부스스 일어났다. 그때 이미 과장은 5방의 창살 너머로 발뒤꿈치를 들고 안을 들여다보고 있었다. 과장이 한참동안 시선을 떼지 않고 한곳을 주시하고 있는 것을 보고 주임도 무심코 그쪽을 보았다가 흠칫 놀라는 표정을 짓고 있었다. 종태는 그것도 모르고 환각에 취해 열심히 꿈틀거리고 있었다. 과장은 눈짓으로 문을 따라는 시늉을 했다. 주임이 허리춤에서 사방키를 뽑아 문을 열었다. 그때까지도 이불을 뒤집어 쓴 종태는 아무것도 모르고 있었다. 과장이 이불을 홱 제끼자, 종태와 회봉은 아랫도리를 벗은 알몸이었다. 과장이 들고 있던 랜턴을 그쪽으로 비추자 희봉의 항문에서 끈적거리는 핏덩이가 보였다. 주임과 담당의 눈동자가 휘둥그래졌다. 종태와 희봉은 플래시 세례를 받으면서 그냥 그대로 가만히 있었다.

"뭐하는 짓들이야! 이 새끼들 당장 끌어내!"

과장의 불호령이 떨어졌다. 그러자 깊은 잠에 빠져 있는 방 안의 재소자들이 전부 일어났다. 모두가 깜짝 놀란 표정들이었다. 갑자기 호통을 치는 통에 잠에서 깨어나 보니, 방 안에 과장이 서 있었고, 주임이 서 있었고, 담당이 서 있었던 것이다.

종태와 희봉이 주섬주섬 옷을 챙겨 입는 것을 보고나서야 그들은 무엇 때문에 과장이 그렇게 소리를 지른 것인지를 알게 되었다. 종태와 희봉은 꼭두새벽에 보안과로 끌려갔다. 보안과의 지하실은 항상 문제 재소자들을 취조할 때 불을 켰는데 습습한 곰팡내가 코를 찔렀다. 그곳은 벽에서 새어나오는 물기가 고이도록 한쪽에 웅덩이를 파 놓았고 물이 차면 양동이로 내다 버리는 것이었다.

지금 주임의 책상 앞에는 종태가 수갑을 차고 굵은 포승줄에 온몸이 칭칭 감겨 있었다. 그리고 저쪽 한구석에 희봉이 수갑을 차고 바닥에 무릎을 꿇은 채 고개를 푹 숙이고 있었다.

"너, 히로뽕 어디서 났어? 불어!"

"……."

종태는 책상 앞에 무릎을 꿇리운 채 수갑을 찬 손목이 뒤로 묶인 허리를 최대한 숙이고 있었다. 그의 건장한 몸뚱이가 퍼런 포승줄에 여러 겹 묶여 있어서 마치 커다란 짐승을 묶어 놓은 것처럼 보였다.

"너, 정말 안 불거야? 한 번 맛 좀 볼래? 그리고 오늘 낮에 5방을 검방했는데 뼁끼통 속에서 여자 팬티가 나왔고 담배가 나왔어. 그것 다 어디서 난 거지?"

"……."

"너, 아무리 영등포에서 날고 긴다고 하지만 안 불면 죽어. 넌 마약까지 손을 댔어. 당장 검찰에 보고를 해야 돼. 빨리 말을 듣는 게 네 신상에 좋아."

주임은 이제 의자에서 일어나 책상 너머로 깊숙이 고개를 내밀어 나직하게 달래고 있었다. 그러나 그 말소리는 잇몸을 앙다문 말이었다. 종태는 아예 꿈쩍도 않고 있었다.

"너 이 개새끼! 바른 대로 안 불 거야! 좋아, 하루종일 누가 이기나 한 번 해보자."

주임은 다시 의자에 앉아 담배를 빼물었다. 종태를 내려보다가 한참만에 고개를 들어 천장을 향해 연기를 내뿜었다. 지하실이라서 연기는 억지로 올라갔다가 공중에 쉽게 퍼지질 않고 뭉쳐져 있었다. 종태는 어젯밤부터 계속 꽁꽁 묶인 채 찬 시멘트 바닥에 무릎을 꿇고 있었다. 무릎으로 차디찬 냉기가 올라왔다. 뼈마디가 시큰거리다가 못해 통증이 왔다. 약 기운이 떨어져 버린 지금은 추위로 인해 나른한 피로가 몰려오고 있었다. 종태는 어젯밤부터 계속 한숨도 자지 못한 채 번갈아가며 주임에게 취조를 당하고 있는 중이었다. 눈꺼풀이 저절로 쏟아져 내리고 있었지만 그걸 참느라 얼마나 어금니를 확 물었던지 무릎이고 입안이고 몸뚱이 전체가 조금도 성한 데라곤 없는 것처럼 느껴졌다. 지금 무릎은 통증도 통증이었지만 피가 안 통해서 다리가 끊어져 나갈 것처럼 감각이 없어졌다.

"희봉이, 너 이리 와!"

희봉도 얼른 일어서질 못하고 무릎을 세우는 데에만 한참이나 걸렸다. 겨우 일어나서 뒤뚱거리며 책상 앞으로 다가와 다시 무릎을 꿇었다.

"너, 알지?"

주임이 나무로 만든 지휘봉을 희봉의 바로 눈 앞에다 꼬누었다.

"전 아무것도 모릅니다."

"뭐? 몰라? 개자식이, 너부터 한 번 당해 볼래?"

"정말입니다. 저, 거짓말이 아닙니다."

희봉은 마치 울 듯이 몸을 주억거려가며 말을 하고 있었다.

"그럼, 너 몇 번이나 그짓을 당했어?"

"여러 번……."

희봉은 말끝을 흐렸다.

"여러 번이 몇 번이야? 이 자식아!"

"일곱 번요."

"그게 정확해?"

"예."

"알았어, 저리 가봐."

주임은 다시 종태를 추궁하기 시작했다. 그러나 종태의 입을 여는 것도 그리 만만치는 않았다. 종태가 입을 열면 4동에 있는 병찬이가 묶여올 것은 뻔했고, 내청에 출역하는 박 씨가 묶일 건 뻔한 이치였다. 종태는 어차피 분 것이나 불지 않는 것이나 결과는 마찬가지라는 것을 알았다. 자신이 분다고 해서 죄가 가벼워지는 것은 아니었다. 이미 종태는 구치소의 그러한 생리를 알고 있었으므로 차라리 입을 다무는 것이 여러 사람을 죽이지 않는 거라고 마음속으로 다짐하고 있었다. 주임은 몇 번이나 불라고 다그치다가도 자신이 지쳐 버렸는지 혼자 짜증을 내고 있었다. 주임들은 이 사건을 맡느라 어젯밤에 야근을 하고서도 아침에 곧장 퇴근을 하지 못하고 이 일에 매달려 있어야 했다. 그러니 짜증이 날 만도 했다. 벌써 이틀째로 접어드는데도 종태는 입도 벙긋하지 않았다. 아직 체력으로 버티기에는 여력이 남아 있는 듯이 보였다. 종태의 체구는 워낙 크고 운동으로 다져진 몸이라 항복을 시키기에는 어려울 것처럼 보여졌다. 종태는 보안과 소지가 들고온 밥도 먹지 않았다. 이 지하실에 갇혀 있으면서 지금이 낮인지 밤인지를 모를 정도였다.

"너, 그냥 쪼아서는 안 되겠어. 아주 혹독한 고문을 해야 정신을 차릴 거 같애. 일어서!"

주임은 소지를 불러 직원들을 내려오라고 해서 직원들로 하여금 옷을 벗기고 다시 알몸에다 수갑을 뒤로 채우고 포승줄로 묶게 했다. 그리고 발목에도 수갑을 채웠다. 몸에 걸친 것이라곤 팬티 밖에 없었다.

"니가 이기나 내가 이기나 한 번 해보자. 여기서는 죽어도 눈하나 깜짝 안 해."

종태는 직원들에 의해 천장에 있는 도르래에 거꾸로 매달렸다. 모든 피가 아래로 내려갔고 눈이 시뻘겋게 변했다. 발목에 채운 수갑에 포승줄을 걸어 위로 매달았기 때문에 발목이 떨어져 나갈 것처럼 아파왔다. 처음엔 몸이 대롱거리면서 빙빙 돌다가 점점 멈췄는데 점점 눈알이 빠질 것처럼 온 몸의 무게가 눈으로만 쏠리는 것 같았다.

"괜히 헛고생하지 말고 불어. 넌 결국 불게 돼."

종태는 악에 받쳤는지 자기도 모르게 빙긋 웃었다. 얼굴이 시뻘개져서 빙긋 웃자 주임은 화들짝 놀라면서 뒤로 주춤 물러섰는데 자신을 비웃는 것쯤으로 알고는 더욱 날카로워졌다.

"좋아, 네가 아직도 웃을 만한 여력이 있다? 그말이지?"

주임은 위로 올라가더니 곧이어 주전자를 들고 와 종태의 코에 들이부었다. 종태는 꺽꺽거리며 몸을 심하게 비틀었다. 고춧가루 물이었다. 벌건 고춧가루들이 물 속에 섞여 있었다. 종태는 몸을 비틀면서 코로 입으로 마구 뿜어내고 있었고, 주임은 주전자의 꼭지를 들고 따라다니며 종태의 코에다 쏟아 부었다.

지독한 물고문이었다. 종태는 죽어 버리는 것이 더 편할지도 모른다는 생각을 순간 했다. 자신이 이때까지 싸워 온 그 어떤 피비린내보다도 더한 고통에 혀를 깨물어 자살이라도 해버릴 생각이었다. 주임을 죽여 버리고 싶은 생각에 이빨을 앙다물고 노려보았지만 오히려 주임의 분노만 사고 있었다. 종태의 체력도 여간 아니었다. 주임의 닷 되들이 커다란 주전자의 물을 다 들이붓도록 종태는 항복하지 않고 있는 것이었다. 주전자의 물이 거의 다 떨어졌을 때에야 종태는 까무러치고 말았다.

"지독한 놈! 어이, 소지. 물 좀 떠와!"

소지가 양동이 물을 떠 오자 주임은 종태의 얼굴에 물을 끼얹었다. 살갗에 얼음이 어는 것처럼 찢어지게 아파왔다. 그런데도 몸에서는 모락모락 김이 서리고 있었다. 찬물을 뒤집어썼는데도 아직 정신이 들지 않았다. 모든 게, 금방이라도 죽어 버릴 것같이 한치의 앞도 내다보이질 않았다. 그럴수록 종태는 잇몸에서 나는 소리를 내며 이빨을 갈고 있었다. 그것은 마치 짐승의 신음처럼 들렸다. 덫에 걸린 짐승이 사람이 다가가자 허연 이빨을 드러내며 위협을 가하듯, 그런 포효하는 모습이었다. 종태의 몸에 박힌 용의 문신자국이 툭툭 튀어나와 종태의 몸뚱이를 휘감고 있는 듯이 꿈틀거리고 있었다. 그러나 주임은 또다시 주전자를 들어 물고문을 가하기 시작했다.

"으……."

종태는 차라리 죽어버리는 게 낫겠다고 생각을 하고 혀를 물어버릴 작정이었다. 그게 차라리 나았다. 이러한 수모를 당하고 견디는 것이 죽음보다 더 치사하게 여겨졌다. 그러나 한편으로 갑자기 살아야겠다는 강한 욕구도 같이 일어나고 있었다. 복수심이 더 빨리 머릿속을 관통해가고 있었다. 그건 죽겠다는 의지보다도 더 빠르게 자신을 순간적으로 설득하고 있었다. 이때까지 쌓아올린 자신의 탑이 한꺼번에 무너져 버린 것만큼 살아야겠다는 확고한 의지가 소용돌이치고 있었다. 그러나 계속 부어지는 고춧가루 물에 더 이상 참을 수 없게 되자 그는 버럭 소리를 질러댔다.

"김일성 만세!"

"김일성 만세!"

그가 크게 소리를 지르자, 주임은 당황하여 주전자를 팽개치고 종태의 뺨을 세게 후려갈겼다. 종태가 계속 소리를 질러대자 나중에는 주임이 종태를 묶어 놓은 밧줄을 풀었다. 그러다가 시멘트 바닥에다 쿵하고 떨어지면서 정신을 잃고 말았다.

낮밤이 따로 없는 그런 어둠의 동굴이었다. 종태는 얼마나 시간이 흘러갔고 지금 거기가 어딘지도 몰랐다. 몸을 꿈틀거려 보았으나 등 뒤로 수갑이 채인 상태였고, 그 위로 또다시 밧줄이 묶여 있다는 것을 알았고, 발목의 찬 기운으로 미루어서 발목에도 수갑이 채였다는 것을 알았다. 모든 게 캄캄했으므로 눈을 뜨나마나 아무것도 볼 수 없었다. 차라리 눈을 감고 있는 것이나 마찬가지였다. 눈알이 한 주먹이나 튀어나와 있는지 쓰라렸다. 종태는 바닥에 엎드러져 가만히 있었다. 자신이 죽지 않고 있었다는 것이 신기했다. 도저히 참을 수 없는 그런 치욕이었고 또한 고통이었다. 얼마나 세수를 안했던지 눈꼽이 덕지덕지 눌러붙은 것처럼 갑갑해 왔고 이마에서 따끔거리는 통증이 있었지만 왜 그런 것인지는 알지 못했다.

누군가 자신의 몸에 포승줄을 다시 묶은 모양이었다. 얼마나 꽉 조여 왔는지 밧줄이 살점을 비집고 들어온 듯 아팠다. 살았구나 하는 마음이 들자, 그는 목이 말라왔다. 입안의 혓바닥을 이리저리 움직여 물기를 찾았지만 모래알처럼 까끌거리기만 할 뿐 침도 고이지 않았다. 지금이 몇 시인가. 여긴 분명히 먹방인 모양인데 바깥에서 들려오는 소리조차 없었기 때문에 지금이 몇 시라는 걸 짐작조차 할 수 없었다. 바닥의 마루에서는 숭숭 찬바람이 올라왔다. 바닥엔 분명 구멍 나 있는 곳이 없었는데도 황소바람이 새어나오고 있었다. 서서히 몸이 떨려 왔다. 몸에 걸친 것이라곤 아무것도 없었다. 그는 추위 때문에 정신이 혼미해질 지경이었다. 다시 어금니를 꽉 깨물었다. 그러고나자 한동안 추위가 물러가는 것 같았으나 금방 추위가 달려들었기 시작했다. 이번에는 더 세게 이빨을 꽉 물었지만 소용이 없었다.

며칠이 지나갔는지 모른다. 손바닥만한 식구통으로 식어빠진 밥과 몇 쪼가리의 허연 김치와 국물이 들어왔을 뿐 사람과는 아무런 접촉도 없었다. 종태는 엎드려서 개처럼 밥을 핥아먹으면서, 또 국물을 혓바닥으로 말아 올리면서 어떻게든 밥은 먹어야 했다. 지금은 살아야겠다는 강한 의지밖엔 아무것도 없었다. 대소변을 볼 때에는 팬티를 끌러 내리지 못해 벽에다 엉덩이를 대고 문질러 내렸다. 그러나 내리는 것보다도 대변을 보고난 후에 올리는 것이 더 문제였다. 그때는 바닥에 누워 다리를 들고 가랑이를 벌림으로써 팬티가 자연스레 올라가도록 했는데 그 팬티는 엉덩이에 걸친 듯 만듯하게 걸려 있었다. 어둠이 주는 막막함이 더 고통이었다. 누구든지 말을 주고받을 만한 상대가 없다는 것은 지독한 고문이었다. 그는 밥만 먹으면 그대로 엎드려져 있었고 잠이 오면 스르르 잠이 들곤 했다.

하루에도 몇 번이나 잠을 잤는지 모른다. 그리고 그 잠은 깊이 드는 잠이 아닌, 어설프고 얕게 드는 잠이었다. 그러다가 꿈속같이 희미한 소리에 놀라 깨어나면 캄캄한 어둠이었다. 그리고 그를 불러내 주는 이도 없었다. 종태는 자신이 지독한 고문을 받다가 어떻게 해서 이곳에 갇히게 되었는지를 찬찬히 생각을 더듬어 나갔다. 그 주임이 시뻘건 고춧가루 물을 자신의 코에 들이붓는 것만 크게 보여졌을 뿐 그 뒤는 별로 생각나는 게 없었다. 자신이 무슨 악을 썼는 것까진 기억이 났지만 자신이 차마 김일성 만세라고 외쳤던 것은 기억이 나지 않았으므로 왜 주임이 자신을 잡아 죽일 듯이 으르렁대다가 이곳에 팽개쳐 두었는지 도저히 이해가 되지 않았다. 그러면 이것도 고문이란 말인가.

종태의 앞에 넘실대는 바다가 보였다. 어둠 속에서 바라보는 바다는 두려운 존재처럼 느껴졌다. 지금 자신이 일본으로 밀항을 하기 위해 와 있어서인지는 모르지만 그는 바다를 보자 그러한 생각부터 들었다. 가다가 죽을지도 모른다. 망망한 바다를 저 조그마한 배로 건널 마음을 먹은 것이 이상했다. 그러나 자신의 마음속은 자꾸만 자신을 시험하기 위해서라도 저 배로 현해탄을 건너야 한다는 귀울림이 들려오고 있는 것이었다. 나를 시험하기 위해서라도.

그는 어떤 절대자의 위엄 같은 알 수 없는 지시에 의해 조그만 배에 몸을 실었다. 가만히 보니 노가 두 개 보였다. 그는 자신도 모르게 그 절대자에게 엄숙한 기도를 올리고 있었다. '하나님, 아버지. 이름이 거룩히 여김을 받으시오며…… 이름이

거룩히 여김을 받으시오며…… 이름이…… 거룩히 여김을…… 받으시오며.' 그의 기도는 거기에서 자꾸만 멈춰지고 있었다. 기도를 마쳐야 비로소 출항을 할 터인데 그 다음의 기도가 전혀 생각나지 않는 거였다. 점점 초조해졌다. 지금쯤 구치소에서는 자신을 잡으러 사방팔방으로 쫙 깔려서 수배를 할 것이다. 어쩌면 시커먼 군견을 데리고 자신의 발자국을 따라 달려오고 있는지도 몰랐다. '하늘에 계신 우리 아버지여, 이름이 거룩히 여김을 받으시오며, 이름이 거룩히 여김을 받으시오며……' 그러나 이번에도 거기에서 멈춰지고 말았다. 아, 점점 날은 밝아 오는데 그는 더욱 초조해졌다. 날이 밝으면 모든 것이 수포로 돌아가고 만다. 어떻게 해서든지 기도를 마치고 출항을 해야 했다. 그런데 기도가 제대로 나와 주지 않다니. 그는 뱃전에 납작 엎드려 울부짖었다. '하늘에 계신 우리 아버지여, 하늘에 계신 우리 아버지여, 이름이 거룩히 여김을 받으시오며, 이름이 거룩히 여김을 받으시오며.' 그는 결국 먼동이 터오는 것을 보며 구치소에 있을 때 방바닥에 굴러다니던 성경책의 기도문을 외워 두지 못한 것을 깊이 후회하고 있었다. 그가 안절부절 못하고 있을 때 희붐한 안개 속에서 불쑥 사람의 형체가 나타났다. 그는 흠칫 놀랐다. 가만히 보니 손에 무엇을 들은 것 같았다. 그 사람은 점점 자신이 있는 바다 쪽으로 다가오고 있었는데 일부러 고개를 숙였는지 얼굴이 똑바로 보이지 않았다. 종태는 노를 잡고 안간힘을 써서 바다 쪽으로 나아가려고 애를 썼지만 노가 움직이질 않았다. 그러는 사이에 어느덧 안개 속에서 나타났던 사람이 배에 가까이 다가와 있었다. 종태는 후려치기 위해 노를 뽑았으나 노는 고리에 걸려 뽑아지지 않았다. 그런데 가까이 온 사람의 얼굴을 보자 종태는 까무러치게 놀라고 말았다. 바로 그 악마 같은 주임이었다. 자신의 코에 고춧가루 물을 퍼붓던 주임이었다. 종태는 벌떡 일어서면서 주먹으로 휘갈겼는데 그보다 먼저 주임이 들고 있던 시커먼 포승줄이 포물선을 그리며 자신의 목을 낚아챘다. 종태는 목에 걸린 포승줄을 벗기려고 양손으로 잡아 벌렸지만 그것은 올가미처럼 절대 벗겨지지 않았다. 종태는 모래사장에서 뒹굴면서 안간힘을 썼다. 그가 얼핏 보니 주임이 허리춤에서 권총을 뽑아들고 있었다. 그리고 그 총구의 방향은 자신을 향하고 있었다.

아악, 안돼! 타앙!

깨어 보니 꿈이었다. 종태는 머리에서 진땀이 흐르고 있는 것을 느꼈다. 자신이 일본으로 탈출하는 꿈이었다. 왜 그런 꿈을 꾸었는지 모른다. 더구나 자신을 잡으려는 사람은 다름아닌 자신을 고문했던 주임이었다. 자신이 그토록 놀랐던 이유도 자신을 고문했던 주임이었기 때문이다. 얼마나 놀랐으면 아무것도 걸치지 않은 몸뚱이에 진땀까지 났을까 싶었다. 그는 바닥에다 얼굴을 댄 채로 그대로 있었다. 꼼짝도 하지 않고 있었다. 아무것도 생각하고 싶지 않았고 몸까지도 움직이고 싶지 않았다. 주임을 생각하면 이제 한 발자국도 나가기가 싫었고 그래서 그는 지금 꼼짝도 않은 채 마냥 누워 있는 것인지도 몰랐다. 지금이라도 뚜벅뚜벅 걸어와 자신을 불러낼 것만 같았다. 그리고 그 무지무지한 고문을 다시 시작할 것만 같았다. 이제 또 그러한 고문이 시작된다면 이번에는 지죽고 나죽자는 식으로 이판사판으로 엉겨붙어 버릴 작정이었다. 이제 더 이상의 삶에 대한 애착도 부질없는 것처럼 느껴졌다. 어제까지만 해도 자신은 이빨을 앙다물며 살려고 애를 썼었다. 그러나 어둠 속에 갇혀 있는 지금 차라리 죽어 버리는 것이 나을 거라는 생각이 들었다.

아니다, 살아야겠다는 생각도 완전히 가셔진 것은 아니었다. 어떻게든 살아 나가서 본때를 한 번 보여줘야 한다는 생각이 슬며시 들고 일어났다. 자신이 이때까지 일군 밭이 깡그리 무너져 버린데 대한 일종의 오기 같은 배짱이 일고 있었다. 이제 1심 구형이 7년이니까 끽해 봐야 선고에서 5년이나 4년이 나올 게 뻔했다. 그리고 운만 좋으면 2심에서 조금 깎일지도 모르는 일이었다. 그래봤자 5년 이쪽저쪽에서 다시 사회로 나갈지도 모른다.

“종태, 너 정말 지독하더구만. 누가 줬는지 안 밝히는 걸 보니 어지간해.”

웬일인지 아까부터 주임은 조금씩 누그러지고 있었다. 슬슬 웃지를 않나, 자신이 손수 포승줄을 풀어 조금이라도 느슨하게 매지를 않나 하여간 간지러운 웃음까지 흘리면서 얼굴의 딱딱한 인상을 풀어놓고 있었다. 종태는 그러한 것도 일종의 회유책이라고 보았고 언제 본색을 드러내며 다그쳐 올지 모른다는 생각이 들었다. 그래서 종태는 자꾸 주임의 얼굴 표정을 쳐다보면서 웃음의 진정한 의미를 찾는 데에 골몰하고 있었다.

"하여튼 미안해, 다 어쩔 수 없는 일 아니겠어? 보안과장이 직접 봤는데 말이야…… 과장도 많이 누그러졌어."

"……."

과장이 누그러졌다니, 보안과장은 절대 누그러질 사람이 아니라는 것을 알고 있었다. 자신이 지은 죄는 무엇보다도 엄중한 문책을 받아야 될 마약을 복용한 혐의였다. 과장이 마음대로 어떻게 숨길 수 있는 그런 것이 아니었다. 그런대도 과장이 누그러졌다니.

"종태, 일단 없었던 것으로 하고 보름의 징벌만 받고 독방으로 들어가 있어. 그것도 있을 수 없는 특별한 배려라구. 이번에 과장이 각별히 신경을 써서 베푸는 그런 은전이야."

종태는 다시 얼굴을 들어 주임의 얼굴을 똑바로 쳐다보았다. 주임은 자신의 말이 절대 거짓말이 아니라는 것을 증명이라도 해 보이듯이 진지한 웃음을 보였다. 그럴 리가 없는 데라는 의심이 들었지만 종태는 그냥 그대로 있었다. 주임이 무슨 계략을 꾸미고 있는지 아직은 알 수 없다. 저러다가 어떻게 나갈지 모르는 게 저 주임의 특기였다. 교활하고 간사한 얼굴 생김새부터가 그랬다. 원래 저 주임은 종태가 있는 관구의 담당 주임이 아니었다. 그 주임은 종태가 있는 사동의 건너편 신사동을 맡고 있는 주임이었는데 마침 그날밤 당직을 서면서 과장의 순시를 따라나선 것이다.

"나중에 과장이 순시를 가면 고맙다는 인사나 하고……."

주임은 지금 말끝을 흐리고 있다. 그 말의 끝에 일부러 여운을 두는 의도가 무엇인지 알고 싶었다. 종태는 간질거리는 코끝을 문지르려고 묶인 어깻죽지를 들어 올려 얼굴에 갖다 대었다. 그러자 정작 가려운 곳은 닿지 않았고 겨우 턱만 어깻죽지에 닿았다. 그래도 쓱쓱 문질렀다. 조금 시원해지는 느낌이었다.

"그래서 말인데…… 종태, 너…… 영치금이 도대체 얼마나 되냐?"

아하, 그래, 알겠다. 지금 가만히 보니 주임은 종태의 영치금카드에 들어있는 어마어마한 액수의 돈을 보고 하는 소리인 것 같았다. 지금 종태의 영치금카드에는 영등포 경찰서에서 입금시켜 준 16억이라는 돈이 들어 있었다. 그래서 그 돈을 이야기하고자 하는 모양이었다. 교활한 놈. 결국 돈 때문이었구나, 하는 생각이 들자 갑자기 구역질이 올라왔지만 그는 내심 모르는 체하고 말했다.

"정확한 액수는 모르겠습니다."

"아마 그렇겠지. 돈이 워낙 많아서 말야. 도대체 공(영)이 몇 개나 붙어 있는 거지. 그래서 말인데 이번에 과장이 승진을 해서 부소장으로 나가야 할 텐데 말이야……."

"……."

종태는 이제 주임의 속셈을 알았다. 그러나 내색을 하지는 않았다. 다만 얼마만한 액수를 제시하는가를 듣고 싶었다. 그리고 자신이 이런 상황을 벗어날 수만 있다면 까짓 돈쯤이야 떼어줄 수도 있었다. 차라리 그게 더 편했다. 종태는 주임의 얼굴을 바라보며 빨리 말을 꺼내기를 기다렸다. 주임은 멋쩍은지 아니면 종태의 시선이 너무 날카로웠던 모양이었는지 담배를 빼내 입에 물었다. 그는 담배에 불을 붙여 연기가 종태 쪽으로 가지 않도록 특히 신경을 써서 옆으로 고개를 돌려 내뿜고 있었다.

"그래서 말이야, 과장이 승진하는 데엔 왜 많은 돈이 들잖어? 종태가 조금 도와주는 셈치고 한 번 밀어보는 게 어때? 그러면 서로 좋은 것 아니겠어? 사실 과장은 종태를 몰라보고 일반재소자인 줄로만 알았나봐. 나중에 내가 보고를 했지. 그러니까 조금 고려를 해봐야겠다고 하면서 나한테 지시를 내린 거야. 이 일을 없던 것으로 하자고 말이야. 그리고 아직 검찰에도 보고를 안 했어. 보고를 했으면 다시 추가건이 뜨고 서로가 귀찮잖아?”

“…….”

“종태에게는 조금 미안하게 됐지만 방 안 사람들도 다 아는 문제고 해서 그냥 놔둔다는 게 안 되겠기 때문에 그런 거라고 생각하고 한 번 잘 생각해 봐. 그리고 종태가 원하면 재판이 끝나고서도 타소로 이감을 가지 않고 이곳에서 징역을 살 수 있도록 배려를 할 수도 있어.”

종태는 골몰히 생각에 빠졌다. 그래, 다 좋은데 금액을 제시해라, 금액을. 왜 이렇게 말을 빙빙 돌리느냐 말이다. 그때 주임이 큰기침을 한 번 했다. 이제 말을 하려는 것 같았다.

“어때?”

“좋습니다.”

종태는 쾌히 승낙했다. 그러자 주임은 이제 말꼬리가 터진 것을 알고는 얼굴에 잔뜩 웃음을 흘리고 있었다.

“1억이면 어때?”

1억이라. 종태는 좀 많은 액수인 것같이 생각은 되었지만 할 수 없었다. 과장이나 주임은 이미 종태의 카드에 얼마가 들어 있나를 알고 제시한 액수였기 때문에 어떻게 흥정을 할 수 있는 것도 아니었다. 승진을 하는 데에 무슨 그만한 돈이 들어가겠는가. 단지 핑계를 둘러댈 건덕지가 없어서 그러는 거였다. 그들은 이 건으로 해서 팔자를 고칠 심산이었다. 물론 군데군데 상납을 할 거고, 그래봐야 얼마 되지 않을 떡고물을 흘리고는 나머지는 전부 과장이 먹을 게 뻔했다. 그리고 주임도 한몫 거들 것이다.

"좋습니다, 그렇게 하죠."

"잘 생각했어. 그럼 내가 과장님께 잘 말씀을 드려서 처리를 할 테니까 우선 당분간은 독방에 들어가 있어야겠어. 다른 재소자들의 눈도 있고 하니까 말야. 처음엔 징벌이라고 했다가 금방 풀어놓을 테니까 염려는 말고."

"알았습니다."

종태는 이제 선선히 대답을 하고 있었다. 모든 게 쉽게 풀어지는 거였다. 역시 돈이란 이럴 때 좋은 거구나 하는 새삼스러운 생각이 들 정도였다. 달짝지근한 주임의 징그런 웃음은 언제 종태를 고문했느냐는 듯이 능청을 떨고 있었다. 참으로 치가 떨렸지만 그래도 우선의 위기를 모면하려면 타협할 수밖엔 없었다. 시간이 지나고 나면 적도 동지가 되는 게 이곳의 생리가 아닌가. 징역을 살아가는 데에 필요한 것이라면 어떻게든 자신이 원하는 데로 이끌어가는 게 제일 상책이었다. 까짓 돈이야 또 모으면 되는 것이다. 그리고 교도소에서 편하게 생활하면서 또 돈을 모을 수 있는 방법도 있다. 교도소 안에서 담배를 파는 장사도 있다. 종태는 단지 과장에게 의정부 교도소로 이송시켜 주는 조건을 달고 싶었다. 그리고 가능하면 가출옥이 되는 조건도 같이 달고 싶었다.

"주임님, 제가 재판이 끝나면 교도소로 넘어가야 되는데 가능하면 의정부 교도소로 가고 싶습니다. 되겠습니까?"

"아, 되고말고. 이송쯤이야 쉽지, 그건 걱정 말아. 과장에게 보고를 할 테니까."

"그리고……."

종태는 약간 말을 흐렸다. 주임이 웃었다가 웃음을 거둔 얼굴로 종태를 건너다보았다.

"뭔가? 말해 보지?"

"예, 좀 무리한 부탁인 거 같습니다만 형기를 어느 정도 살면 가출옥이 되도록 해주십사 하는 겁니다."

"그건…… 일단 시간이 많이 남았으니까 천천히 생각을 해 보자구. 뭐 그리 서둘 일은 아니니까 말이야. 그리고 그때쯤이면 과장은 아마 소장이 되어 있을 게 아닌가? 너무 걱정은 말게. 징역을 살다보면 또 만나겠지."

"……."

그렇다. 징역을 살다보면 어차피 또 만나게 될 것이다. 간부들이란 늘 이 교도소 저 교도소를 떠돌아 부평초처럼 이동을 하게 되어 있으므로. 그러다보면 어느 교도소에서 다시 만날지 모른다. 요행히 의정부에서 만난다면 더없이 좋을 것이고.

종태는 자유의 몸이 되었다. 그 지긋지긋한 검은 포승줄이 풀리자 살 것만 같았다. 그리고 비록 독방이지만 옆 방과, 그리고 앞에 있는 혼거방의 신입들과 하루종일 대화를 나눌 수도 있었다. 여간 자유스러운 게 아니었다. 농담을 할 수가 있었고 영치금카드로 자신이 먹고 싶은 것은 아무거나 사 먹을 수도 있었다. 독방에는 이불이 지급되었으며 단지 자신의 손목에 수갑만 채워져 있을 뿐, 그 밖의 특별한 구속은 없어졌다. 그리고 주임이 종태를 독방으로 들여보낼 때 미리 담당에게 지시를 내렸는지는 모르지만 손목에 찬 수갑은 꽉 조이질 않고 대충 시늉만 한 그런 헐렁한 수갑이었다. 그건 봐준다는 암시적인 뜻이 들어 있었다. 그 수갑은 원래 하루종일 차고 있는 것이었으나 종태는 아침에 세면할 때나 밥을 먹을 땐 손바닥을 오므려 수갑을 벗겨 버리고 있었다. 그러나 누구 하나 그것을 보고 나무라는 이는 없었다. 사방담당도 관구부장도 그러한 것을 보기만 하면 당장 큰일이 날 지경이었으나 종태는 예외였다. 종태의 뒤에서 주임이나 과장이 봐주고 있다는 것을 그들은 알고 있었다. 그리고 운동을 나갔을 때 자신이 있었던 방으로 가서 창틀에 붙어서 통방을 하고 있어도 그리 나무라질 않았다. 종태는 이제 서서히 구치소 안에서 점점 더 자유스러워졌다. 일반 직원들은 과장이 뒤에서 봐주고 있다는 사실만으로도 크게 위축되는 모양이었다. 종태 자신이 스스로 크게 어긋날 짓은 삼갔지만 통방을 하거나 아는 재소자를 만나 이야기를 나누는 것은 예사롭게 넘어갔다. 그리고 가끔 빵끼통 뒤로 내청의 박 씨가 다녀갔다. 박 씨는 전보다도 더 조심스러워지기는 했으나 종태를 믿는 믿음은 더욱 깊어 있었다.

"종태 씨, 고생했수다. 난 또 하마터면 징벌이 뜨는 줄 알았지, 하하."

박 씨는 그동안 내심 조마했던 모양이었다.

"박 형, 내가 뭐 어린앤 줄 아시오? 나도 징역을 살 만큼 산 사람이오. 그것 하나 모르겠소?"

"글쎄 말이야, 나도 처음엔 뜨끔하더라구. 또 징역이 깨지나 하고 생각했었지 뭐야? 근데 도대체 얼마에 합의를 본 거야?"

박 씨는 그게 더 궁금한 모양이었다. 그의 눈빛이 반짝 빛났다. 꼭 알았으면 하는 바람이 들어 있는 눈빛이었다.

"뭐 쬐끔 줬어요. 나 혼자뿐만 아니라 여러 사람이 다치게 되었으니까 합의를 본 거요."

"근데 그게 얼마유?"

박 씨의 얼굴이 바짝 달아올라 있었다. 왜 그렇게 알고 싶은 건지 알 수가 없었다. 흔히 징역에서는 조그마한 것이라도 알고 싶어서 안달을 하는 것일까,

"한 장이오."

"그럼, 1천만 원?"

박 씨는 조금 놀라는 표정이었다. 종태는 빙긋 웃었다.

"그것 가지고 되겠습니까?"

"그럼?"

"큰 거 한 장입니다."

"1억이나? 뭐 그렇게 비싸게 줬냐?"

박 씨는 여전히 물러서지 않고 있었다.

"그래도 정말 다행이지요. 잘못했으면 또 추가 건이 떴을지도 모르는 일 아니예요?"

"우와, 그래도 굉장히 비싸게 줬구만, 그 과장새끼 무지하게 돈을 밝히는구만 그래. 알았어."

뭘 알았단 말인가. 종태는 박 씨가 돌아가자 방금 넣어준 담배를 들고 뺑끼통으로 들어갔다. 역시 담배가 최고였다. 담배를 피우고 있는 동안에는 아무 잡념이 생겨나지 않았다. 자신의 방은 원래 하루에 한 번 검방을 했는데 검방을 나온 직원들도 종태의 방엔 아예 들어가 보지도 않고 밖에서 이야기를 하다가 지나가든가 아니면 억지로 신발을 벗고 들어왔다가 이내 나가버리는 거였다. 괜히 찾아내 봐야 찾아낸 것이 오히려 화가 될 수도 있는 문제였기 때문이다. 이곳에서는 직원들이 무엇이라도 찾게 되면 물건을 찾아낸 데에 대한 보고서를 써야 했으며 그러면 자신도 귀찮을 뿐만 아니라 사방담당에게 가는 피해가 더 컸다. 모든 책임은 사방담당이 지게 되어 있었으므로 일단 범칙물이 발견되면 사방담당이 시말서를 썼다. 그러고

나면 찾아낸 직원과 사방담당은 상당히 어색한 관계가 되고 마는 거였다. 그것은 정말 미묘한 직원간의 갈등 문제였다. 한 사람은 그것을 찾아내어서 표창을 받으면 또 한 사람은 징계를 받는 그런 묘한 구조였다. 그러니 조그마한 표창이나 받으려고 기를 쓰고 범칙물을 찾아내려고는 하지 않았다. 그리고 지금 종태의 방을 뒤져 봤자 또 어떠한 어마어마한 물건들이 튀어나올지는 알 수 없는 일이었다. 그래서 그들은 일부러 하는 시늉만 내고는 돌아가는 것이었다.

징역이라는 것은 정말 묘했다. 강한 자에게는 무지 약했고 약한 자에게는 그 반대로 무척 강한 곳이 바로 징역이었다. 일단 과장과의 끈끈한 관계만 있게 되어도 직원들이 간섭을 하지 않았다. 종태가 낮에도 드러누워서 잠을 자건, 뻥끼통에서 목욕을 하면서 손목의 수갑을 풀어놓건 누가 그것들을 보고 간섭을 하는 사람은 없었다. 말이 독방이지 오히려 혼거방에 있는 것보다도 더 자유스러웠다. 다만 아쉬운 점이 있다면 자신의 수종을 드는 재소자가 없다는 것 외엔 아무런 불편이 없었다.

요 며칠 전부터 박 씨의 행동이 수상쩍었다. 물건을 건네주면서 자꾸만 합의에 대한 말을 꺼냈고 그 과정을 낱낱이 캐묻는 것이 이상스러웠다. 종태는 자꾸 했던 말을 또 하고 또 하곤 했다. 박 씨의 은근한 질문에 점점 빠져드는 기분이었다. 처음에는 액수가 너무 컸다는 데에 대해서 사실을 확인하는 정도려니 생각했는데, 점점 물어보는 것이 액수의 많고 적음이 아니라 확실하냐는 쪽으로 굳어지고 있었다. 재소자의 영치금카드에 있는 돈을 어떻게 빼내겠느냐는 둥, 구체적으로 질문을 하는 것이었다.

종태는 어느 날 자신의 영치금카드에서 1억이 빠져 나갔다는 걸 알았는데 영치금을 담당하는 직원이 와서 카드를 달라기에 카드를 줬었다.

"종태 씨, 지금 16억 맞죠?"

그는 카드를 들어 보이며 다시 확인을 해 보이는 중이었다. 종태가 맞다고 고개를 끄덕이자,

"종태 씨가 돈을 어디로 보낸다면서 과장에게 1억을 빼 달라고 했다면서요?"

그 말을 듣고 종태는 빙긋이 웃고만 있었다. 아마 과장은 이 직원에게 그렇게 둘러댔을 것이다. 아래 직원이니까 그렇게 시키면 모르는 줄 아는 모양이었다.

"네."

"그럼, 여기서 1억을 빼겠습니다. 그럼 15억 원입니다."

영치금 담당은 영치금 카드의 금액을 볼펜으로 고치고는 그 금액 위에다 종태의 지문을 찍은 다음 돌아가 버렸다. 돈은 그렇게 빠져나갔던 것이다.

박 씨가 와서 담배를 건네주면서 그러한 말은 하지 않았다.

다만 담배를 좀 더 많이 가지고 왔는데 자신은 이제 밑의 애들한테 시키고 못 오게 될 거라는 말만 했다. 종태는 그러라고 말하면서 자신이 가지고 있던 영양제를 모두 다 내주고 말았다. 그런데 박 씨가 가출옥을 먹고 나간다는 기쁜 소식은 듣지 못했던 것이다. 어쩌면 그가 다른 말을 하다가 잊어버렸는지도 모른다고 생각했다.

그런데 차츰 박 씨가 보안과장과 면담을 하러 자주 보안과를 들락거렸다는 것과, 내청이 있는 막사로 신사동을 맡고 있는 쥐새끼 같이 생긴 주임이 자주 찾아와 박 씨를 보안과로 데려갔다는 말들이 들려왔다. 또 어떤 날은 박 씨의 얼굴이 하루종일 보이지 않다가 저녁 무렵 작업을 마치고 폐방을 할 즈음에야 방으로 돌아왔다는 거였다. 뿐만 아니라 박 씨를 만나러 오는 주임의 얼굴은 항상 긴장이 되어 있었고 오히려 박 씨는 느긋한 표정으로 어슬렁거리며 따라가곤 했다는 거였다. 그것은 이곳의 생리상 있을 수 없는 일이었다. 간부가 일개 재소자에게 부탁을 하는 꼴로 쩔쩔 매다니.

종태는 나중에야 모든 사실을 알게 되었다. 박 씨가 자신이 건네준 돈을 문제 삼아 보안과장을 협박해서 가출옥을 따낸 것이라고. 종태는 그러한 사실을 알고 씁쓸한 입맛을 다셔야 했다. 결국 그가 자신보다 빨리 나가 버렸구나. 한 마디 인사도 없이.